出発期の堀辰雄と海外文学

「ロマン」を書く作家の誕生

宮坂康一
Miyasaka Kouichi

翰林書房

出発期の堀辰雄と海外文学——「ロマン」を書く作家の誕生——◎目次

第二部

凡例

・引用は堀辰雄作品、参照文献とも初出による。
・漢字の表記については、正字を適宜略字に改め、ルビは原則として省略した。
・海外作家及び作品名の表記は、昭和初期の堀辰雄が使用したものを用いた。
・引用者による補注は〔 〕で示した。

はじめに──出発期の堀辰雄と海外文学──

1　海外文学、特にジャン・コクトオの影響

処女作には作家の全てがある、と言われる。堀辰雄の場合、どの作品がこれに該当するだろうか。堀辰雄の弟子筋にあたる中村真一郎は、「この作品のなかに、後年の彼の特徴と見られるものが、集中して含まれて」いること[*1]を重視し、「不器用な天使」（昭四・二『文藝春秋』）を推す。一方、死後間もなく出された新潮社版『堀辰雄全集』（全七巻。昭二十九・三〜三十二・五）では、「聖家族」（昭五・十一『改造』）以降を「小説」の巻（第一巻）に収め、以前の作品は「初期作品」「習作」として別巻（第五巻）扱いとなる。編輯の中心となったのは、堀文学の最良の理解者であった神西清であり、堀自身、「あんまり変なものは全集に入れないでくれよな」と生前語っていたという[*2]。作品の完成度も含めて考慮すれば、「聖家族」を堀の原点とする判断も一概に否定できない。

しかし生前の堀自身は、「『ルウベンスの偽画』は私の処女作と云つていいものだ」（「『ルウベンスの偽画』に」『限定出版江川書房月報』第六号　昭八・二・十）と、「ルウベンスの偽画」（初稿昭二・二『山繭』、完稿昭五・五『作品』）を処女作として挙げていた。実際、生前刊行された『堀辰雄作品集』（全六冊。昭二十一・十一〜二十四・三、角川書店）では、第一巻に創作を収めるが、小説の筆頭を飾るのは、「ルウベンスの偽画」になっている。

筑摩書房による最新版全集（全八巻及び別巻二。昭五十二・五〜五十五・十）を見れば、この三作は「不器用な天使」「ルウベンスの偽画」「聖家族」の順で並んでいる。完稿の発表年代からすれば、この配列は正しい。また、内容の類似及び発表年代の近さから、「ルウベンスの偽画」を経て「聖家族」が生まれた、との理解が一般になされている。これには、堀自身の「〔「ルウベンスの偽画」の完成後〕私は漸く自分のあるべき姿を見いだしたやうに思つた」（「『堀辰雄作品集第一　聖家族』あとがき」昭二十四・三、角川書店）という発言も背景にある。しかし、「ルウベンスの偽画」は昭和二年に前半部が一度発表されており、完稿を世に出すまでに三年の月日が経過している。その間には、「不器用な天使」が初めて本格的商業誌である『文藝春秋』に掲載され、毀誉褒貶入り混じった評価を受けるという、大きな出来事があった。このことを考慮した場合、「ルウベンスの偽画」と「聖家族」のみならず、「不器用な天使」をも関連付け、堀の初期作品を見ていく必要があろう。

　ここで、初期作品に及ぼした海外文学の影響を考えてみたい。つとに指摘されているものとして、「聖家族」におけるレエモン・ラジゲ、及び「不器用な天使」におけるジャン・コクトオの影響がある。特に前者については、「聖家族」について語る場合半ば常識のように触れられる。しかし、ラジゲへの言及は昭和四年以降[*3]であり、詩の翻訳が辛うじて昭和二年に一つ確認できるにとどまる[*4]。これに対し、コクトオについては早くも大正十五年に、同人誌『驢馬』にて詩を翻訳した[*5]のを皮切りに、エッセイ、小説等ジャンルを問わず数多くの翻訳がなされ、昭和四年には堀の初単行本『コクトオ抄』（四月、厚生閣書店）として結実する。

　エッセイにおける言及も早く、やはり大正十五年に、コクトオ作品の広範な読書が確認できる「石鹸玉の詩人」（『驢馬』七月）が書かれている。以後、昭和五年前後のエッセイに至るまで、コクトオへの言及は絶えずなされていく。そもそも、ラジゲに関するエッセイもまた、江口清が指摘するように[*6]、コクトオに多くをよっている。これらの点から、初期の堀作品においては、ラジゲ以上にコクトオの影響が大きかったと見なければならない。

『堀辰雄事典』（平十三・十一、勉誠出版）のコクトオの項目（有光隆司執筆）では、先行研究を基に、「不器用な天使」へのコクトオ「グラン・テカアル」の影響に触れる程度にとどまる。だが、労をいとわず広くコクトオ作品に目を通せば、「不器用な天使」に限らず、大正十五年の「風景」（『山繭』三月）を始めとし、初期堀辰雄作品への影響は数多く確認できる。これは「不器用な天使」のみならず、「ルウベンスの偽画」や「聖家族」もまた例外ではない。したがって、コクトオを補助線にすることで、人物配置が類似する「ルウベンスの偽画」と「聖家族」だけでなく、これら二作品とは共通点を持たないとされてきた「不器用な天使」が、一つの線でつながる可能性が生じる。

昭和四年、堀は日記に「我々ハ《ロマン》ヲ書カナケレバナラヌ」（八月三十日）と記した。先行研究でも多く引用される一節だが、堀の念頭にはコクトオの小説が「ロマン」の範型としてあったと推察される。その証拠に、堀はエッセイ「藝術のための藝術について」（昭五・二『新潮』）の中で、コクトオ「グラン・テカアル」につき、「これは一個の本格的小説」であり、「『赤と黒』などと同種のロマンだ」と述べている。おそらく、昭和二年初出の「ルウベンスの偽画」執筆の時点から、「ロマン」への志向は堀の中に存在しており、「不器用な天使」を経て「聖家族」に至る道筋は、この理念が紆余曲折しつつ実現に近付いていく過程であったのではないか。このように見た場合、初期を代表する三作品は、初出の「ルウベンスの偽画」にさかのぼり、「不器用な天使」「聖家族」の順で、コクトオの影響を慎重に見極めつつ、検討していくことが必要となろう。

ここで先の処女作問題に戻れば、右に述べてきた事情から、初出の「ルウベンスの偽画」がこれに該当すると考えたい。もちろん、完稿は昭和五年の発表なので、全集での配列は昭和四年の「不器用な天使」よりも後になる。しかし、当時の堀の創作意識を明確にする上では、初出の「ルウベンスの偽画」を処女作と見定め、以降の歩みをたどっていくことが適切と考える。

2　全集及び先行研究をめぐって

これまで、堀の初期作品を包括的に論じることはもちろん、コクトオ作品全体との関連で考察することもあまり行なわれてこなかった。これは、堀が作品に絶えず手を入れるタイプの作家であったこと、及び堀自身によるコクトオ翻訳集『コクトオ抄』が存在したことが原因と考えられる。

「眠りながら」（昭二・六『山繭』。初出では「即興」）を例に、具体的に検討しよう。この作品には、初出時点でコクトオ「グラン・テカアル」の一節が引用され、[*7]作品末の「附記」ではアルファベット表記ではあるが、引用元が明示されていた。[*8]これが再掲（昭五・三『詩と詩論』。「眠り」と改題）になると、引用元の記述が消える。さらに初収単行本『不器用な天使』（昭五・七、改造社）では、とうとう引用自体が削除されるに至る。現行の本文でも、「グラン・テカアル」に倣った表現は残っているため、両者を読み比べれば影響の痕跡を発見することは不可能ではない。だが、「眠りながら」のみを、しかも単行本以降の本文で読んだ場合、コクトオの形跡を見出すのは容易ではないだろう。作品に常に彫琢を施すのは、創作への真摯な姿勢と言える。「眠りながら」の場合も、作品の完成度を高めることが第一の目的だったのだろうが、修訂の流れを確認していくと、コクトオの痕跡を注意深く消していく意図も同時に感じられてならない。

堀のコクトオへの傾倒を知るには、エッセイ類の確認も欠かせない。特に昭和四～五年に発表された、「詩的精神」（昭四・五・十三『帝国大学新聞』）、「超現実主義」（昭四・十二『文学』）、「すこし独断的に」（昭五・四・二十八『帝国大学新聞』）、「小説の危機」（昭五・五・二十『時事新報』）等では、コクトオの引用や影響された表現が見出せるので、重要な手掛かりとなる。だが、これらは新潮社版全集にて、削除や修正を加えた上で再編集され、「詩人も計算する」

と題されたものが収録された[*9]（第五巻）。この「詩人も計算する」では、コクトオの名前が消された箇所もあるため、やはり影響関係を知る手掛かりとしては弱い。以後の全集はおおむね、この「詩人も計算する」を収録する方法を選択している。

修訂や再編集に伴う難点は、詳細な校異を付し、一部の作品は「プレオリジナル」（第六巻）として初出を掲載した最新の筑摩版全集にて、かなり解消された。しかし、小説作品は「小説」（第一巻）と「初期作品」（第四巻）として別の巻に収め、エッセイも「エッセイ」（第三巻）「随筆」「雑纂」（第四巻）等の区分を設け、やはり別個に収録している。そのため本全集にて、各作品を初出に近付けながら読んでいくという方法は繁雑を極める。そこで自ずと、初出や再掲、初収単行本等の本文を一つ一つ集め、読んでいく地道な作業に落ち着くことになる。最新版全集の校異は詳細を極め、本文の変遷も一目瞭然なのだが、各本文を手許に集め、その変化を確認することで、「眠りながら」を例に示したような発見がより確実に行なえる。

構成方法に着目した場合、最新の筑摩版全集よりも、ジャンル分けを厳密には行なわず、各作品を年代順に並べた角川版全集（全十巻。昭三十八・十〜四十一・五）に軍配が上がるように思う。各全集の中で唯一、「詩人も計算する」の収録を避け、個別のエッセイのまま収めた点も有用と言える。清水徹は筑摩版全集発売時の鼎談にて、「堀さんのことを考える場合に、あらゆるものを、創作ノートも含めて全部を完全に年代的にならべるということが、非常に重大なんじゃないか[*10]」と、年代順の構成を最良とする見解を述べている。この時、清水が意識していたかどうかは不明だが、角川版全集は、清水が理想とする全集に近いのではないか。

コクトオの影響を検討するには、初出を参照した上で、堀が読んだ可能性のあるコクトオ作品を広く見ていく必要がある。確かに、堀には『コクトオ抄』があるが、堀が強い影響を受けた作品をことごとく訳しているわけではない。一例を挙げれば、堀「ジゴンと僕」（昭五・五『文藝春秋』）には、コクトオ「ポトマック」に酷似した部分が見受けられる。しかし、澁澤龍彥が指摘したように[11]、堀は「ポトマック」を訳す際、「ジゴンと僕」に利用した部分は除いている。そのため、『コクトオ抄』しか読んでいない場合、「ポトマック」との影響関係を見出すことはほぼ不可能になる。

コクトオと堀作品の関係を考える場合、松田嘉子「扁理とアンリエット」[12]が見逃せない重要文献となる。松田論は、堀「死の素描」（昭五・五『新潮』）と「聖家族」を主たる対象とし、コクトオ作品のみならずラジゲ作品からの影響をも広範かつ緻密に論じている。もちろん、参照したコクトオ作品は『コクトオ抄』収録の範囲を大きく上回る。松田論を参照することで、以後の研究はさらなる発展が可能だったろう。しかしながら以後の研究にて、この論が参照される機会は何故か少ない。

有光隆司「堀辰雄とジャン・コクトー」[13]は、「聖家族」へのコクトオ「グラン・テカアル」の影響を指摘する。だが、「グラン・テカアル」は既に澁澤龍彥「堀辰雄とコクトー」[14]にて、「不器用な天使」への多大な影響が指摘されていた。また、有光が言及するコクトオ作品は、「グラン・テカアル」及び『コクトオ抄』収録のものがほとんどとなる。この時点で松田論は既に発表されていたが、一切言及がないため、恐らく参照自体がなされていないと思われる。

こうした、コクトオ作品の参照が『コクトオ抄』の域を出ないという難点は、コクトオと堀の関係を検討する多くの論考に見られる。松田論を参照することでこれは大きく解消されるはずなのだが、ほとんどの論考が、言及はもちろん、参照した形跡すら見られない。前出『堀辰雄事典』のコクトオの項目でも、松田論は参考文献に入っていない。竹内清己「堀辰雄における西欧文学」[15]に、辛うじて松田論への言及が見られるが、コクトオ作品の参照は何故か『コクトオ抄』に限定されてしまう。

この点、渡部麻実「科学と天使」[16]は、神奈川近代文学館に所蔵されている堀の蔵書に詳細な調査を施し、コクトオ書への堀の書き込みを逐一再現した。もちろんこれら蔵書は、『コクトオ抄』収録の範囲を大きく超えている。これによって、以後堀とコクトオの関係を論じる際、『コクトオ抄』しか参照しないという弊はかなり解消されるだろう。しかし、多恵子夫人が証言するように[*17]、堀の蔵書は、昭和十二年の油屋旅館の火災にて失われたものも多い。そのためコクトオに限らず、堀が確実に読んでいるはずの本が現存していない例がある。したがって、渡部の調査は今後無視できない貴重な成果ではあるが、その性質上作業範囲が現存する堀の蔵書のみに限られるという制約があることを、念頭に置かねばならない。

ここまで、コクトオの影響を考察する上での困難について主に述べてきたが、検討すべき海外作家は、もちろんコクトオに限らない。既に多くの指摘があるラジゲはもちろんだが、堀がエッセイでわずかでも言及している海外作家は、すべてが対象になる。その線上で、従来言及されることの少なかったアンドレ・ジイドの名前が浮かび上がる。堀は昭和五年のエッセイ「藝術のための藝術について」「室生さんへの手紙」（昭五・三『新潮』。初出では「室生犀星の小説と詩」）で、ジイド「贋金つくり」「ドストエフスキイ論」からの引用を行なっている[*18]。それぞれ小説とエッセイであるが、前者もまた小説論的な側面を強く持つ。したがって、堀の初期作品と海外文学の関連を考察するにあたり、ジイドによる影響もまた、検討の対象としなければならない。

そしてラジゲ。ラジゲの場合、「ドルジェル伯爵の舞踏会」が「聖家族」に与えた影響ばかりが取り沙汰される。だが江口清によれば、ラジゲが堀に与えた影響は技術的なものにとどまり、本質的なものではないという[*19]。確かに、先述のようにラジゲに関する堀の言及は、コクトオらの指摘の域を出るものではなく、独自性に乏しい。むしろ、堀が名前を挙げずに、ラジゲのエッセイを引用している例が注目される[*20]。ラジゲの言を参考に、堀は自己のコクトオ観、ひいては小説観に修正を加えたようで、これは「聖家族」にも反映していると推定される。ラジゲに関しては、堀の創作意識に与えた影響こそ、改めて検討されるべきだろう。

これまで挙げてきた堀の小説及びエッセイでは、典拠を示さずに、本文に海外文学の一節を組み込んでいる例が見られる。印象的な一節が多いためか、こうした部分が、堀独自の発想として作品分析に利用されることが多い。池内輝雄は、堀「眠れる人」（昭四・十『文学』。初出では「眠つてゐる男」）の一節、「夢が変化するのは偶然によるのではない。それは眠つてゐる者のする姿勢につれて変化して行くのである」を引き、「このことばはほとんど謎を解き明かすようにこの小説の原理を明らかにしている[*21]」、と述べている。しかし、これはコクトオ「ポトマック」に、「思想はものの言いかたから生れる、あたかも輾転反側しながら眠っている人の夢が、そのときの姿態によってころんな風に変るように[*22]」、という対応する部分が発見できる。もちろんこれによって、池内の分析の有効性が失われるわけではないが、典拠が明らかになった場合、また違った視点からの検討が必要になろう。

このように、海外文学からの影響を検討することは、堀辰雄の初期作品を見直す上で、有効かつ新たな視点を得ることにつながる。

3 創作意識の形成

海外文学が堀辰雄に与えた影響を重視し、検討の対象とするのは、いわゆる典拠探しが目的ではない。海外文学から富を得る方法は、後年の堀にも共通するものだが、初期は特にそれが著しい。創作に自己の道を定めたばかりの堀は、海外文学から多くのものを吸収し、独自のものに昇華する、作家としての自己形成期にあった。定着せずに消え去ったものも多いが、一部は堀の内部で確実に根を張り、作家としての本質的な部分を構成する不可欠の要素となっていく。初期作品における海外文学の影響を検討することで浮かび上がってくるのは後者、すなわち作家堀辰雄の根幹を成す創作意識に他ならない。作家としての出発期に形成されたものであるからこそ、この創作意識は後年においても容易には消えることなく作用していく。

　したがって、後年の堀作品について考察する上でも、初期に形成された創作意識を明らかにすることは、重要な作業となる。その実体を明らかにするには、単に典拠を見出すだけでは不十分で、他の堀作品や、堀が目を通した可能性のある海外文学作品をも視野に入れ、あらゆる角度から考察を加えることが必要となる。

　堀辰雄が海外文学をいかに咀嚼し、自己の創作意識を、それを反映した作品を作り上げていったか、その文学的歩みを可能な限り明らかにしていくこと。これが本書のねらいとなる。


　構成及び各部の意図は、以下のようになる。

　第一部では、まず、大正末から昭和初期のわが国における、ジャン・コクトオの受容状況を検討する。これを明らかにすることで、堀辰雄のコクトオ観の独自性、及びコクトオに関する訳業の集大成である『コクトオ抄』の持つ意義がより明確になろう。さらに、堀の処女作たる「ルウベンスの偽画」に見られるコクトオの作品、具体的には小説「グラン・テカアル」とエッセイ「職業の秘密」の影響を検討する。従来ほとんど指摘されていないが、「ルウベンスの偽画」は、これら二つのコクトオ作品なしには成立し得なかったと言っても過言ではない。特に「グラン・テカアル」は、昭和四年における「我々ハ《ロマン》ヲ書カナケレバナラヌ」という堀の方針を決定付けたと見られる。「ロマン」の実現は、堀の生涯を貫く目標となった。したがって、「ルウベンスの偽画」とコクトオ作品の関連を検討することは、出発期の堀の創作意識を、ひいては作家堀辰雄の原点を浮き彫りにすることにつながる。

　第二部では、初期堀辰雄作品における夢への関心を扱う。いうまでもなく、堀作品における夢は重要なテーマであるが、その扱われ方を考察する場合、従来は主としてマルセル・プルウストの影響が注目されてきた。しかし、堀作品にプルウストの影響が表われるのは、「美しい村」（昭八〜九『改造』他）以降のこととなる。そのため、「聖家族」以前の作品にて、夢を扱った例は多く存在するにもかかわらず、検討の対象となった例は少ない。これらの作品が発表された昭和初期は、フロイトの精神分析学を背景に持つルイ・アラゴンらの超現実主義がわが国に移入され、実作が試みられていた。だが、堀の夢の捉え方はジャン・コクトオ作品にヒントを得たものであり、超現実主義者たちとはその方法において一線を画す。この時期に形成された、堀の夢の捉え方は、後の作品にも影響を及ぼしていく。したがって、初期作品における夢の扱われ方の検討は、堀辰雄研究において重要な作業となる。

第三部では、主に「不器用な天使」「聖家族」の二作品を検討する。第二部で取り扱った夢の他に、「死」がふたたび作中で描かれるようになる。堀作品では、「死」が夢と並んで重要なテーマとなることは言うまでもない。つまり、後の堀作品をも貫く主要なテーマが、この時期にほぼ出揃ったことになる。海外作家についても、ジャン・コクトオのみならず、アンドレ・ジイド及びレエモン・ラジゲがその検討対象となる。これらの海外作家、特にラジゲを受容することで、堀のコクトオ観は変化し、初期作品の到達点である「聖家族」を生み出すことになる。もちろんそれは、決して平坦な一本道ではなかった。さまざまな紆余曲折を経て、「ルウベンスの偽画」に端を発する「ロマン」が実現していく過程を辿っていきたい。

注

＊1　「堀辰雄」（昭五十三・九『ユリイカ』）。
＊2　＊1に同じ。
＊3　「レエモン・ラジゲ」（昭四・六『詩と詩論』）がその最も早い例。
＊4　「花或は星の言葉」（昭二・十一『手帖』）。

＊5　『驢馬』創刊号（大十五・四）にて、「悪い旅人」を訳したのが初。

＊6　「〔堀「レエモン　ラジィゲ」（昭五・二『文学』）は〕そのほとんどが、アンリ・マシス編の『レイモン・ラディゲ』（中略）中に収められてあるラディゲの短評、詩集『燃える頬』の序文、『舞踏会』のコクトーの序文、その他コクトーの書いたものからの引用であって、（中略）ラディゲ紹介の域を出ないものである。」（「堀辰雄とラディゲ」『レイモン・ラディゲと日本の作家たち』昭四十八・四、清水弘文堂）

＊7　「眠りは我々の命令通りにはなりません。それは深い底から上つてくる盲の魚です。それは我々の上に飛びかかる小鳥です。／私は魚が限界の外で輪を描いて泳いでゐるのを感じました。小鳥は翼をやすめて眠りの縁にとまりながら、頸をまわしたり、羽を滑らかにしたり、足ぶみしたりしてゐます。しかし中へはひつて来ません。」

＊8　「*J. Cocteau, Le Grand Ecart: p. 152.*」

＊9　堀自身が再編集し、「詩人も計算する」の題を付したものが残っていたため、こうした方法を取ったという。しかし、その後この原稿は失われている。

＊10　中村真一郎、大岡信との鼎談「堀辰雄の生と詩」（昭五十三・九『ユリイカ』）における発言。

＊11　「『コクトオ抄』には（中略）『ポトマック』も、一部分だけ翻訳されて入っているのだが、堀辰雄が自分の小説のなかに利用した部分は、まったく出てこない。」（「海彼の本をめでにけるかも」『堀辰雄全集』第五巻　月報5　昭五十三・三、筑摩書房）

＊12　昭五十七・六『現代文学』。

＊13　昭六十三・三『上智近代文学研究』。

＊14　昭五十二・七『国文学』。

＊15　平十二・三『四季派学会論集』。

＊16　平二十二・十一『日本近代文学』第八十三集。

＊17　「〔堀の蔵書は〕油屋の火事で焼いてしまつたものもかなり多い。向島の家のすぐ傍にガソリンスタンドがあつたの

で、大切な本はみんな油屋に持つて来て預つて貰つていたのだそうだ。今、書庫に収められているものは昔から必要で持ち歩いたものと、結婚後に求めたものが大半をしめている。」（「蔵書について」昭三十八・九・十五『新刊展望』）

＊18 なお、堀が読んでいたはずの「贋金つくり」原書は、現在残されている堀の蔵書に所在が確認できない。

＊19 「堀はラディゲからは本質上の影響を受けなかったといってよく、彼がとり入れたものは外面的なテクニック、素材や表現上の模倣でしかなかった。」（＊6前掲「堀辰雄とラディゲ」）

＊20 「一七八九年以来、人びとはぼくに考えることを強いた。おかげでぼくは頭が痛い」「大詩人への勧告」が、堀「オルジエル伯爵の舞踏会」（昭四・十一『婦人サロン』）や「『オルフェ』覚書」（昭四・十一『文学』）。初出では「オルフエ」）等のエッセイで引用されている。

＊21 「堀辰雄『ルウベンスの偽画』小論」（昭四十七・三『大妻国文』）。

＊22 引用は、『ジャン・コクトー全集』第三巻（昭五十五・六、東京創元社）所収の、澁澤龍彦訳による。

第一部

第一章　わが国最初期のコクトオ受容と堀辰雄
――その独自のコクトオ観――

1　はじめに

堀辰雄とジャン・コクトオの関わりは深い。コクトオ愛読者を大量に生んだ、堀口大學『月下の一群』（大十四・九、第一書房）よりも早く、堀は『明星』掲載の堀口大學訳のコクトオ詩を読み、原書にまで手を広げている（「コクトオと僕」昭七・五・二十八〜二十九『都新聞』）。わが国における、最も早いコクトオ読者の一人と言えよう。

だが、堀辰雄は単なるコクトオの一読者にとどまることなく、翻訳や紹介をも盛んに手がけていく。堀口大學の存在が大きいためかあまり注目されていないが、堀によるコクトオの翻訳や紹介が、同時代のコクトオ読者に与えた影響は、決して無視できない大きさを持つ。さらに、堀辰雄に限らず、コクトオの翻訳や紹介を試みる者は当時数多く存在した。こうした同時代のコクトオ読者たちによる各種の言説もまた、堀のコクトオ受容に影響を与えているだろう。ただし、コクトオの翻訳及び紹介を手がけた者達の中で、コクトオの影響下に小説の実作も手がけたという点で、堀は特異な存在と言える。そのため、堀のコクトオ観は他の翻訳者や紹介者に比べ、極めて異彩を放つものとなっている。

本章では、大正末から昭和初期のわが国における、コクトオ受容状況を確認し、その中で堀辰雄が果たした役割を検討していく。さらに、この作業を通じて、堀のコクトオ観の形成のみならず、その特異性についても明らかにしていきたい。

2　わが国最初期のコクトオ受容

大正末、堀口大學によるフランス訳詩集『月下の一群』が与えた衝撃については、当時の愛読者が口をそろえたように語っている。河盛好蔵は、同書所収のコクトオ詩が、「その目の覚めるような新鮮さで、いかに私たちを驚かせたかを、昨日のようにはっきりと覚えている」[*1]と、その印象の強さを語る。河盛と同世代の三好達治は、『詩と詩論』に発表した自作につき、「しきりに愛読した堀口大學訳詩集『月下の一群』の影響下におほかたは属するものであつた」[*2]、と回想する。伊藤整もまた、「私に一番大きな影響を与へたのは、（中略）堀口大學の尨大な訳詩集『月下の一群』であつたらう」[*3]、と述べる。さらに伊藤は、「近代フランスの詩のエッセンスとも言ふべきこの訳詩集は、私のみでなく昭和期の新詩人たちにどれほど大きな影響を与へたか分らない」、とまで断言する。

もちろん、『月下の一群』は「近代フランスの詩のエッセンス」であり、コクトオ詩のみを集めたものではない。だが、河盛好蔵の受けた衝撃、及び「私〔河盛好蔵〕が始めてコクトオの名を教えられたのは、私たちの世代にぞくする者の大部分がそうであるように、堀口大学氏の訳詩集『月下の一群』によってであった」、との回想を参照すれば、『月下の一群』がコクトオの名を知らしめる上で大きな役割を果たしたことは間違いない。

『月下の一群』をきっかけに、コクトオの原書に手を出した者も多い。その一人である佐藤朔は、『文藝耽美』[*4]（昭二・十二）に、エッセイ「ジアン・コクトオ」を発表している。これは詩のみならず、小説「ポトマック」や

「グラン・テカアル」、さらには講演等にまで目配りした、本格的なコクトオ論となっている。後、改稿の上『詩と詩論』（昭三・十二）に再録されたので、多くの目に触れたと推測される。同誌の寄稿者であった堀辰雄は、確実に読んでいるだろう。

さらに、佐藤は慶応大学仏文科発行の雑誌『仏蘭西文学其他』（昭三・一～四・十二、全二十二冊。昭和四年一月から『仏蘭西文学』に改題）に、コクトオの翻訳や紹介記事を掲載している。詩は、「ポエジイ」「オペラ」「用語集」「永眠序説」といった、コクトオの詩集全四冊から選んだものが八篇、エッセイは、堀辰雄も原書で読み、多大な影響を受けた「職業の秘密」を三回にわたって訳しているだけでなく、「雄鶏とアルルカン」や「俗な神秘」を自身のエッセイ内で翻訳し、引用している。

堀口大學を入口にコクトオを読み始めたという佐藤の例は、堀辰雄とも重なる。堀は前出のエッセイ「コクトオと僕」にて、次のように述べている。「僕がジヤン・コクトオの詩を堀口大學氏の訳によつて始めて読んだのはもう十年ばかり前のことである。たしか『明星』誌上であつたらうと思ふ」。昭和七年の十年前の『明星』となると、大正十一年七月号「サロメ外五章」（「踊り子」「耳」）、同年十二月号「仏蘭西現代詩抄」（「バットリイ（断章）」「手風琴」）、翌十二年一月号「仏蘭西現代詩抄」（「グレコ」）のいずれかであろう。これらはコクトオの本邦初訳であり、管見の限りでは、次なる翻訳は佐藤春夫「薔薇を歌はんとして」（大十三・一『婦人画報』）を待たねばならない。したがって、堀はわが国で最も早いコクトオ読者の一人であったことになり、『月下の一群』ももちろん読んでいる。[*5]

大正十五年以降、同人誌『驢馬』等を舞台に、堀は詩を中心にコクトオ作品の翻訳を精力的に行なう。『驢馬』発表のものに限定しても、訳したコクトオ詩は実に十四篇を数える。また、小説「眠りながら」（昭二・六『山繭』。初出では「即興」）にはコクトオの小説「ポトマック」「グラン・テカアル」の影響が顕著であり、エッセイ「職業の秘密」も訳している（昭二・三『山繭』。初出では「職業的な秘密」）。さらに、コクトオ紹介のエッセイ「石鹸玉の詩人」

（大十五・七『驢馬』）は、扱っているのは詩に限られるが、発表は佐藤朔「ジアン・コクトオ」よりも早いので、おそらく本邦初のコクトオ論だろう。

堀に先駆け、詩人竹中郁は、同人誌『骰子』（大十四・十、全一冊）にてコクトオ詩を十一篇訳しており、一部は『近代風景』（昭三・二及び五）にも再録された。竹中は、エッセイ「遊歩時間《プレイタイム》」（昭二・四『近代風景』）にて、「日本の若い人達の間で評判のいいジヤン・コクトオ先生」と、コクトオがわが国の若い世代に受け入れられつつあることを記している。同じく『近代風景』の昭和二年七月号では、宍戸儀一（宕戸儀一と誤植されている）がエッセイ「詩園風景」にて、コクトオ輸入後、その亜流が氾濫したことを嘆いている。

わが国の超現実主義者もまた、コクトオに関心を寄せている。「超現実主義機関誌」である『衣裳の太陽』では、Toshio（上田敏雄）がコクトオ詩「EXPLICATION DES PRODIGES DE LA NUIT DU 24 OCTOBRE」を訳している（昭三・十二）。同誌には、上田敏雄「THEATRE APOSTERIORI?」（昭三・十二）や、北園克衛「SUR UN PAROISSIEN」（昭四・二）といった創作詩が、いずれもコクトオへの献辞を付して掲載されている。[*6] また、山中散生らの同人誌『シネ』（昭四・二〜五・六、全九冊）は、冨士原清一訳のコクトオ詩「DECOUVERTE DES PATTES DU SPHINX en 1926」を掲載した（昭四・五）。

先人たる堀口大學の活躍も著しい。『月下の一群』に続く訳詩集『空しき花束』（大十五・十一、第一書房）は、コクトオ詩十一篇を収める。昭和に入ると、『PANTHÉON』（昭三・四〜四・一、全十冊）とその後継誌『オルフェオン』（昭四・四〜五・二、全九冊）にて、詩を二十九篇、エッセイは「キリコ論」（「俗な神秘」の一部）の他、「白紙」を十六回にわたって連載している。これらの雑誌の発行元である、第一書房刊行の『近代劇全集』第二十四巻（昭二・十）では、戯曲「エッフエル塔の花嫁花婿」の翻訳も行なっている。

この間、大田黒元雄による翻訳『雄鶏とアルルカン』が第一書房より発行された（昭三・七）が、これはコクトオの翻訳のみで構成された単行本としては、本邦初のものとなる。偶然だろうが、同年同月の『近代風景』にて、篠崎初太郎がやはり翻訳「雄鶏とラルルカン」を発表している。もっとも、同書の翻訳自体は堀辰雄が同人誌『虹』（大十五・九〜昭二・十一、全六冊。第一号のみ『箒』）にて、五回にわたって行なったものの方が早い。

主な事例を紹介したが、このように、『月下の一群』をきっかけに大正末から昭和初期にかけて、コクトオの翻訳は多く試みられており、その名前は確実に浸透していた。当然、まとまった形での翻訳への期待も高まっていただろう。

3 堀辰雄『コクトオ抄』

こうした風潮の中、堀辰雄は『コクトオ抄』（昭四・四、厚生閣書店）を刊行する。翻訳集ではあるが、これが堀にとって初の単行本となった。同時期に、堀口大學は『コクトオ詩抄』（昭四・三、第一書房）を刊行したが、収録作品は雑誌や単行本で発表済みの詩が中心となっている。これに対し堀『コクトオ抄』は、詩のみならずエッセイや小説といった散文も広く収め、本邦初訳のものも多い。本書からは、詩以外の作品も多く紹介することで、多面的なコクトオ像を提示する意図が感じられる。それは、巻末にて「ポエジイ（POESIE）」、「ポエジイ・ド・ロマン（POESIE DE ROMAN）」、「ポエジイ・クリテイク（POESIE CRITIQUE）」、「ポエジイ・ド・テアトル（POESIE DE THEATRE）」、「ポエジイ・グラフイク（POESIE GRAPHIQUE）」の各ジャンルに分類されたコクトオ作品の名称を、可能な限り多く並べていることからもうかがえる。

ただし訳文は、特に詩はこなれのよさ、流麗さ、響きのよさ、いずれにおいても堀口大學には及ばず、いかにも翻訳らしい堅苦しさが抜けていない。

散文に目を向けると、「ポトマック」「グラン　テカアル」といった小説は、いずれも長篇のため一部を抄訳することになる。こうした事情もあり、小説もまたその魅力を十分に伝えきれてはいない。そこで、やはり本書における収穫は、原典との差異が少ない形で訳出されたエッセイということになる。大田黒元雄訳の単行本『雄鶏とアルルカン』（昭三・七）といった前例はあったが、詩に比して、コクトオのエッセイが紹介される機会は少なかった。そのためだろうか、本書所収のエッセイに刺激されたと見られる、当時の読者によるコクトオへの言及が確認できる。本書は詩人としてその名が広まりつつあったコクトオについて、より多面的な像を提示することに貢献したことは間違いない。

さらに、本書が訳者堀辰雄にとって持つ意味を検討しよう。

詩人というだけではない、多面的なコクトオ像の提示、ということとは矛盾するかも知れないが、本書の収録作は散文であっても、不思議と詩を読んでいるような印象がある。小説では、詩的な表現が随所で用いられる上、独立性の高い、幻想的とも言える箇所が訳出されているため、散文詩のような趣きがある。エッセイでは対象の魅力について、詩的な比喩を用いた文章で楽しげに語られている。そのため、理詰めによる構成で論理的に語るのではなく、対象の魅力を詩的に謳い上げる形に近付く。

詩としての趣きを多分に備えたエッセイは、対象の魅力はもちろんだが、文章そのものの力によって読ませる部分が大きく、時には対象よりも文章自体が強い輝きを放つ。コクトオのエッセイが持つこうした特徴は、対象が変わっても、常にその魅力を、平明だが味わい深い文章で楽しげに語る、堀自身のエッセイにも共通して指摘できるものだ。ただし昭和四～五年の堀のエッセイはまだこなれが悪く、独自の比喩と飛躍が多い文章のため、読み物としての魅力が弱い。こうした欠点が克服されることで、後年の魅力的なエッセイ群が誕生する。『コクトオ抄』はその原点であり、堀はコクトオのエッセイを翻訳することでその語り口を学び、自己のスタイルを作り上げていったのではないか。

構成に目を向けると、コクトオの詩や小説、エッセイの抄訳を年代順に掲載している。翻訳された作品を見ると、夢や死に関わるものがいくつか確認できる。

「喜望岬」は、本来十篇の詩から成る詩集であるが、堀はこの内「死への誘ひ」のみを選択して訳している。小説「グラン　テカアル」は、一部のみを抜き出すのは難しいので、作品紹介の意味で冒頭部のみを訳す方法もあったろう。[7]しかし堀はこの方法を取らず、主人公が服用した薬のために幻覚を見る、第九章のみを訳した。松田嘉子が指摘するように、[8]堀「死の素描」（昭五・五『新潮』）には、この章に類似した表現が見られる。

エッセイ「マリタンへの手紙」には、「私は砂糖が夢を見させる事を知つたので、私はそれを幾箱も食べた。私は日に二回着物を着たまま横になつた」、との一節がある。夢をたびたび作品で用いた、コクトオらしい逸話と言えよう。これが堀のエッセイ「プルウスト雑記」（昭七・八『新潮』）にて、「砂糖が夢によく利く、と云ふことを聞いて、ドッロ《ママ》プを澤山しやぶりながら寝たことがある」、という形で反復される。

第二部以降で見るように、夢や死は、初期の堀作品にて何度も取り上げられている。これらは初期作品のみならず以後の代表作でも繰り返し扱われ、堀作品における重要なモチーフと化す。こうした、夢や死に対する志向が、『コクトオ抄』における作品選択にて既に確認できる。

このように、『コクトオ抄』はエッセイにおける堀の語り口、夢や死といった堀作品の主要モチーフ、これらを用意する重要な一冊となったのではないか。もちろん堀の語り口や、主要なモチーフが形成されるには、この一冊に収めたコクトオ作品だけでは足りないが、本書がその重要な一翼を担っていることは間違いない。このように考えた場合、処女出版たる『コクトオ抄』が、作家堀辰雄にとって持つ意味は決して小さくない。

4　昭和四〜五年のコクトオ翻訳書とその反響

先述のように、堀辰雄『コクトオ抄』に刺激されたと見られる、同時代読者によるコクトオの引用や言及例がいくつか確認できる。

春山行夫は、「反対に答ふ　他五件」（昭四・六『詩と詩論』）にて、「奔馬の速力は速力の中に這入らない」というアフォリズムを、『コクトオ抄』収録の「鶏とアルルカン」から引いている。阪本越郎のエッセイ「詩の重量《ポエジイ》」（昭四・十二『シネ』）には、コクトオのエッセイ「職業の秘密」の一節、「書くこと、特に詩を書くことは汗をかくやうなものだ」が引かれている。読点が一つ省略されているが、その他の表記は堀訳と全く同じなので、『コクトオ抄』からの引用であろう。「新しい詩的精神其他」（昭四・六『FANTASIA』）にて、コクトオが日本で評判であることに言及した村木竹夫は、「詩と舞踊他」（昭四・十二、同）と総題されたエッセイ九篇中、三篇でコクトオに言及しており、その強い関心がうかがえる。中でも「北川冬彦君に」では、堀辰雄の詩「（天使達が……）」（昭二・二『驢馬』）を引用して評価しており、創作者としての堀にも注目していたようだ。春山を除く、阪本や村木の場合、昭和四年以前にはコクトオに言及した例は確認できないので、『コクトオ抄』（及び『コクトオ詩抄』）によって初めてコクトオを本格的に読み、その魅力を知ったのだろう。

このように、堀『コクトオ抄』は、詩だけでなく、散文においても優れた手腕を発揮する才人としてのコクトオ像を、実作を多く紹介することで提示した。これが、翌年刊行されるコクトオの小説とエッセイ集が、広く受け入れられる素地を形成したと考えられる。

昭和五年、東郷青児訳『怖るべき子供たち』（九月、白水社）と、佐藤朔訳『コクトオ藝術論』（十月、厚生閣書店）

が刊行された。両書とも評判となり、前者は現在もコクトオの代表作として名高い。だが、当時は後者に対する書評も多く、注目度は高い。しかもそれらを見ると、『コクトオ藝術論』はコクトオを理解するための手引書として読まれた節がある。

　春山行夫「コクトオ出現！『コクトオ藝術論』」（昭五・十・十一『読売新聞』）は、「〔コクトオの〕作品には実に巧妙に仕組まれた手品があり、秘密がある。この秘密を手品にしたのが、換言すると彼のエッセイである」、と述べる。同書をコクトオの秘密を解き明かす手掛かりと見なしている、と読める。実際、同書所収の「職業の秘密」について、春山は「『職業の秘密』はポエジイの種明しであると同時にその良き案内書だ」、としている。いち早くコクトオに注目、翻訳した人間の一人である竹中郁もまた、「『コクトオ藝術論』の紹介」（昭六・一『詩と詩論』）にて、『コクトオ藝術論』は「コクトオの純作品を解きは《ママ》ぐす横の糸である。コクトオを理解するための必携書である」、とする。

　春山は堀辰雄『コクトオ抄』を第一弾とする、「現代の藝術と批評叢書」の仕掛け人であり、竹中もまた、早くから翻訳をしていたほどであるから、両者ともコクトオへの理解は深く、解説書の類を欲していたとは考えにくい。だが、「今まで日本に紹介されたコクトオを是正する時こそ今だ」という竹中の言を見ると、当時のわが国でのコクトオ受容につき、次のような疑問を禁じ得ない。確かにコクトオの知名度、作品への関心は高まっていたが、内容が理解できず、魅了されるに至らなかった人間も多かったのではないか、と。

　堀辰雄『コクトオ抄』刊行直後に発表された、楢崎勤「青葉病とコクトオの詩」（昭四・六『近代生活』）というコントがある。十六歳の少女が、性的な内容のコクトオの詩（「黒奴《くろんぼ》美人は半開の戸棚です／中には濡れた珊瑚がしまってある」）を、意味も分からずに愛読している、というもの。もちろん、この手の性的な意味を含んだ、しかも機知を働かせた表現は、この年齢の少女を対象にしたものではなく、十分に理解できないのも無理はない。だが、当時コクトオに接した多くの読者像を、この少女は案外正確に反映しているのではないか。つまり、単なる流行からコクトオに手を出したが、意味も分からずに読んでいたという読者は多く、少女はその典型的な一人だったのではないか。

この仮説を検討する上で、堀口大學「ジャン・コクトオに関するノオト」（昭七・十一『新潮』）は、有力な手掛りとなる。

「コクトオの藝術の単純さが、多くの複雑をかくし、簡素さが、多くの豊麗さを内蔵してゐるので、彼の作品にあらはれるイマアジュを味到するに、読者に多くのサヴォワアル（知識）を必要とする場合が極めて多い。これが、彼の作品が大衆に受け容れられない理由である。」

これはフランス本国での事情についての説明だが、当時のわが国にも共通するものと思われる。コクトオ作品、特に詩の特徴として、一見かけ離れたものの共通点を見出し、機知によって結び付ける手法が挙げられる。愛読者にとっては、その意外性に満ちた巧みな比喩こそが、この上ない魅力となる。しかし、コクトオの表現は簡潔さを旨としているため、結び付けられたものの関連性が分かりにくい例も存在する。特に、理解するのにある程度の知識を要する作品の場合、この傾向は顕著になる。実際、大學が例に挙げる詩「トルウヴィル」を味読するには、海水浴場トルウヴィルと、これが置かれた状況についての知識が必要で、大學はこの四行詩の説明に二十六行を費やしている。

簡潔に表現された詩につき、説明を受けることで内容の理解はできても、それが魅力を感じることにつながるわけではない。ならば、コクトオの名が浸透し、作品が多く邦訳されても、味読するための知識が要求される作品では、これを堪能することは難しい。大學はコクトオ詩の難解さを認めながらも、「その理由が、読者にある場合がしばしばある」と、読者の知識不足にその原因を求めている。しかし大學の場合、コクトオに限らず、フランス近代詩について本国人以上の知識と鑑賞眼を持っていた。大學と同等の教養を、フランスはもちろん、わが国の平均的な文学愛好者に要求するのは酷であろう。

当時のコクトオ読者について知る恰好の材料として、今日出海「ジヤン・コクトオ著　東郷青児訳『怖るべき子供たち』について」（昭五・十二『詩・現実』）がある。今は、「コクトオの詩集を読むことが嬉しかった」が、「意表に出る形容詞を深く吟味すること」はなく、「その技工《ママ》の新しさに幻惑されてゐた」という。東大仏文の出身で、シュルレアリスムの詩人フィリップ・スウポオを原書で読んでいた今も、コクトオ作品の機知を十分に理解できていなかったことが分かる。今は、コクトオが称揚するラジゲ「肉体の悪魔」と「ドオルジェエル伯爵の舞踏会」を読み、「僕の考へてゐたコクトオとは遠い質実な作品だつた」ことに驚いたという。この記述から、今がコクトオ作品に、「質実」さとは無縁の斬新さや華やかさを見出し、魅かれていたことは間違いない。[*9]

今は『怖るべき子供たち』を、「質実」なラジゲ作品と関連づけて説明する。「坦々たる人間心理の牙城にラジゲは不撓の歩行を続けた。そして『怖るべき子供たち』も亦この路の直線上に横たはつた。／フロオベエルもスタンダアルも歩いた古い路だ。（中略）／コクトオはこの古い路、一本しかない路を察知した」。ここで今は、フランス文学史にその名を残す、フロオベエルやスタンダアルの系譜に立つ作家としてのみ、コクトオを評価している。そのことは、「コクトオの奇智《ママ》はもうここでは頼りない武器である」という、巧みな比喩を操る詩人コクトオを否定するともとれる一文から明らかだ。今の文章からは、コクトオについて抱いていた浮薄なイメージが一新され、「人間心理」を追究する作家としてのコクトオ像をつかんだことへの、安心と興奮が感じ取れる。機知に富んだコクトオ詩に、その目が再び向けられる可能性は、今の書評からは見えない。

補足すれば、コクトオ作品の身上は、ありふれた対象から新たな魅力を見出し、表現することにある。[*10] この点は、先人達の築いてきたフランス文学の伝統から大きく外れるものではない。だがその表現が、機知を働かせた斬新なものであるため、表現の新しさにばかり注目が集まり、本質までが理解されることは、本国フランスでも日本でも難しかったようだ。今日出海の目は、確かにコクトオ作品が持つ伝統性を捉えているのだが、作品の大きな魅力である斬新な表現には否定的で、これを味読することは放棄されている。

その名は多く目にしながらも、詩作品は必ずしも平易でないコクトオに困惑していた者達は、『怖るべき子供たち』を今日出海と同様のイメージで捉え、愛読していたのではないか。『怖るべき子供たち』は多くの読者を得て、昭和九年には改版も出ている（九月、白水社）。この人気を支えた読者の中には、流行していたコクトオの詩作品にはなじめなかった者が多く含まれていたのではないか。『コクトオ藝術論』が『怖るべき子供たち』と併称され、コクトオ作品の手引書として多く言及されたのは、こうした事情によるものと考えられる。

『怖るべき子供たち』は、現在もコクトオの代表作とされており、岩波文庫版（昭三十二・八初版）は長く版を重ね、近年では光文社文庫での新訳（中条省平・中条志穂訳、平十九・二）が刊行され、その人気は衰えない。一方コクトオ詩集は、現在は新潮文庫版（昭二十九・十初版）が辛うじて刊行を続けるのみとなっている。誰もが耳にしたことがあるはずの、「私の耳は貝のから／海の響をなつかしむ」（『月下の一群』）の詩人というより、『怖るべき子供たち』の小説家というコクトオのイメージは、昭和五年頃に形成され、現在も続いている。

当時わが国に広まりつつあった、詩や散文に多彩な才能を発揮する才人としてのコクトオ像は、『怖るべき子供たち』の邦訳を境に大きく変化したことは間違いない。詩や小説にとどまらず、デッサンや演劇にも優れた手腕を示す、コクトオの多面性を考慮すれば、やはりこれは不幸な事態であった。

5　専門家達と堀辰雄のコクトオ観の相違

ここで、『怖るべき子供たち』邦訳以前のコクトオ読者、特に原書で積極的に読んでいた者達を中心に、そのコクトオ観を確認してみよう。

まず逸することができないのは堀口大學。大學は、アポリネエルやコクトオの詩が、「在来の美の観念、在来の詩の観念に反抗する。てう戦する」ものであると述べる（「短詩型流行と産詩制限㈡」大十五・八・十三『東京朝日新聞』）。だがその事情についいては、「彼等は在来の美、在来の詩に対して、それ等の忠実なるじゆん奉者達よりも一層注意深く、一層鋭敏であつたから」だ、としている。コクトオらが「在来の美、在来の詩」、すなわち伝統に根ざすものに精通していたからこそ新しさを実現している、という逆説的な見解と言える。

佐藤朔は「ジアン・コクトオ」（昭三・十二）にて、「彼の詩に使つてゐるイマアジユはいつも色彩的で、新鮮である。それは対象に、ある神秘なものを付与する力さへを持つてゐる。（中略）この異常な力を持つたイマアジユが彼の詩に新らしいシアルムを与へる」と、コクトオ詩の持つ斬新さや魅力を強調する。しかし「anecdotiques　コクトオとスウポオ」（鳥巣公名義。昭四・一『仏蘭西文学』）では、「シユルレアリストの連中に比べれば、コクトオの詩なぞは、少しもモダンでもなければ『新らしく』もない」と、コクトオの新しさを限定的に捉え直す。その上で、「コクトオ自身も、自分はあくまでも、伝統的な仏蘭西文学の流れを尊重するものであると云つてゐる」と、コクトオ作品が持つ伝統性を、本人の言を引いて指摘している。こうした指摘は、先の堀口大學の見解とも共通する。

わが国のプルウスト研究を大きく進展させた井上究一郎は、「ジヤン・コクトウー　Son profil perdu.」（昭三・十二『嶽水会雑誌』。本名の九一郎名義で発表）にて、コクトオの小説「うそつきトマ」に触れ、「スタンダァルの『パルムの僧院』を彷彿たらしめる文体の素樸と心理解剖は彼が遂に伝統の教理に籠らんとする祈念であらう」と述べる。後に今日出海が、『怖るべき子供たち』に見出したコクトオ小説の伝統性が、早くも指摘されている。

　河上徹太郎や中原中也らと『白痴群』を創刊（昭四・四）した古谷綱武は、同誌十一月号に「ジヤン・コクトオ論」を掲載した。「廿世紀的装飾といふ言葉で割り切れてしまつて、後に何の残りも出ない作品」と異なり、「コクトオの作品は、この廿世紀的産物といふ言葉だけでは割り切れない。残りが出るのである」、とする。さらに、「伝統は時代毎に変装する。然し公衆は目付きを知らないから決してその仮面のもとにそれを見付け出さない」（「鶏とアルルカン」）というコクトオの言を引き、「（コクトオは）古典的精神（中略）を発見した。そして彼は今や放縦な夢想を捨て謙遜な労苦への道を行く」、と述べる。斬新な表現が持つ魅力を認めた上で、内に潜む伝統性こそが作品を支える支柱であることが主張されている。

　このように、コクトオ翻訳を多数手がけ、わが国での紹介に努めた堀口大學や佐藤朔を始めとするコクトオ読者達が、作品に見られる伝統性を指摘している例が確認できる。こうした同時代の見解と比較することで、やはり当時コクトオの翻訳や紹介を多く行なった堀辰雄のコクトオ観につき、明確な差異を際立たせることができる。

　堀辰雄がコクトオを初めて論じたエッセイ「石鹸玉の詩人」（大十五・七）では、「ジヤンの詩は外面は桃いろだが、内面は黒く、にがい味がする」と、コクトオ詩の美しさに潜む、暗いものを観取している。コクトオが傾倒した画家、ピカソとの比較も注目される。「ジヤンはピカソのごとくであり、まつたく新奇なのではあるが。《ママ》かつてから存在してゐたもののやうに美しい」。コクトオが一部の詩を「十七八世紀に愛用された詩形で作つてゐる」ことと、ピカソが「古典主義の画家に深く傾倒して所謂新古典主義の作品を多く描いた」ことを指摘し、「二人の気持に僕は偶然ではないものを感じてゐる」とする記述と合わせれば、堀もまた、堀口大學や佐藤朔と同様、コクトオ作品が伝統的なフランス文学の系譜に立つものと捉えていた、と考えられる。ただし、この点はあまり強調されておらず、エッセイ全体を通じては、コクトオ作品の美しさ、華やかさに魅かれている印象が強い。

昭和四年に至り、堀のコクトオ観に大きな変化が見られる。エッセイ「ジアン・コクトオ」（昭四・一『創作月刊』）では、コクトオ作品の美しさや華やかさへの言及は一切なく、作品から引用した、「死」に関連した不気味な記述で構成されている。特に、コクトオの詩集「オペラ」について、「そこにも死の判じにくい署名と気味の悪いデッサンが一面に描かれてある」と述べており、この詩集の衝撃が大きかったことが分かる。大正十五年の時点で、堀はコクトオ作品に潜む暗さを指摘していたが、コクトオ作品が「死」一色で彩られているかのようなこの紹介の仕方は、「石鹸玉の詩人」とはかなり印象が異なる。

同時期に、堀は小説「不器用な天使」（昭四・二『文藝春秋』）を発表しているが、エッセイ「ジアン・コクトオ」で強調した、コクトオ作品に見られる「死」の不気味さは確認できない。コクトオ「グラン・テカアル」の影響が濃いこの作品[*11]では、コクトオ作品の美しさ、華やかさを重視した、「石鹸玉の詩人」の頃のコクトオ認識がより強く反映していると見られる。ただし、本作は多くの注目を集めたが、否定的な評価も少なくなかった。

この年の四月に堀は『コクトオ抄』を刊行するが、反響は意外なほど乏しかった。この事実は、「オペラ」の衝撃や「不器用な天使」の賛否両論と合わせ、堀にコクトオ観の再考を促したと考えられる。

堀口大學訳『オルフェ』（昭四・四、第一書房）に触れた堀の「『オルフェ』覚書」（昭四・十一『文学』。初出では「オルフエ」）では、「この作品には、（中略）『オペラ』の主題をなしてゐる無気味な死の観念がはつきり感じられる」と、やはり作品に漂う「死」の匂いを強調している。このエッセイでより注目されるのは、コクトオに関するラジゲの次のような発言を引用している点だ。「コクトオはモダアニスムを少しも狙はないで書く。彼には薔薇を嗅ぐことを許されるに充分な新しさがあるからである」[*12]。この一節は、ラジゲのエッセイ「一七八九年以来、人びとはぼくに考えることを強いた。おかげでぼくは頭が痛い」から引用されたもの。昭和五年四月の『前衛』では、堀は全文の翻訳も行なっている。この点から、堀がラジゲの発言に強い印象を受けたことは間違いない。

昭和五年二月発表のエッセイ「レエモン　ラジィゲ」（『文学』。初出では「レエモン　ラジゲ」）には、やはり「コクトオはモダアニスムを狙はないで書く」の引用がある。堀の主張の要点は、「今日の作家達はあまりに『心理の新しい発見』をのみ心がける。それが彼等をしてあのやうな『異常さ』に導くのだ。（中略）我々はそれから逃れるためには、先づラジゲの『平凡さ』を理解する必要があるやうだ」、という箇所に集約される。実は「不器用な天使」もまた、「心理の新しい発見」を追究した作品だった。だが、この方法を否定した上で、「ラジゲの『平凡さ』」に注視することを強調したこのエッセイは、「モダアニスム」への傾倒からの脱却を明確に宣言している。

三か月後に発表されたエッセイ「小説の危機」（昭五・五・二十『時事新報』）における、コクトオへの言及は興味深い。ここで語られる堀の時代認識は、「我々の時代は、伝統的な『舞踏会』と革命的な『ユリシイズ』との間に板挾みになつてゐる。そして、そのいづれに行くべきか、我々は躊躇してゐる」、というものだった。そのいずれとも異なる、第三の道として堀が提示するのが、コクトオ作品に他ならない。

「彼〔コクトオ〕の小説は、（中略）すこぶる我々を当惑させる思ひがけない、新しいスタイルによつて、一個のフイクシヨン（それはラジゲと同様に伝統的な）にアンダアラインしたものである。そして恐らくは、もつとも現代的な小説がそこに、あるだらう。」

ここでは、当時の文学状況を念頭に置いた上で、コクトオを「新しさ」（「すこぶる我々を当惑させる思ひがけない、新しいスタイル」）と「クラシシスム」（「ラジゲと同様に伝統的な」）が同居した、まったく新しい作家とする評価が打ち出されている。「石鹸玉の詩人」の時点で、コクトオ作品の美しさ、華やかさに注視する一方で、伝統性の観取も見られたが、それらの関連性はやや曖昧だった。これが「小説の危機」に至ると、両者が同居した「もつとも現代的な小説」の書き手であることが、コクトオの独自性として強調されている。こうした評価は、後の「コクトオと僕」（昭七・五）でも繰り返されており、以後も続く堀のコクトオ観が、ここで確立したと言える。

コクトオ作品の華やかさに魅かれた読者には、味読できずに離れていく者も多かった。原書でコクトオ作品に触れ、理解を深めた読者は、多く作品の伝統性を指摘している。そうした中で、斬新さと伝統性の両者を統一的に捉え、コクトオ最大の特徴として打ち出した者は、他に類例を見ない。ここで初めて、堀辰雄のコクトオ観の独自性が際立ってくる。

6 堀辰雄のコクトオ観

わが国におけるコクトオ紹介にあたって、堀口大學の果たした役割ははかり知れない。また学術方面においては、佐藤朔の功績が大きい。[*13]

特に、コクトオは伝統を熟知しているからこそ新鮮な詩が書ける、とする堀口大學の理解は、堀辰雄の見解と近い。しかし大學の場合、コクトオに対する評価は、詩人としての側面に対するものが大きい。「才人ジャン・コクトオ」（昭三・十『文章倶楽部』）にて、大學はコクトオの多才ぶりを紹介しているが、その本領は「彼が詩人であることに在る」と断言する。堀もまた、コクトオの詩を愛してやまないことに変わりはないが、出発期にあった作家らしく、コクトオの小説により多くを学ぼうとしていた。詩人としてのコクトオと作家としてのコクトオ、どちらを重視するかという点に、大學と堀の決定的な違いがある。

フランス文学に深い教養を持つ大學や佐藤と異なり、堀は仏文専攻ですらなく、国文科の所属であった。しかし、堀はコクトオの原書を独学ながら数多く読破し、自身の作品にまで取り入れている。初期の作品こそコクトオ作品の美しさ、華やかさの影響が強いが、「オペラ」の衝撃を経、さらには「クラシシスム」への関心を強めていくことで、斬新さと伝統性の共存した作品を書く人物としてコクトオを捉えるようになる。書かれる作品もまた、コクトオの「モダアニスム」の影響は次第に影を潜めていく。一例を挙げれば、昭和四年十月発表の「眠れる人」(『文学』。初出では「眠つてゐる男」)は、「不器用な天使」(昭四・二)と同じく三角関係を扱う。だが、恋のライバルは自殺、主人公がヒロインに魅かれていた理由は彼女に潜む「死」であったとされ、「不器用な天使」に比べ暗い陰りを帯びている。ここには明らかに、堀が「オペラ」に見出した不気味な死の観念が反映している。

かくして、コクトオ作品の読解と自身の創作を繰り返すことによって、斬新さと伝統性の共存した全く新しい作品の書き手という、独自のコクトオ観を堀は確立する。この点で、やはりコクトオを原書で愛読し、作品の華やかさに魅かれつつも、伝統に連なる作家というコクトオ観に落ち着いた今日出海とは異なる。自らも小説の創作を試みることで、独自のコクトオ観を持つに至った堀辰雄は、同時代のコクトオ読者の中でも特異な存在と言えるだろう。

こうしたコクトオ観に到達しつつも、堀自身は「小説を書く以上は、か丶る伝統的な法則に従ふより他はない」(前出「小説の危機」)と述べている。実際、「聖家族」(昭五・十一『改造』)はフランス伝統文学の流れを汲むラジゲの影響が強いとされるが、発表当時、谷川徹三が「聖家族」を次のように評していたことは見逃せない。「これはあらゆる古さをもちながら全く新しいものである。しかも単に新しいものより以上のものである。(中略)こ丶にはラテン風の彫たくと正しい格とによつて古典的な品位を感じさせる文章がある。しかし神経の弱々しいせんい動はその文章の線におよそ古典的でない陰を与へてゐる」(「文藝時評(五)」昭五・十一・十『東京朝日新聞』)。作品に共存する新しさと伝統性は、この時点で既に的確に捉えられている。後に横光利一が、「聖家族は内部が外部と同様に恰も肉眼で見得られる対象であるかの如く明瞭にわたくし達に現実の内部を示してくれた最初の新しい作品の一つである」(「序」『聖家族』昭七・二、江川書房)と、作品の決定的な新しさを強調したことも想起される。

大正末~昭和初期は、わが国におけるコクトオ受容期であり、詩人として紹介されたコクトオは、やがて小説家へと一般的な認識が変化した。この時期、作家としての自己形成期にあった堀辰雄は、コクトオの熱心な読者であり、翻訳や紹介を積極的に行なっていた。その結実である『コクトオ抄』が、作家堀辰雄にとって持つ意味は極めて大きい。同時代の読者たちと同様、そのコクトオ観はさまざまに変化したが、最終的には堀独自のものが形成されていく。そこには、創作者という堀独自の条件が働いており、そのコクトオ観は作品にも間違いなく反映していった。個々の作品論は後の章に譲るが、出発期の堀辰雄におけるコクトオ受容の重要性を改めて強調しておきたい。

注

＊1　「ジャン・コクトオの死」(昭三十八・十二『文学界』)。
＊2　「自伝」(『現代日本詩人全集』11　昭二十八・十一、創元社)。
＊3　「『雪明りの路』について」(『雪明りの路』昭二十七・三、木馬社)。
＊4　「ジャン・コクトーという詩人の存在を知ったのは、大正十四年(一九二五年)の『月下の一群』の中で、堀口大學氏の洒脱な訳しぶりに感心した。それから早速原書の『詩集』(一九二四年)を取り寄せたが、それは大正十五年ではなかったか。」(「コクトーと私」『破壊と創造』昭五十三・四、昭和出版)
＊5　昭和六年二月九日附、福田清人宛書簡に言及がある。
＊6　上田詩では「a Jean Cocteau」、北園詩では「A Jean Cocteau」の献辞がある。

＊7　『詩・現実』（昭五・六）に掲載した「グランテカール断章」では、第一章の前半部分を訳している。

＊8　「扁理とアンリエット」（昭五十七・六『現代文学』）。

＊9　今「文藝時評」（昭五・九『作品』）に、堀とスウポオの類似性の指摘がある。

＊10　コクトオは「職業の秘密」にて、文学作品の役割は、「毎日彼〔読者〕の心と眼とが触れてゐるものを、彼がそれをはじめて見、そして感動するのであるかのやうに彼に思はせる所の、角度と速度とを以て、彼に示す事」にある（堀『コクトオ抄』）、と述べている

＊11　澁澤龍彥「堀辰雄とコクトー」（昭五十二・七『国文学』）に、既に指摘がある。

＊12　コクトオ「職業の秘密」には、「園藝家は自分の薔薇を香はせようとはしない。彼は、それらの頰や吐息が完全なものになる養生を、それらに実行させるだけである」（堀『コクトオ抄』）、との一節がある。園藝家とは詩人の比喩で、対象の本質を確実に捉え、奇抜な形容語句を用いず、的確に表現することのできる者を意味する。ラジゲは、コクトオがまさにそうした優れた詩人であることを示すために、薔薇の比喩を用いている。

＊13　ただし、佐藤はわが国初の超現実派による詩集『馥郁タル火夫ヨ』（昭二・十二、大岡山書店）に、詩「ÉCUMES DU CIEL」を発表したという意外な事実がある。

第二章　「ルウベンスの偽画」とコクトオ「グラン・テカアル」
――堀辰雄における「本格的小説」の試み――

1　はじめに

「ルウベンスの偽画」は、昭和二年二月に『山繭』に前半のみが発表された（以下「初稿」と呼称）。末尾には「断片」の記述があること、また、「『山繭』と云ふ小さな雑誌にその前半だけを発表したがそれきり私はやや意に充たなかつた後半は発表せずに、そのまま机の抽出にしまひ込んで置いた」[*1]、と堀辰雄が回想していることから、昭和二年の時点で最後まで書かれていたようだ。その後、昭和五年五月に後半部を含めた形で『作品』に掲載され、初めて作品の全貌が明らかになった（以下「完稿」と呼称）。

初稿では、三人称を用いて、主人公だけでなく他の人物の内面も描いており、多くの人物が活躍する長篇小説に発展させようとした節がある。もちろんこれは実現していないのだが、西欧風の本格小説を日本で確立しようとする、若き堀辰雄の野心をうかがうことができ、興味深い。こうした、作品が秘めていた可能性について検討していくに当たり、ジャン・コクトオの小説「グラン・テカアル」との比較を試みたい。後に見るように、「ルウベンスの偽画」には、「グラン・テカアル」に倣った表現や方法が多く見出され、その影響は作品の執筆意図にまで及んでいる、と考えられるからだ。

「ルウベンスの偽画」におけるコクトオの影響自体は既に指摘があるものの、十分な検討はなされていない。澁澤龍彦は、「不器用な天使」（昭四・二『文藝春秋』）、「聖家族」（昭五・十一『改造』）における「グラン・テカアル」の影響を、多くの実例を挙げることで実証している。[*2]「ルウベンスの偽画」にも影響は見られるとしているが、初稿なのか完稿なのかが明確でなく、具体例も挙げていない。松田嘉子もまた、「不器用な天使」をコクトオの影響が見られる、最初の作品としている。[*3]「ルウベンスの偽画」については、完稿に影響が見られるとしているが、やはり具体例は示していない。

しかし、「ルウベンスの偽画」は、初稿時点から「グラン・テカアル」の影響下に書かれており、この作品での試行錯誤が「不器用な天使」を経て、「聖家族」に結実していく。つまり、「グラン・テカアル」を補助線とすることで、「ルウベンスの偽画」は作家堀辰雄の原点として、見直されるべき価値を持つ作品であることが見えてくる。本章では、「ルウベンスの偽画」における「グラン・テカアル」の影響と、後の堀作品との関連を検討することを目的とする。

2　「グラン・テカアル」との接点

堀辰雄は、「『堀辰雄作品集第一　聖家族』あとがき」（昭二十四・三、角川書店）にて、「『不器用な天使』は一九二八年の夏に書いた。コクトオやラジイゲの小説をはじめて知つた頃で、自分も何か新しい型の小説を試みたいと大いに意気込んだ」、と述べている。あたかも澁澤や松田の主張が裏付けられたかのようであるが、ここにはちょっとした、ただし初期の堀作品を検討する上で見逃せない虚構が含まれている。というのは、堀は大正十五年の時点で、一部ではあるが、「グラン・テカアル」を二度にわたって訳しているからだ。

まずは「石鹸玉の詩人　ジヤン・コクトオに就て」（大十五・七『驢馬』）と題されたエッセイの、次のような一節。

「これはジヤンの一つの小説の中のヱピソオドだが、／サーカスで、ひとりの厚かましい母親が自分の子供を支那奇術の実験に貸してやる。子供は箱の中へ入れられる。箱が開けられる。からつぽだ。箱は閉ぢられる。ふたたび箱は開けられる。子供があらはれる。そうして《ママ》自分の席へ戻される。がこの子供はもはや以前とは同じ子供でないのである。」

ここでいう「ジヤンの一つの小説の中のヱピソオド」とは、「グラン・テカアル」の次の箇所を指す。

「サーカスで、軽率な母親は、その子供を、支那人の魔術師の実験に提供する。子供は箱の中に入れられる。箱の蓋が開くと、空っぽである。ふたたび箱が閉ざされる。開かれる。すると子供はあらわれ、もとの場所に戻っている。ところで、二度目にあらわれた子供はもう、もとの子供ではない。*4」

表現は多少異なるが、登場人物や内容が完全に一致している。もう一つの例は、堀がコクトオの詩として発表した「寓話」（大十五・五『驢馬』）という作品。

「私たちの生《ヴィ》の地図はかういふやうに畳まれてゐる――それを横切つてゐる唯一の大きな道が私たちに見えないやうに、そうして《ママ》地図を開けてゆくと、次第にいつも新しい小道が発見されるやうに。私たちは選択すると信じるが、決して選択を持てないのだ。

或ペルシアの若い園丁が彼の王子に云つた。

——私は今朝死と出遇ひました。彼女は私に脅迫の様子をしたのです。どうか私を救けてください。私は今夜奇蹟によつてイスパアンに行つてゐたいと思ひます。

親切な王子は彼の馬を貸してやつた。その午後、王子は死と出遇つた。彼は彼女に云つた。

——今朝、なぜ私の園丁に脅迫の様子をしたのですか?

彼女がそれに答へた。

——私は脅迫の様子をしたのではありません。あれは驚きの様子だつたのです。なぜなら、今夜イスパアンで彼を捕まへる筈なのに、私は今朝イスパアンの遠くで彼を見たからです。」

この詩は、『ジャン・コクトー全集』第一巻(昭五十九・十一、東京創元社)にも収録されているが、曽根元吉による「解題」では、「『寓話』の発表誌は不明」とされている。これは、「寓話」なる詩をコクトオがどこに発表したのかが不明、という意味で言われている。しかし、この詩についても、「グラン・テカアル」第二章冒頭部に全く同じ箇所が発見できる。

「われわれの人生の地図は折りたたまれているので、中をつらぬく一本の大きな道は、われわれには見ることができない。だから、地図が開かれてゆくにつれて、いつも新しい小さな道が現われてくるような気がする。われわれはその都度道を選んでいるつもりなのだが、本当は選択の余地などあろうはずがないのである。

ある若いペルシアの園丁が、王子にこう言った、

『王子様、今朝私は死神に出遭いました。死神は私に向って、何か悪いことの起りそうな仕草をして見せました。どうかお助け下さい。今晩までに、何とかしてイスパハンに逃げのびたいのですが』

親切な王子は自分の馬を貸してやった。午後、王子が死神に出遭った。

『なぜお前は』と王子が訊いた、『今朝、うちの園丁をおどかすような真似をしたのかね？』

『おどかすような真似だって？』と死神が答えた、『とんでもない、驚いた仕草をして見せたまでだ。だってあの男、今朝はイスパハンからこんな遠いところにいたのに、今晩はそのイスパハンでおれにつかまる運命なんじゃないか』」

ここでも、登場人物、内容とも完全な一致が見られるので、「寓話」は「グラン・テカアル」の一部を引くことで成立したことが分かる。以上の例から、堀は遅くとも大正十五年には、「グラン・テカアル」を読んでいたことは間違いない。さらに、昭和二年には、小説作品での利用が見られるようになる。

「蝶」は、昭和三年の発表（『驢馬』二月。初出では「即興」）であるが、「昭和二年三月」の執筆日付があるので、ここでは二年作品として扱う。主人公の容貌について、「私の硬い毛髪が頭の上にもぢやもぢやと生えるまゝにされてある」、という記述がある。これは、「ばらばらにおっ立った黄色い髪の毛は、思うように櫛も通らず、いつも彼はもじゃもじゃな頭をしていた」という、「グラン・テカアル」の主人公の描写に基づくものと見られる。[*5]

同じく二年作品「眠りながら」（『山繭』六月。初出では「即興」）は、わずか五頁ほどの作品ながら、「グラン・テカアル」の著しい影響が見られる。特に初出では、「グラン・テカアル」の一節をほぼそのまま作中に引いた上で、

末尾に「*J. Cocteau, Le Grand Ecart: p. 152.*」という、引用元を示す「附記」を付けているので容易に分かる。他にも、「グラン・テカアル」を地の文に取り込んでいる例が、ほぼ全頁にわたって確認できる。

昭和二年の堀作品は、「蝶」「眠りながら」「ルウベンスの偽画」の三つであるが、この内前二者で、「グラン・テカアル」を利用した表現が見られる。したがって、やはり二年作品である「ルウベンスの偽画」にも、何らかの影響が想定される。

3 「グラン・テカアル」に対する堀の評価

ここで「グラン・テカアル」と、作品に対する堀の評価について触れておきたい。

梗概は、次のようになる。主人公ジャックは、踊子のジェルメーヌと恋に落ちるが、友人に奪われ、自殺を図るが未遂に終わる。彼の恋には多分に思い込みが混じっていたのだが、失恋を経て、成長への契機をつかむまでが描かれる。このように要約すると、大変真面目で固い作品に思われるかも知れない。だが実際は、詩人らしく大胆な比喩を用いた文章による、軽快とも言える味わいの作品になっている。例えば、失恋直後のジャックを描く、次のような箇所。

「ジャックはリンクに目をやる。変形鏡の中でのように、彼女〔ジェルメーヌ〕は伸びたり縮んだりしている。音楽もまた、面白がって耳をふさいだり開いたりしながらオーケストラを聞いている時のように、音が大きくなったり、小さくなったり、千変万化する。ピーター〔ジャックの恋敵でもある友人〕もジェルメーヌも、グレコの描いた僧侶のようだ。伸びたり、緑色になったり、昇天したり、水銀燈に撃たれて気絶したり。」

失恋による精神的ショックを、ジャックの異常な感覚が捉えた光景によって表現するという、大変面白い試みがなされている。
またこの作品は、三人称にて複数の人物の視点を使い分けており、多くの人物を活き活きと描いている。主人公の視点が中心となるが、語り手は主人公と適度な距離を保っている。

「ジャックがいかに徒事《あだごと》を渇望して身をすりへらしたかは、作者がつとに説明したところである。」

「作者」が顔を出し、主人公を茶化すような説明を加えている。こうした語りは、両者の距離が確保されていなければ不可能だろう。
それでは、堀は「グラン・テカアル」をどのように捉えていたのだろうか。この点を確認しようとすると、あらゆる堀の文章を通して、「グラン・テカアル」の名前はほとんど発見できないことに気付く。内容に対する言及例としては、唯一次のようなものが存在する。

「現代の若い作家の書いた小説の中では、何といってもコクトオの『グラン・テカアル』がずば抜けてゐる。（中略）コクトオは彼の人物らを化学的に取扱つてゐる。（中略）それらの人物は次第に爆発性のある化合物を形成しはじめる。そしてそれが小説の最後の頁に行つて、突然、自然的な化学作用のやうに、爆発するのだ。」（「藝術のための藝術について」昭五・二『新潮』）

要約すれば、作中人物たちが、それと知らずに一つのことに関与することで物語が展開し、クライマックス（ジャックの失恋がこれに相当する）を迎える小説、ということになるだろう。多分に抽象的な表現であるが、堀が「グラン・テカアル」を高く評価していることが分かる。しかし、堀の「グラン・テカアル」観を伝える、唯一とも言えるこの文章も、実は「グラン・テカアル」の一節を利用したものであった。

「ジェルメーヌ姉妹、ラトー農園（姉妹の実家）、オシリス家の人々、ジャックとその家族、その夢。これらのものが一緒くたになって、一つの危険な爆発物になる。（中略）運命の神は、人間どもを化学的に取扱うのがお好きと見える。」

「爆発物」「化学的に取扱う」といった表現が、堀のエッセイと共通している。作品を語るに当たって、その作品自体を以てするという行為が、堀の「グラン・テカアル」への傾倒を雄弁に物語る。堀は、「グラン・テカアル」に傾倒するあまり、作品を客観的に見ることができず、気に入った表現や方法を、片端から自作で利用していたのではないだろうか。

第一章にて、「彼（コクトオ）の小説は、（中略）すこぶる我々を当惑させる思ひがけない、新しいスタイルによつて、一個のフイクシヨン（それはラジゲと同様に伝統的な）にアンダアラインしたものである。そして恐らくは、もつとも現代的な小説がそこに、あるだらう」、という「小説の危機」（昭五・五・二十『時事新報』）の一節を引いた。直接の言及はないが、このとき堀の念頭にあったのが「グラン・テカアル」であったことは、「現代の若い作家の書いた小説の中では、何といつてもコクトオの『グラン・テカアル』がずば抜けてゐる」と記した「藝術のための藝術について」が、同時期の発表であることから明らかだ。先に、「藝術のための藝術について」での「グラン・

テカアル」評を引用したが、中略した箇所には、次のような記述がある。

「これは一個の本格的小説である。これまでに多くの詩人らによつて書かれた所謂詩的小説とは全くその類を異にする。これはスタンダアルの『赤と黒』などと同種のロマンだ。」

「本格的小説」、「スタンダアルの『赤と黒』などと同種のロマン」という評価に注意したい。堀は、「藝術のための藝術について」や「小説の危機」で、優れた計算によって構成された、明晰な心理小説の書き手として、スタンダアルに敬意を表している。したがって、右に引いた評言は、堀が「グラン・テカアル」を、「赤と黒」同様、フランス心理小説の伝統に列なる作品と見なしていることを意味する。これと対照する形で、「多くの詩人らによつて書かれた所謂詩的小説」に、否定的なニュアンスで触れている。ただし、コクトオもまた詩人であるから、「グラン・テカアル」は詩的な比喩による表現を随所で用いており、見てきたように、堀は自作品でこれらを利用した表現を行なっている。ならば、堀が否定しているのは「詩的小説」全般ではなく、小説に詩を導入したことで新奇さは備えているが、伝統的小説に学んでいないような作品、ということになろう。

以上の点から考えて、堀は「グラン・テカアル」が、伝統的な「本格的小説」「ロマン」としての魅力のみならず、詩的な表現による新鮮さをも持ち合わせている点に魅かれた、と見ることができる。こうしたコクトオ作品のような魅力を備えた小説を書くことが、堀の選んだ方向だったのだろう。*6

4　「ルウベンスの偽画」の検討

それでは、「ルウベンスの偽画」における「グラン・テカアル」の影響を検討していこう。まずは、表現を利用した例を挙げておく。

「この二人の少女の声は、そのすべてを除いて、わづかに似てゐたのだ」は、「言ってみれば、すべてを除外した上で、彼女らはひとしかった」という、「グラン・テカアル」の表現に基づく。「彼等の腕と腕が頭文字《イニシアル》のやうにからみあつてゐるのに注意した」という比喩も、「彼女たちは、頭文字のようにからみ合って、眠っていた」という対応箇所が確認できる。「彼は自分の体内にいきなり下手な音楽のやうなものが湧き上るのを感じた」、あるいは「それは悪い音楽を聴いたあとの感動に非常に近いものである」は、「ジャック・フォレスチエは涙もろかった。映画や、俗悪な音楽や、さては一篇の通俗小説などが、彼の涙を誘うのだった」という、「グラン・テカアル」冒頭部を利用したものだろう。

特に最初のものなど、比喩が奇抜に過ぎ、文意が取りにくくさえある。これがコクトオの場合であれば、文体と相俟って、作品の軽妙な味わいを強めているのだが、地味な印象の強い「ルウベンスの偽画」では、比喩が浮いている感がある。なお、これらの例は、いずれも完稿で付された後半に集中している。前半部にも、それと思しき箇所はあるのだが、初稿・完稿を含めて確実と言えるものは発見できない。ここから、初稿発表後に「グラン・テカアル」の部分訳が二例確認でき、昭和二年作品には、常に「グラン・テカアル」を利用することを思いついたとも考えられる。だが、大正十五年に「グラン・テカアル」を利用した表現が見られることから、その可能性は低い。

前半部は、確実と言える表現の利用が見られない代わりに、方法面で「グラン・テカアル」との類似点が確認できる。それは、作品における視点の使い方にある。

先述のように、「ルウベンスの偽画」初稿は、三人称にて、主人公である「彼」のみならず、「彼女」や夫人の視点も用いている。[*7]このことから、当初この作品は三人の人物の視点を組み合わせることで展開していく予定だった、と推測できる。しかしながら、完稿で付された後半部では、視点が「彼」のみに統一されてしまう。さらに、昭和二年までの堀作品では、三人称の小説は他には全く書かれていない。これらの点から、「ルウベンスの偽画」では三人称、それも複数人物の視点を用いる必然性は薄いと言わざるを得ない。にもかかわらずこの方法が用いられているのは、他の昭和二年作品にて、「グラン・テカアル」の影響が常に確認できたことから、「グラン・テカアル」の方法によったものと考えられる。

堀は、作中人物たちが緊密に絡み合いながら展開していく作品として、「グラン・テカアル」を捉えていた。「ルウベンスの偽画」も、「彼」以外の人物の内面をも描き、それらを巧みに組み合わせていけば、緻密かつ複雑な作品世界が形成され、「グラン・テカアル」のごとく、「本格的小説」と呼べる作品が完成していたかも知れない。しかし、それまで一人称小説しか書いたことのなかった堀は、複数人物の視点を上手く活かすことができず、後半での視点は「彼」に統一せざるを得なくなったのだろう。

このように、「ルウベンスの偽画」には、前半では「グラン・テカアル」の方法が、後半では表現が導入されているという、興味深い現象が見られる。そこで、作品の主人公たる「彼」に着目することで、「ルウベンスの偽画」の前半と後半をつなぐ線を発見したい。

前半部での「彼」の描写では、心理を視覚的に表現した次のような箇所が目に付く。

「彼は〔彼女に〕声をかけようとして何故だか躇躊《ママ》してしまつた。すると彼はきふに変な気持になつた。そして彼はすべてのものを水の中でのやうに空気の中で感じだした。魚のやうなものが彼の靴の底をあぶなかしく逃げて行く。彼の手に触れて行くすばやい魚もある。（中略）また犬が吠えたり、小鳥が鳴いたりするのが、はるかな水の表面からのやうに聞えてくる。そして木の葉がふれあつてゐるのか、水が甜《ママ》めあつてゐるのか、さういふかすかな音がたえず頭の上でしてゐる。」（初稿）

この箇所について、池内輝雄は次のように述べている。

「『犬が吠えたり、鶏が鳴いたり』はコクトオの詩句『犬は近くで吠え、鶏は遠くで鳴く』（作者〔堀辰雄〕訳「ジャン・コクトオの詩」）を取り入れており全体に内面をヴィジュアルに描こうとする試みがあらわであるがそれほど成功しているとは思われない。[*8]」

「グラン・テカアル」ではないが、コクトオの影響が垣間見られる箇所であることが分かる。[*9]もう一つ、池内はこの箇所について重要な指摘をしている。

「主人公が彼女という存在を意識することによってその内面が変化させられるという関係式をみることの方が重要である。このような関係式は作品の中でかなり意識的に使われている。」

地上のものを水中のもののように感じるという、奇抜な表現のため気付きにくいが、確かに右の引用部では、

「彼女」を見て動揺する「彼」の心理の変化が描かれている。心理の変動を奇妙な感覚表現で捉えるというこの方法は、「グラン・テカアル」にも見られるものであった。変動の原因が、主人公が想いを寄せる女性である、という点まで共通している。

池内の指摘通り、こうした「彼」の心理の変化は、全篇にわたって確認することができる。例えば、「彼女」と二人きりになりながら何もなかったことに対する、「それだけだつたの?」という夫人の言葉を、「彼」は「しきりに思ひ出」す。「その声には夫人の無邪気な笑ひがふくまれてゐるやうでもあつた。また、やさしい皮肉のやうでもあつた。それからまた、何んでも無いやうでもあつた」という具合で、夫人の何気ない一言が、「彼」の内部に様々な煩悶を引き起こす。

また、「蝶類の騒がしさを持つ」、＊＊男爵のお嬢さんを見かけた晩は、その姿が「うるさいくらゐに彼のつぶつた眼の中に現れたり消えたりする」。「彼はそれを払ひ退けるために彼の『ルウベンスの偽画』を思ひ浮べようとした。が、それが前者に比べるとまるで変色してしまつた古い写真のやうにしか見えないことが、一さう彼を苦しめだした」。

いずれの場合も、「彼」の心理が他の人物の何気ない発言や、その姿などによって変動するさまが描かれている。そして、変動する心理の根底には、常に「彼女」に対する「彼」の想いがある。これは、初稿・完稿を通じて変わらない。この、「彼女」をめぐって変化する「彼」の心理を描くことこそ、「ルウベンスの偽画」の前半と後半をつなぐ線であり、堀が執筆当初から意図していたことではないだろうか。そして、作中人物たちがそれと知らずに一つのことに関与することで物語が展開する、というのは、先に整理した、堀の「グラン・テカアル」観に合致している。

堀の「グラン・テカアル」観に従えば、作中人物たちの関与が物語のクライマックスを導くのだが、「ルウベンスの偽画」では、「彼」が「彼女」の二葉の写真を見せられる場面がこれに該当する。写真をきっかけに、「彼」が胸に抱く「ルウベンスの偽画」は、「自分勝手につくり上げ」た「彼女の幻影《イマアジュ》」に過ぎず、現実の「彼女」とは別物であることを「彼」は思い知らされる。いわば、妄想が崩壊したわけだが、ここに至るまでに、「彼」の「彼女」への想いは周囲の人々によって何度も揺さぶりを掛けられていた。これによって妄想が打ち砕かれるというクライマックスは、「グラン・テカアル」ジャックの失恋に相当する。*10

堀が「ルウベンスの偽画」のクライマックスを、「グラン・テカアル」になぞらえて設定していることは、作品末尾の次のような場面からも確認できる。

「彼はその径に沿ふた木立の奥の、一本の樹のてつぺんに何か得体の知れないものが登つてゐて、しきりにそれを揺ぶつてゐるのを認めた。／彼が不安さうに、（中略）それを見あげてゐると、何だか浅黒い色をした小動物がその樹からいきなり飛び下りてきた。それは栗鼠だつた。／『ばかな栗鼠だな。』」

「何か得体の知れないもの」として「不安」を感じていた対象に、「ばかな」という形容を加えるのがやや不自然に感じられる。この場合、この言葉を向けるべき対象は、何でもないものに過剰な不安を抱いた「彼」自身ではないだろうか。この疑問は、「グラン・テカアル」の終わりに近い、次のような場面と比較することで解決する。

「彼〔ジャック〕は柵の向うに、オシリスのさっきの使用人がいるのに気がついた。ジュールは不思議なほど陽気に見えた。アヴァス通信社の自転車外務員たちと、人とり遊びをしているところだった。／『おかしな人たちがあるものだ』」

主人公が、何気なく見掛けたものを「おかしな」と評している。「ルウベンスの偽画」で、「彼」が栗鼠に対して「ばかな」という不自然な言葉を向けるのは、この場面を模倣したためだろう。ただし、「グラン・テカアル」の場合、周囲の人々(特に恋人)に翻弄されていたジャックが、ここでは冷静に他の人物を見ており、成長した姿が示されているが、「ルウベンスの偽画」の「彼」は、「彼女の幻影《イマアジュ》を自分勝手につくり上げてしまふ」自分に気づいただけで、これを克服するには至っていない。このことを、過剰な意識によって小動物すら恐怖の対象にしてしまう姿を示すことで再確認している、と言える。[*11]

この最後の場面から見て、「ルウベンスの偽画」では、「彼」の妄想が崩壊することを作品のクライマックスに据え、そこに至る過程として、周囲の人物が意図せずして「彼」の妄想にゆさぶりを掛けるさまを、初稿時点から何度も描いていた、と考えられる。この作品展開が、堀の「グラン・テカアル」観を如実に反映していることから、「ルウベンスの偽画」は、当初から「グラン・テカアル」の強い影響下で構想・執筆されたと見ていいのではないか。ならば、初稿時点で書かれていたはずの後半部は、現行の本文と内容面で大差のないものだったろう。

5 「ルウベンスの偽画」の意義

「ルウベンスの偽画」は、妄想の崩壊に至るまでの「彼」の心理を追っているが、その描写は、「グラン・テカアル」以上に丁寧になされている。「グラン・テカアル」は、多くの人物を活躍させていることもあり、主人公の内面の変化をさほど丹念に追っているわけではない。この点は、「グラン・テカアル」にヒントを得ながら、原典とは異なる点と言える。ただし、三人称で複数人物の視点を用いる方法と、変化する主人公の内面を描くという内容が、一致していない。このギャップは、後の作品で次第に埋められていくことになる。

「不器用な天使」は、周囲の影響で変化する作中人物の心理を再び描いている。だが、「ルウベンスの偽画」の経験を踏まえたのか、一人称を用いたため、描かれる心理は主人公に限定されている。また、澁澤龍彦の指摘通り、「グラン・テカアル」に酷似した表現が随所に見られるが、それらは奇抜に過ぎ、かえって作品を難解にしている。「聖家族」でも、「グラン・テカアル」に倣った表現は見られるのだが、奇抜さは影を潜め、しかも、「ルウベンスの偽画」では挫折した、三人称で複数人物の視点を用いる試みが、最後まで貫かれている。この方法は、相互の影響で変化する作中人物たちの心理を捉える上で効果を上げており、ここで初めて、「グラン・テカアル」から得た内容と方法が一致を見せることになる。

第一節で触れたように、堀作品における「グラン・テカアル」の影響は、「不器用な天使」以降の作品に見るのが通説であった。しかし、昭和二年六月発表の「眠りながら」にて、既にコクトオの小説の影響ははっきりと確認できる。さらに、発表時期で言えば、「ルウベンスの偽画」は「眠りながら」に四か月先行しており、コクトオの小説の影響下に書かれた堀作品としては、初の例ということになる。この作品での試行錯誤が、「不器用な天使」を経て「聖家族」に結実するのだから、「ルウベンスの偽画」は、「グラン・テカアル」の影響が以前から指摘されてきたこれら作品の、原点ということになる。

完稿中心に見た場合、どうしても「不器用な天使」→「ルウベンスの偽画」→「聖家族」の流れでこれらの作品を見ることになる。だが、初稿に目を向け、さらに「グラン・テカアル」の影響を考慮した場合、「ルウベンスの偽画」→「不器用な天使」→「聖家族」の流れで、作品の変遷を見る方が正確と言える。

「我々ハ《ロマン》ヲ書カナケレバナラヌ」（昭四・八・三十の日記）という堀の言葉はつとに有名であり、これが堀にとって生涯をかけた目標となった。「ルウベンスの偽画」は、「グラン・テカアル」の影響下に、西欧風の「本格的小説」「ロマン」を実現しようとした果敢な試みであり、その後の堀作品、ひいては作家堀辰雄の原点となる、重要な作品として位置付けることができる。

注

＊1 「『ルウベンスの偽画』に」（『限定出版江川書房月報』第六号　昭八・二）。

＊2 「堀辰雄とコクトー」（昭五十二・七『国文学』）。

＊3 「扁理とアンリエット」（昭五十七・六『現代文学』）。

＊4 「グラン・テカアル」の引用は、澁澤龍彦訳「大胯びらき」（『ジャン・コクトー全集』第三巻　昭五十五・六、東京創元社）による。

＊5 堀の分身といえる青年を主人公にした以下の作品で、やはり同様の描写が見られる。

「一人の青年（河野扁理）が（中略）毛髪《かみ》をくしやくしやにさせながら」（「聖家族」）。

「類の毛髪《かみのけ》と言つたら！　それは硬くて硬くて、ほとんど梳《くしけづ》れないほどであつた。だから彼はいつもそれをモジヤモジヤにさせて置いた。」（「顔」　昭八・一『文藝春秋』）

これらの点から考えるに、堀は自身を「グラン・テカアル」の主人公になぞらえていたようだ。

＊6 もっとも、「小説の危機」の半年後には、ラジゲ「ドルジェル伯爵の舞踏会」の影響が濃い「聖家族」が書かれることになる。ただし、これは堀がコクトオの影響から脱し、ラジゲの伝統的な作風にのみ倣おうとしたことを意味しない。この点については、第三部第四章にて述べる。

＊7 「彼女」視点は、「彼女はたえず彼の眼が遠くから自分の背中に向けられてゐるのをすこし重たく感じてゐた」等、複数確認できる。夫人視点は、「夫人の眼のやさしい空のなかでは、さつきから二羽の小鳥が不器用に飛んだり歌つたりしてゐたのであつた。／夫人はそれを可愛らしく思つた」が唯一のものとなっている。

＊8 「堀辰雄『ルウベンスの偽画』小論」（昭四十七・三『大妻国文』）。

＊9 付け加えておけば、犬や小鳥の声が「はるかな水の表面からのやうに聞えてくる」というのは、「群がつた赤い鹿が堆《ママ》進機の音に耳をかたむけてゐる。海の空のずつと高くからそれが聞えてくるのである。その海の空からはときどき航空者が落ちてくる」（堀訳・コクトオ「海底の春」大十五・六『驢馬』）に基づくものと思われる。

＊10 池内輝雄は、初稿の執筆後、完稿が発表されるまでの間に、堀が片山総子に失恋し、その影響で、「彼」が「彼女」の写真を見せられる場面が完稿で書き加えられた、と推定する（「堀辰雄『ルウベンスの偽画』と『聖家族』」昭四十六・三『東京教育大学文学部紀要・国文学漢文学論叢』）。だが、「ルウベンスの偽画」は、初稿の時点から「グラン・テカアル」に倣い、主人公の妄想の崩壊をクライマックスに置いていたと思われるので、この推定には疑問が生じる。

＊11 竹内清己は、「堀辰雄が『ルウベンスの偽画』と書いた偽画は、偽画であるから価値がないというのではない。そこに実際出てくる少女よりも偽画の少女が堀辰雄にとって真実なのだ」と、「彼」が「ルウベンスの偽画」を作ることを肯定的に見ている（「堀辰雄における西欧文学（二）」平十二・三『文学論藻』）。しかし、語り手がこの行為を「自分勝手に」と評していること、「彼」の愚かしさを作品末尾で再確認していることから、肯定的な理解には無理がある。

第三章　「ルウベンスの偽画」とコクトオ「職業の秘密」

――藝術観の受容をめぐる一考察――

1　はじめに

「ルウベンスの偽画」には、主人公「彼」の友人である画家が登場する。前半のみの断片である初稿（昭二・二『山繭』）には出ていないが、後半部を含めた完稿（昭五・五『作品』）で、初めてその姿を見せた。この二作の間には、「刺青した蝶」（昭四・九『婦人サロン』）という作品がある。まだ発表していなかった「ルウベンスの偽画」の後半部を一部取り出し、独立した小説にしたものと見られる。「刺青した蝶」に、画家は直接登場してはいない。しかし、冒頭部では「僕の友人の画家が（中略）画を描きに来たが、彼はとうとうその画を仕上げることが出来ずに帰ってしまつた」と、本篇には全く登場しないにもかかわらず、わざわざ言及がなされている。

第二章で見たように、「ルウベンスの偽画」にて、「彼」の内面は周囲の人物の何気ない言動によって様々に変化し、最後には、「彼女」への想いが妄想に近いものであることを思い知らされる。友人の画家もまた、「彼」の「彼女」への想いについて、揺さぶりを掛ける役割を担っている、とも考えられる。しかし、こうした役割を与えるだけならば、友人を画家に設定する必要は特にない。この人物は、画家の小穴隆一をモデルにしており、そのために

「ルウベンスの偽画」でも、画家とされただけなのかも知れない。だが、そうした単純な理由では、直接の登場はない「刺青した蝶」冒頭での言及が説明できない。やはり、この友人は画家という設定を含め、作中で重要な役割を果たすために登場している、と考える必要がある。

ここで、作中で「彼」が詩を書くことに着目すれば、友人の画家との間に藝術家という共通点が生じる。この点に注目した場合、「ルウベンスの偽画」を藝術家を扱った小説として読む可能性が開けるのではないか。

この試みにおいて、コクトオの藝術観を示したエッセイ「職業の秘密」が参考になる。堀辰雄は、このエッセイを二度にわたって訳しており、[*1]自身のエッセイや小説に、その反映が見られる。この点を検討した上で、「ルウベンスの偽画」につき、「彼」や友人の画家を中心に読むことで、新見を提出することが本章の目的となる。

2 コクトオ「職業の秘密」の影響

堀辰雄が、「職業の秘密」から学び、自作にその考えを応用した例は多い。だがここでは、それらを全て例示し、逐一検討することは避け、「ルウベンスの偽画」とその前後の作品を読む際に有用な点についてのみ触れておく。

「ルウベンスの偽画」の初稿が発表された、昭和二年前後の堀の小説及びエッセイでは、「職業の秘密」における、詩人の仕事の定義に影響された箇所が確認できる。コクトオは、自分の名前が突然他人の名前のように感じられたり、慣れ親しんだ事物に、それが親しいものであることを忘れて接したりした場合の驚きに、読者の注意を喚起する。

「我々は一瞬間、はじめて見るやうに犬、馬車、家を見る。それらの特異な、気狂じみた、滑稽な、美しい様子は、我々を押潰す。が次の瞬間には、習慣がそれらの力強いイマァジユを護謨でこする。我々は犬を撫で、馬車を止め、家の中に棲む。我々はもうそれらを見ない。

ここにポエジイの役目があるのである。ポエジイは、言葉の全能力をもつて、ヴエイルをはがす。ポエジイは、我々をとりかこんでゐるそして我々の感覚で機械的にしか記録されなかつた所の、思ひがけない事物を、裸にして見せる。」

我々を取り囲む事物は、本来「我々を押潰す」ような「特異な、気狂じみた、滑稽な、美しい様子」を帯びている。だが、「習慣」的に触れている内に、そうした魅力は、あたかも膜に包まれるように姿を消していく。そこで、その膜をはがし「裸にして見せ」た時、内に潜む魅力は再び我々の前に姿を表わす。この魅力を現前させるのが、ポエジイの重要な役割となる。当たり前に接していた事物が、突如として放つ魅力であるだけに、触れた時の衝撃も大きい。コクトオの関心は、見慣れた対象が持つ、こうした意外な魅力を捉え、表現することにある。次の一節は、このコクトオの考えを端的に示している。

「問題は、毎日彼の心と眼とが触れてゐるものを、彼がそれをはじめて見、そして感動するのであるかのやうに彼に思はせる所の、角度と速度とを以て、彼に示す事にあるのである。[*2]」

習慣の力によって見えなくなった、対象の意外な本質や美点を捉え、提示すること。これこそが、コクトオが定義する詩人の仕事に他ならない。

堀辰雄が、「ルウベンスの偽画」初稿に先駆けて書いたエッセイには、こうしたコクトオの主張に影響された箇所が見出せる。「ジヤン・コクトオに就て」と副題された、「石鹸玉の詩人」（大十五・七『驢馬』）で、堀はコクトオの詩を文中に取り込みつつ、その魅力について語っている。例えば、「ジヤン〔・コクトオ〕は自分の膝の上の手風琴を見て、御者の膝の上で歯をむき出して笑ひながら死んでゆく馬車馬みたいだと思ふ」という、コクトオ「手風琴又」を取り入れた一節がある。美しい音色を奏でる手風琴の鍵盤について、その美点を讃えるのではなく、死にゆく馬の歯という、不吉なものを結び付けている。この意外な組み合わせに読者は驚かされるが、確かに両者の類似は否定しがたく、意外の感を持ちつつも、不思議な魅惑を覚えざるを得ない。

こうしたコクトオ詩の持つ特徴について、堀は「ジヤンの詩は外面は桃いろだが、内面は黒く、にがい味がする[*3]」、「ジヤンの詩句にまづリアルな苦味を感じるのは、僕ひとりではないであらう」、と述べている。一見華やかに見える対象について、内部に潜む意外な、不吉とも言える本質を捉え、表現している点に魅力を見出していることが分かる。言うまでもなく、こうしたコクトオ理解は、「職業の秘密」でのコクトオの主張に重なる。

また、「石鹸玉の詩人」には、「ジヤンは（中略）、いかに自分の薔薇が匂ふだらうかは憂慮しないが、自分の薔薇の頰や呼吸に最大量の色や匂をあたへるためには如何なる努力をも惜しまぬ園藝家である」、という箇所がある。前後の文を見ても言わんとするところが分かりにくいのだが、これは「職業の秘密」にある、「園藝家は自分の薔薇を香はせようとはしない。彼は、それらの頰や吐息が完全なものになる養生を、それらに実行させるだけである」、という一節に基づく。[*4]ここでいう園藝家とは詩人の比喩で、「それらの頰や吐息が完全なものになる養生を、それらに実行させる」とは、対象に秘められた魅力が、自然にかつ確実に表現されるよう努める、という意味で言われている。

このように、「石鹸玉の詩人」には、題名こそ出していないが、コクトオ「職業の秘密」の明らかな影響が確認できる。また、先述のように全篇にわたってコクトオ詩が引用されており、堀の並々ならぬコクトオへの傾倒がうかがえる。この思い入れの強さが、コクトオの魅力を説く際に、本人による主張及び言説を導入させたのだろう。「職業の秘密」におけるコクトオの主張は、堀のエッセイのみならず、小説においても活かされている。「ルウベンスの偽画」以前に発表された「風景」（大十五・三『山繭』）に、早くもその例が見られる。

主人公の「僕」は、いくつかの見慣れた風景を眺めていた時に、「なんだか海の中がそつくり空に写つてゐるやうな」不思議な風景を目にする。その時の衝撃は、「人が始めて風景に接したやうな驚き」と表現されている。これは、「問題は、毎日彼の心と眼とが触れてゐるものを、彼がそれをはじめて見、そして感動するのであるかのやうに彼に思はせる所の、角度と速度とを以て、彼に示す事にある」という、コクトオの主張を連想させる。[*5]「僕」が覚えた「驚き」については、画家のアンリルツソオがこの風景を絵に描こうとしており、そのために風景が「異常に緊張してゐた」ため、「その意識的な美しさが第三者の僕までを感動させてゐたのではないだらうか」、と説明される。これは、ルツソオによって、見慣れた風景の持つ意外な魅力があらわになりつつあり、それがたまたま居合わせた「僕」の目にも映った、と理解することができる。

もう一作、昭和二年三月の執筆日付を持つ「蝶」（昭三・二『驢馬』。初出では「即興」）でも、対象の内部に潜む魅力を見出す行為が描かれている。語り手の「私」は、駅のプラットフォームで、見知らぬ夫人に何気なく目を向ける。その時、次のような不思議な現象が起こる。

「私の眼の中には思ひがけない美しい混乱が起つた。といふのは、その数瞬間、私はどうしてもそこに夫人の顔を見わけることが出来ないのであつた。そして私はただ夫人の顔のやうなものを漠然としかし微妙に感じてゐた。」

この「美しい混乱」は持続することなく、すぐに消えてしまう。「普通の状態になつた夫人の顔」は、「細かい、はつきりした線によつて美しい」。しかしそのため、かえって「夫人の美しさが私から少しづゝ魅力を失つて行くやうにさへ思はれるほどであつた」。ここでは、夫人の「細かい、はつきりした線」による美しさと、これとは別種の美しさとが区別されている。前者が、誰にでも感じ取れる明確な美しさであるのに対し、後者は「細かい、はつきりした線」とは異なる要素で構成された美であり、しかも容易に観取することはできない。夫人の奥底に潜むこの美こそが、彼女の本質的な美しさであり、作中ではこちらが上位に置かれている。これを一瞬とはいえ捉えたことで、「私」は「美しい混乱」を覚え、強く魅惑されたのだろう。

「ルウベンスの偽画」初稿前後のこれら二作品において、対象に潜む意外な魅力を見出すことが行なわれており、「職業の秘密」におけるコクトオの主張が反映していることが分かる。堀は、「職業の秘密」をコクトオ作品の理解のために参照しただけでなく、コクトオの主張そのものに深く影響され、自己の創作に活かしていた、と見なければならない。

以上見てきたエッセイ及び小説は、いずれも大正十五年以降のものであった。この点から、堀が大正十五年には「職業の秘密」を、ただし邦訳はまだないので原文で読んでいたことは間違いない。既に見てきたように、堀は大正十一年頃、堀口大學の訳詩を通じて、コクトオ作品に出会ったという。その後、小説や「職業の秘密」のようなエッセイにも手を広げていったのだろう。その反映が堀作品に表われるのは、大正十五年以降のことであり、それ以前の作品では、コクトオの影響は確認できない。したがって、発表年度でいえば、「風景」が堀作品にコクトオの影響が表われた、最初の例ということになる。

3　画家と「彼」

それでは、「ルウベンスの偽画」における「職業の秘密」の影響を見ていこう。これを確認するに当たって、まずは「彼」の友人の画家に注目したい。

画家は、「ここ〔軽井澤〕は風景は上等だが、描きにくくて困るね。（中略）空気があんまり良すぎるんだね。どんなに遠くの木の葉でも、一枚々々はつきり見えてしまふんだ」、と「彼」に語る。あらゆるものが「はつきり見え」る目を持つ彼が描く絵は、「さまざまな色をした魚のやうなものや小鳥のやうなものや花のやうなものが入り混つてゐる」、何とも奇妙なものになっている。この画面が、想いを寄せる「彼女」に声を掛けようとして躊躇する、「彼」の内面を描写した、次のような箇所に類似していることに注意しておきたい。

「彼はすべてのものを水の中でのやうに空気の中で感じだしたのである。（中略）おもはず魚のやうなものをふんづける。彼の体に触つてゆく大きな魚もゐる。（中略）また犬が吠えたり、鶏が鳴いたりするのが、はるかな水の表面からのやうに聞えてくる。そして木の葉がふれあつてゐるのか、水が舐めあつてゐるのか、さういふかすかな音がたえず頭の上でしてゐる。」

画家の絵が、地上の風景を写したものであるにもかかわらず、水の中に住む「魚のやうなもの」が描かれていたように、この箇所でも、「彼」は「すべてのものを水の中でのやうに空気の中で感じ」ている。先に触れた「風景」でも、主人公の心を捉えた、アンリルツソオによって見出されつつあった風景は、「なんだか海の中がそつくり空に写つてゐるやうな気がする」というものであった。このように、堀は「すべてのものを水の中でのやうに空気の中で感じ」るというパターンを好んで用いているのだが、コクトオの詩「海底の春」には、これとよく似た発想が見られる。

「海の底にも四季の変化がある。（中略）芽の出た珊瑚と海綿は青い水を胸いつぱい呼吸してゐる。群がつた赤い鹿が堆進機《ママ》の音に耳をかたむけてゐる。海の空のずつと高くからそれが聞えてくるのである。その海の空からはときどき航空者が落ちてくる。[*6]」

「海の空のずつと高くからそれが聞えてくるのである」が、「ルウベンスの偽画」の、「犬が吠えたり、鶏が鳴いたりするのが、はるかな水の表面からのやうに聞えてくる」に利用されているのは見やすい。「海底の春」の場合、海底を地上のように見ているのだが、海底と地上を入れ替えれば、これはそのまま、「すべてのものを水の中でのやうに空気の中で感じ」るという、堀が多用した表現になる。「風景」以降の堀作品に見られるこの発想は、「海底の春」から得たものと見て間違いない。

ここで画家のことに話を戻せば、地上の風景を描く際に「魚のやうなもの」、すなわち水中のものを加える彼の感性は、コクトオのそれに通ずる。したがって、「どんなに遠くの木の葉でも、一枚々々はつきり見えてしまふ」という台詞は、「職業の秘密」にあった、対象の意外な本質や魅力を見抜く目を、彼が備えているが故のものと言えるのではないか。

「一枚々々はつきり見えてしまふ」の台詞は、画家のモデルである小穴隆一の発言が基になっている。根拠となる片山廣子宛堀辰雄書簡（大十四・九・二）には、「あんまり空気が透明なため遠い木の葉まで一枚々々と細かくはつきり見えるので、絵に奥行のつかないのが困るのださうです」、とある。ここでは、「はつきり見える」のが「困る」ことについて、「絵に奥行のつかない」という、合理的な理由が示されている。これに対し、「ルウベンスの偽画」の画家の台詞では、説明に当たる部分が省かれている。そのため、画家が自作を失敗作と見なす理由が今一つ明確でない。

この台詞については、小穴隆一に由来するものであることが注意されてきた程度で、特にその意味が検討されてきたことはなかった。しかし、この台詞は単に小穴の言葉を利用しただけのものではなく、堀が深く影響された、コクトオ「職業の秘密」の主張をその陰に潜ませた、重要な台詞に他ならない。画家が、あらゆるものが「はつきり見え」る、すなわち対象の本質を見抜く目の持ち主であるならば、その絵が、やはりそうした目を持つコクトオの詩に通ずるものであることも納得がいく。ただし、本人はこの目について自覚しておらず、その感性を十全に使いこなせてはいないのだろう。このように、画家は未熟とはいえ、コクトオの主張を体現した人物であり、藝術家という設定も、コクトオの主張を作品に導入するに当たっての必然であったと見ることができる。

やはり、「すべてのものを水の中でのやうに空気の中で感じ」る、「彼」の場合はどうか。「彼」については、年齢、職業等の具体的な設定は記されていない。しかし、「彼」が詩や絵画など、広い意味での藝術に関心のある人物であることは、様々な形で示されている。

まず、「ドイツ人らしい娘」が残した唾の跡を、「彼」は「撈りちらされた花弁」という、たいそう美的なものに見立てている。また、郵便局の前に群がる西洋人たちを「虹のやうに見」たり、そのそばを通る時には、「小鳥の囀つてゐる樹の下を通るやうな感動」を覚える等、詩人的な感性を見せている。想いを寄せる「彼女」を密かに「ルウベンスの偽画」と名付けたことや、画家の友人があることから、絵画の知識も持ち合わせていよう。さらに、後半では詩人的感性を発露させ、次のような詩を書いている。

「ホテルは鸚鵡／鸚鵡の耳からジユリエツトが顔を出す／しかしロミオは居りません／ロミオはテニスをしてゐるのでせう／鸚鵡が口をあけたら／黒ん坊がまる見えになつた」*7

どのような光景を描いた詩なのかが不明で、コクトオ詩のように、驚かされつつも対象の本質を捉えていることに感嘆させられる、といった作品ではない。この詩を、「彼」は吸取紙に「不恰好な字をいくつもにじませて」書いたため、すぐに判読不能になってしまう。「不恰好な字」で即興的に書かれ、すぐに消えてしまっても惜しくないという扱いなので、詩としての出来は今一つ、と理解していいのだろう。ただし、詩としての出来不出来とは別に、この詩が友人の画家から奇妙な絵を見せられた直後に書かれている、という点には注意しておきたい。

作品冒頭から見られた「彼」の詩人的感性は、「すべてのものを水の中でのやうに空気の中で感じ」る、という内面描写から判断するに、コクトオに近いものと見られる。このコクトオ的感性が、同様の感性の持ち主である画家に刺激されることで、「彼」は詩作の衝動に駆られたのではないか。詩としての完成度は高いとは言えないが、ありあわせの紙に急いで書いている点から、詩作の衝動が、かなりに強いものであったことがうかがえる。

作品の終わり近くで「彼」は、失敗した絵を持って帰る友人と、自分が同様の運命をたどるのではないか、と考える。確かにこの予感は的中するのだが、その経緯が描かれる場面について、コクトオ「職業の秘密」を参照すると、友人の画家とは異なる、「彼」の藝術家としての側面が見えてくる。

4 「彼」の「ルウベンスの偽画」

作品の題名である「ルウベンスの偽画」とは、「彼」が「彼女」について作り上げたイメージを指す。これが作られる過程については、次のように説明されている。

「彼は彼女から離れてゐる時は彼女にたまらなく会ひたかつた。その余り、彼は彼女の幻影《イマアジュ》を自分勝手につくり上げてしまふのだ。すると今度はその幻影《イマアジュ》と現実の彼女とがよく似てゐるかどうか知りたがりだす。そしてそれがますます彼を彼女に会ひたがらせるのであつた。」

「幻影」に「イマアジユ」とルビが振られている点に注意したい。フランス語の image には、「像、似姿」という意味があり、[*8]作品の題である「ルウベンスの偽画」にも通じる。堀は、イマアジユに「幻影」の語を当て、これを「自分勝手につくり上げてしまふ」と評することで、否定的な意味で用いている。コクトオ「職業の秘密」でも、イマアジユを否定的に捉えた箇所がある。

「ずつと以前から、イマァジユがポエジイを破壊してゐる。詩の本は絵入本だつた。比喩の連続だつた。（中略）／ところで、イマァジユによつてしか詩作しない詩人は我々を楽しませ得るにしても、それは行商人が巴旦杏と燐寸とで兎をこしらへて定食を楽しませるごときものに過ぎぬ。彼は決して我々を感動させない。」

イマアジユを否定的に扱っているのは確かだが、引用箇所以外を見ても特に説明がなされていないため、イマアジユの定義は明らかでない。「行商人が巴旦杏と燐寸とで兎をこしらへ」る、といった表現から考えるに、似てはいるが別のもの、似て非なるもの、といったところだろうか。「ルウベンスの偽画」で「幻影」の語を当てることからも、この推定はそれほど的外れではないだろう。だが、やはり曖昧さは免れないので、原文及び[*9]、『ジャン・

コクトー全集』第四巻（昭五十五・九、東京創元社）における佐藤朔の訳から、対応箇所を引用し、比較してみたい。

「Depuis trop longtemps, l'image pour l'image abîme la poésie. Un livre de poésies était un livre d'images, une suite de comparaisons（ …）./Or un poète qui ne procède que par images peut nous distraire comme un commis voyageur amuse la table d'hôte en confectionnant un lapin avec une amande et des allumettes, il ne nous touchera jamais.」（傍線引用者、以下同）

「だいぶ前から、イマージュのためのイマージュが、ポエジーを害している。詩集はイマージュ集、比喩の連続だった。（中略）／イマージュだけで詩を作る詩人は、巴旦杏とマッチ数本で兎を作って、ホテルの共同食卓を賑わす行商人のように、僕たちを楽しませてくれるかもしれない、だがけっして僕たちを感動させはしない。」

原文一行目の「l'image pour l'image」を、堀は「イマァジユ」と簡略化して訳しているのに対し、佐藤は「pour（〜のための）」以降も含めた形で、「イマージュのためのイマージュ」と訳している。もう一つ、佐藤訳の堀訳との大きな相違点として、原文一行目の「livre d'images」を、「イマージュ集」と訳している点が挙げられる。この「イマージュ集」は、続く「比喩の連続」と同格と理解できるので、佐藤が、イマージュを「比喩」の意味で捉えていることが分かる。実際、image には「比喩」の意味があり、全体の文意も明確になるので、佐藤の訳し方の方が正確であろう。[*10]

堀も、「イマァジユがポエジイを破壊してゐる」の少し後に、「比喩の連続」との訳を置いてはいる。だが、「livre d'images」を、「絵入本」と訳しており、これを「比喩の連続」と関連付けて読むことは難しい。したがって、やはり堀は、イマアジユを「比喩」ではなく、「似て非なるもの」といった意味で捉えていたと考えられる。もちろん、堀訳の精度について検討することが、ここでの目的ではない。重要なのは、「ルウベンスの偽画」という題名にも通じるイマアジユの語を、堀が「似て非なるもの」の意で捉えていた可能性が高いこと、また、「ポエジイを破壊」するイマアジユを、「幻影」という否定的な語のルビとして、「ルウベンスの偽画」で用いていることだ。

「ルウベンスの偽画」に話を戻そう。見てきたように、「彼」は確かにコクトオに通じる詩人的感性を見せてはいる。しかし、肝腎の「彼女」については、何度となく目にしているはずであるが、その本質、魅力を正確に見出すことができず、いつしか「彼女」とは似て非なるもの、すなわち「幻影《イマアジユ》」である「ルウベンスの偽画」を作り上げてしまった。したがって、「彼」は「彼女」の本質を捉え、表現するという詩作において、失敗した藝術家であることを免れない。この「幻影《イマアジユ》」は、現実の「彼女」とは乖離したものであることに、「彼」は作品の終わり近くで気付かされる。

「自分の前にゐる彼女と彼の夢の対象だつた彼女とは全く別な二個の存在であるやうな気もしないではなかつた。ひよつとしたら、彼の愛蔵品の『ルウベンスの偽画』の女主人公の持つてゐる薔薇の皮膚そのままのものは、いま彼の前にゐるところの彼女に欠けてゐるかも知れないのだ。」

「彼」が想像で作り上げた「ルウベンスの偽画」が、「薔薇の皮膚」の持ち主とされている点が目を引く。作品冒頭には、「彼女」について「その薔薇の皮膚はすこし重たさうであつた」という記述があり、「彼」は一貫して「彼女」を「薔薇の皮膚」の持ち主と見ている。堀の「石鹼玉の詩人」には、「ジヤンは（中略）、いかに自分の薔薇が匂ふだらうかは憂慮しないが、自分の薔薇の頰や呼吸に最大量の色や匂をあたへるためには如何なる努力をも惜しまぬ園藝家である」という、コクトオ「職業の秘密」を利用した記述があった。「薔薇」という共通項を持つこの一節につき、ここで今一度検討しておきたい。

園藝家とは詩人の比喩であり、「いかに自分の薔薇が匂ふだらうか」を「憂慮」する園藝家とは、対象の本質を見抜けない詩人を意味する。こうした詩人は、対象を的外れな比喩や、派手な形容語句で飾り立てようとする愚を犯す。これに対し、「自分の薔薇の頬や呼吸に最大量の色や匂をあたへるためには如何なる努力をも惜しまぬ園藝家」とは、コクトオが考える優れた詩人のことを指す。対象の本質を見抜く優れた目の持ち主であり、自己の捉えたものを確実に、ただし奇抜な語句には頼らずに表現することに力を注ぐ。これを「ルウベンスの偽画」の「彼」に適用した場合、次のように理解できる。

そもそも「薔薇の皮膚」を、現実の「彼女」は持ち合わせておらず、これは「彼」が想像で作り上げたものに過ぎない。作中で明示されてはいないが、「彼」の「彼女」との付き合いは何年かにわたる長さを持つと思われる。にもかかわらず、その本質を見抜くどころか、「薔薇の皮膚」という実際には存在しない特徴を「彼女」に付け加えているのは、対象を飾り立てるという、詩人としては決して褒められない行為ということになる。コクトオの表現を借りれば、「彼女」の「思ひがけない」面を発見することよりも、「ヴエイル」で包むことに腐心してしまった、ということになるだろう。

「彼」が「彼女」の「肖像画」を完成させるには、ありもしない特徴を付け加えるのではなく、コクトオに通ずる詩人的感性によって、「彼女」の本質を捉えることが必要だった。友人の画家の場合、コクトオ的感性によって捉えた風景を、ある程度は画面に定着している。これに対し、「彼」はそうした感性を共有しながらも、これを「彼女」に対し発揮できていない。この点に、「彼」と画家との、藝術家としての差異を見ることができる。

5　堀辰雄の「処女作」として

従来、「ルウベンスの偽画」を論じる際、「『ルウベンスの偽画』に」（『限定出版江川書房月報』第六号　昭八・二）での、次のような堀の回想が重視されてきた。「その頃の私はどうもすこしボオドレエルかぶれしてゐたやうに見える。ことに彼の好きな雲を私も好きになつて、例へば『スウプと雲』と云ふ散文詩に出てくる、彼がスウプを啜るのも忘れて窓からうつとり見とれてゐたと云ふ、その雲のごときものを、私は何んとかして一度でもいいからこの手に触つて見たいと思ひつめてゐたのであつた」。言及されているのはボオドレエルで、コクトオについては触れられていない。しかし、第二章で述べたように、「ルウベンスの偽画」はコクトオ「グラン・テカアル」に倣い、西欧風の「本格的小説」を実現しようとする試みであった。さらに、本章で見てきたように、「職業の秘密」に学んだ藝術観も間違いなく反映している。

福永武彦は、堀の言う「雲のごときもの」を「気分」と捉え、「一種の恋愛的な、親密な、そして多少の不安の混つた気分[*11]」と解している。作品を包んでいるのは、確かに「彼」の、まだ恋とも呼べないような淡い想い、「気分」であろう。しかし、「職業の秘密」を参照すると、「彼」や友人の画家につき、才能の片鱗を見せながらも、これを未だ十全に発揮できない藝術家としての姿が浮かび上がってくる。

ここで、作中で「彼」が書く詩が、堀辰雄が別に発表していたものであることを思い出そう。「ルウベンスの偽画」は、大正十四年夏の堀の軽井澤体験を小説化したもの[*12]であり、「彼」は堀の分身に他ならない。ならば、コクトオに通ずる才を持ちながらも、あくまで失敗した藝術家として「彼」を描くことは、文学に志しながらも、まだ先行きも明らかでなかった堀辰雄の自己認識が反映している、と見ることができる。やはりコクトオ的感性を有する友人の画家と比べ、「彼」がより否定的に扱われているのは、この点に由来するのだろう。
堀は「『ルウベンスの偽画』に」にて、「ルウベンスの偽画」を「私の処女作」としている。出発期の作家らしい不安や戸惑いが反映しているという点で、「ルウベンスの偽画」は、まさに堀辰雄の「処女作」と呼ぶに相応しい。本作は、コクトオ「職業の秘密」に学んだ藝術観が活かされ、さらに、まだ未熟な藝術家でしかない堀自身の姿をも捉えた、複雑な相貌を持った作品として、その姿を表わす。

注

＊1　『山繭』（昭二・三）、及び『コクトオ抄』（昭四・四、厚生閣書店）に掲載。ただし、前者はごく一部のみで、後者においても、全体の三分の二程度にとどまる。しかし、本稿で参照する必要のある箇所は、『コクトオ抄』所収分にてほぼ訳されているので、引用にはこれを用いる。

＊2　この一節は、堀のエッセイ「超現実主義」（昭四・十二『文学』）や、「藝術のための藝術について」（昭五・二『新潮』）にて引用されている。

＊3　この箇所は、堀口大學『月下の一群』（大十四・九、第一書房）所収、コクトオ「バットリイ」の、「歯の光る黒ン奴は／外面《そと》は黒いが内面《うち》は桃いろだ／　／僕は内面《うち》が黒くつて　外面《そと》が桃いろだ」を利用している。なお、「バットリイ」は堀も『コクトオ抄』にて訳しているが、右に引用した部分は削られている。

＊4　「貝殻と薔薇」（大十五・十二『山繭』）という堀のエッセイでは、この一節が、引用元を明示した上で引かれている。

＊5　これを利用した表現は、以下の堀作品にも見出せる。
「〈僕は〉いつまでも町角の向うの不気味な暗闇の中をぢつと見つめてゐる。はじめて夜といふものを見てゐるかの

やうに。」（「眠れる人」昭四・十『文学』。初出では「眠つてゐる男」）

「さういふお絹さんの話を聞きながら、僕は彼女の顔を、それを始めて見るやうな新鮮さで、見つめだしました。」（「手のつけられない子供」昭五・四『文学時代』）

「フエアリイ・ランドではすべてが新しかつた。それらを生れて始めて見るかのやうに彼は見物した。」（「羽ばたき」昭六・六・二十一『週刊朝日』。初出では「羽搏き」）

＊6 引用は、堀訳「ジヤン・コクトオ詩抄」（大十五・六『驢馬』）による。

＊7 この詩は、堀が既に発表していた詩「（天使達が……）」（昭二・二『驢馬』）の一節を、そのまま引用している。

＊8 『小学館ロベール仏和大辞典』（昭六十三・十二）による。参照には、平成十七年九月発行の七刷を使用した。

＊9 堀辰雄の蔵書目録（『堀辰雄全集』別巻二　昭五十五・十、筑摩書房）には、*Le Secret professionnel.*（職業の秘密）Stock, 1924. の記載があり、堀が参照したのは同書と思われる。だが、今回は現物に当たることができなかったので、発行年度の近い *Le Rappel à l'Ordre.* Stock,1926. 所収の本文から引用した。ただし、*Le Rappel à l'Ordre.* も、堀の蔵書目録にて書名が確認できる。

＊10 ただしコクトオもまた、手風琴の鍵盤を馬の歯に喩える等、比喩を巧みに使う詩人ではある。しかし、コクトオが問題としているのは、対象の本質を捉えるどころか、単なる思い付きで他のものと結び付けた、「イマージュのためのイマージュ」、すなわち比喩のための比喩であり、比喩全般を批判しているわけではない。

＊11 「第一巻解説」（『堀辰雄全集』第一巻月報　昭三十三・五、新潮社）。

＊12 父宛の書簡に後年付記された、堀「『父への手紙』のメモ」に、「堀『ルウベンスの偽画』はこの夏のことを主材《ママ》して美化して小説化したもの」とある。

第二部

第一章　「眠りながら」に見る夢のメカニズム
――創作方法としての夢や無意識への関心――

1　はじめに

「眠りながら」（昭二・六『山繭』。初出では「即興」）は、これまでさほど注目されてきた作品ではなく、単独の論は管見の限り見当たらない。しかし、以下の二点において、初期の堀辰雄作品について検討する上で重要な要素を含んでいる。

まずは、堀が深い関心を示した、夢や眠りといった題材をいち早く取り込んでいる点。夢や眠りに対する堀の言及が増えるのは、昭和四～五年なのだが、その内容は、昭和二年の「眠りながら」に見られる夢の捉え方を、発展させたものに他ならない。

次に、ジャン・コクトオ作品の著しい影響が見られる点。コクトオ作品と「眠りながら」を比較してみると、「グラン・テカアル」や「ポトマック」といった作品に見られる夢や眠りの捉え方を、堀が巧みに組み合せて自作に取り込んでいることが分かる。つまり、「眠りながら」は、これらのコクトオ作品なしには成立しなかったといっても過言ではなく、夢や眠りの捉え方は明らかにその影響下にある。

本章では、「眠りながら」における夢や眠りの捉え方に見られる、コクトオ「グラン・テカアル」「ポトマック」の影響を明らかにし、昭和四〜五年における、夢に言及した堀のエッセイや、その実践である小説作品との関連を検討することを目的とする。

2　コクトオ作品との比較

「眠りながら」は、眠りそびれた「私」が、夢と現実のはざまで見る不思議な光景を描く。この光景を見始める直前、「私」がなかなか眠れずにいる状態が、次のように描写される。

「眠りは我々の命令通りにはなりません。それは深い底から上つてくる盲の魚です。それは我々の上に飛びかかる小鳥です。／私は魚が限界《ママ》の外で輪を描いて泳いでゐるのを感じました。小鳥は翼をやすめて眠りの縁にとまりながら、頸をまわしたり、羽を滑らかにしたり、足ぶみしたりしてゐます。しかし中へはひつて来ません。」

眠り（あるいは眠気）を魚や小鳥といった生物に喩えることで、眠れない状態を視覚的に表した、ユニークな表現といえる。しかし、これは堀の独創ではなく、作品末尾の「附記」に、「*J. Cocteau, Le Grand Ecart: p.152.*」とある通り、「グラン・テカアル」の一節を引用している。

「附記」の直前にある最後の段落には、「小鳥は係蹄の中にはひり、魚は硝子瓶の中にはひつてしまつたのであらう」という一節が存在する。眠りの隠喩である小鳥や魚が「中にはひ」ったことで、「私」が眠りに落ちたことを示している。この箇所もまた、「グラン・テカアル」の、「鳥は罠に、魚は金魚鉢に、捕えられる」[*1]を取り込んでいる（ただし、こちらは「附記」は付いていない）。

　初出を一瞥し、「グラン・テカアル」と照らし合わせただけでも、以上のような引用や影響された表現が確認できる。さらに、「私」が夢うつつの状態で不思議な光景を見る箇所においても、やはりコクトオ作品の影響が覆うべくもなく表われている。

　「私」の見る光景は、「すばらしい速力で流れ」る硝子によって構成されている。「私」はそのさまを、「何枚も、何枚も、何枚も大きな硝子が、私の眼の前で、カレードスコオプの中のやうに、たえず変化してゐるのでした」と、「カレードスコオプ」に喩えている。速い速度で流れる硝子が組み合わさることで、万華鏡のごとく光景が変化していくさまが描かれている。まさに、夢うつつの状態の人間が見るであろう不思議な光景だが、これはコクトオ「ポトマック」からヒントを得て、作り上げたものに他ならない。

　「ポトマック」の主人公は、夢に多大な関心を持ち、そのメカニズムについて次のように語る。「夢は僕を支配し、僕は夢を支配する。前の日に見た多くの光景を、僕は雑然と書き留めておく、ちょうど人が色さまざまなガラス玉の破片を集めるように。そうすると睡りは、それらのものをちゃんと整理して、闇の万華鏡《カレイドスコープ》の底にまわしてくれるのだ」[*2]。魚や小鳥の比喩を用いた箇所と異なり、表現がほぼ重なるわけではないが、「前の日に見た多くの光景」を「ガラス玉の破片」に喩え、これが夢の中で「万華鏡《カレイドスコープ》」を構成するという発想が注目される。「眠りながら」の場合、硝子は「シヨーウヰンドオ」という現実的な形態になっているが、そのため、これらの「シヨーウヰンドオ」は、「私」が昼間見たそれが記憶されたものと考えることができる。このように見た場合、「万華鏡《カレイドスコープ》」の比喩を用いた「ポトマック」の夢のメカニズムと、やはり「カレードスコオプ」のごとく変化する、「眠りながら」の不思議な光景は、明らかに重なってくる[*3]。

　また、「眠りながら」では、「シヨーウヰンドオ」である硝子は、「さまざまな商品のファンタスチックな組合せによつて、それぞれに異つた効果を私の眼に与へる」、とされている。さらに、硝子には風景も映っており、「それらの硝子がずんずん動くと共に、そこに映つた風景もたえず変化してゐる」のだという。商品と風景が二重映しになっている硝子が「すばらしい速力で流れ」ることで、視界が変化していくわけだが、こうした発想の基になったと思われる箇所が、やはり「ポトマック」から見出せる。

「彼〔旅人〕の乗った汽車は、一台の急行列車とすれ違う。彼は窓ガラスに向って立っている。窓の外の工場に灯がつくのを、彼は見つめている。夕闇と彼とのあいだを疾駆する急行列車は、反対の方向へ急いでいる。

〔中略〕

すると、夕闇と彼とのあいだに、交互に暗くなったり明るくなったりする、ぼんやりした一つの壁が挿入される。そこでは、贅沢な安楽設備が、朝までひゅうひゅう口笛を吹いたり、伸びをしたり、ごちゃごちゃになったりしている。その壁越しに、〔中略〕第二の場景が見えつづけている。第二の場景、それは河であり、河を渡航する船の動きである。

彼が肘をもたせかけている窓ガラスの面には、さらに第三の影像、すなわち彼が見える。

そして彼のうしろには、ドアがあり、

ドアのうしろにはもう一つドアがあり、もう一つ窓ガラスがあり、

そしてこの水族館のうしろには、もう一つ河があり、もう一つ工場がある。」

旅人の前の窓ガラス越しに、急行列車の窓ガラスが見え、その中に見える光景と、その向こうに見える光景（「第二の場景」）が重なり、さらには目の前の窓ガラスが一時的に鏡の役割を果たし、彼の姿（「第三の影像」）や背後のド

ア等を映し出す。このように、複数の像がガラスの作用で重なることで、不可思議な光景が旅人の眼前で展開することになる。視界を一変させた原因である急行列車の窓ガラスは、当然かなりの速さで流れているはずで、これが「すばらしい速力」で流れる硝子という発想の基になっていると思われる。この箇所から、堀が「眠りながら」における変化する光景のヒントを得ているのは、想像に難くない。[*4]

「私」は、硝子に映る光景に「私自身」を見出し、「凸凹のある悪い硝子に映される自分を見る事に何か知ら苦痛を感じだ」すのだが、この自己嫌悪は「グラン・テカアル」に原拠を求めることができる。主人公のジャックは、周囲に愛される美貌の持ち主なのだが、当人はそのことを自覚しておらず、「彼自身の美しさは気に入らなかった。それを彼は醜いと思った」ことが語られている。さらには、鏡に映る自分の姿を見て、「死んでしまいたいような気持」まで感じており、その自己嫌悪はかなりに激しい。このジャックの自己嫌悪が「眠りながら」に持ち込まれることで、「私」もまた、硝子が映す自己の姿を受け入れられず、「私はもつと美しい筈だ」、と不満を抱くことになる。しかしながら、「私」はいつしか眠りに落ち、作品が閉じられていく。

以上見てきたように、「眠りながら」には、コクトオ「グラン・テカアル」と「ポトマック」の影響が著しい。「グラン・テカアル」からは眠りに関わる表現のほか、自己の鏡像を嫌悪する主人公の姿を導入している。「ポトマック」については、夢のメカニズムと、旅人が見る不思議な光景にて、共にガラスが重要な役割を果たしている点に着目し、両者を組み合わせて「眠りながら」に導入したと考えられる。

ただし、これらが「眠りながら」を構成する不可欠の要素になり得ているかどうかという点になると、多少の疑問を禁じ得ない。硝子が見せる奇妙な光景は、夢うつつの状態の「私」が見るものとして確かに相応しい。だが、それに続く、鏡に映る自己への不満は、特に夢や眠りの中でなくとも表現できるのではないだろうか。この自己嫌悪は、「私」が硝子に顔を押し付けている内に何となく消えてしまったようで、あっけない解決のされ方になっている。したがって、夢や眠りは自己嫌悪を描く重要な背景に、自己嫌悪は夢や眠りの中で効果的に表現される題材に、共になり得ていない。このため、いずれの要素にしても、堀にとってさほどの重要性は持っていなかったのではないかとさえ思えてしまう。

しかし、堀は「グラン・テカアル」や「ポトマック」から抽出した要素を、ガラスや眠りといった共通点に着目することで巧みに結び付けており、これは二つのコクトオ作品をかなり熱心に読み込んだことを示している。また、昭和四~五年における、堀の夢に対する言及は、自身の創作方法や指針との関連で述べられることが多い。このことから、コクトオ作品への着目は、その富を学び取ろうとする真剣な姿勢の下に行なわれていたと考えられる。そこで、コクトオ作品との比較をさらに進めることで、夢や眠り、及び自己嫌悪といった題材についてさらに掘り下げてみたい。

3　二つの自己

前節で見たように、「眠りながら」の「私」が見る光景は、「ポトマック」の夢のメカニズムに酷似している。しかしながら、「私」は作品の最後でやっと眠りに落ちるので、不思議な光景を見る「私」は、夢うつつの状態にあると捉えるのが正しいようだ。この状態を理解する上で興味深い記述が、作品の冒頭近くにある。

「小さな動物〔蠅〕が光の中に狂ほしく飛びまはるのを、まだ眠らずにゐた私の半身がそのやうに注意深く見つめてゐる間に、すでに眠りに浸つてゐた私の半身は、私のまはりの光を電気の光とは気づかずに異様なものとして感じたのです。」

眠れぬ「私」は、まだ眠っていない半身と、すでに眠っている半身とに分裂している。前者は蠅をそのままに見ているのに対し、後者は「まはりの光を電気の光とは気づかずに異様なものとして感じ」ているとあるように、それぞれの半身が別個の対象を捉え、特に後者は、対象を特殊な感覚で感じとっている。「私」は、「身体の中にへんな工合に眠りのまざつてしまつた」ことで、「蠅のうなり」を「天使の羽ばたき」と勘違いすることになる。これは、対象を特殊な感覚で捉える眠れる半身が、覚めている半身が捉えたものを「異様なもの」に感じさせている、と見ることができる。

このように、人間の内部を二つの半身に分ける発想は、例によって「グラン・テカアル」に対応箇所が発見できる。

「影の半身と光の半身。それは遊星の輝きである。地球の半分が眠るとき、他の半分は働いている。だが、この夢を見ている半分からこそ、なべての神秘な力は発散する。／（中略）人間の本然の声が聴かれるのは、この眠りの半身の中でだ。」

人間の内面を「影の半身と光の半身」に分け、特に前者を「夢を見ている半分」、「眠りの半身」と定義しているのが注目される。この二つの半身が、「眠りながら」の「私」の、眠れる半身と覚めている半身に対応しているのはいうまでもない。「グラン・テカアル」では、両者について具体的な説明はないが、作品から判断する限り、光の半身は人間が普段思考をなす部分、影の半身は、本人も意識できないが、人間を見えないところで動かしている部分、ということになるようだ。

「グラン・テカアル」のジャックは、失恋がきっかけで二つの半身が混乱した結果、麻薬で自殺を図る。その時の様子は、「薬品の激しい作用はジャックの中の影の半身と光の半身とを一緒くたにしてしまった」、と説明されている。堀は、「グラン・テカアル」の一部を何度か訳しているが、それは作品の導入部である第一章[*5]と、混濁したジャックの意識を描く第九章[*6]に他ならない。しかも、第一章の翻訳が冒頭部のみにとどまるのに対して、九章はその全体が訳されている。このことから、堀が影の半身と光の半身の混在状態を、そしてそれが見せる光景に強い関心を持っていたことが分かる。「眠りながら」の「私」が見る光景は、「ポトマック」の夢と同様のメカニズムで生成されてはいるが、厳密な意味での夢ではなく、覚めている半身が昼間見た映像が、眠れる半身の特殊な感覚で再構成されたものと見るのが正確と言える。こうした点から考えるに、「眠りながら」の意図は、眠れる半身と覚めている半身の混在状態を捉え、追究することにあったのではないだろうか。

　堀の意図をこのように見定めた場合、眠りや夢との関連が薄い自己嫌悪についても、別の角度から捉えることができる。

「私」は、硝子に映る自己を見て、「自分の姿は何と醜いのであらう。そして自分勝手に想像してゐた私の姿をそれは何と残酷に打ち壊してゐるのであらう」、と声を上げる。この箇所から判断するに、「私」は鏡に映る自己の醜い部分からは目を背け、想像によって自己の心像を作り上げていたのであろう。これは、前者を眠りの半身に追いやり、後者で覚めている半身を埋め尽くした、と見ることができる。眠れる半身は覚めている半身には知覚できないので、醜い部分は、本人も気付かぬ内に肥大化していくだろう。しかし、「グラン・テカアル」にあるように、夢の中では「人間の本然の声が聴かれる」のであれば、完全な眠りではない、夢うつつの状態であっても、眠りの半身に押し隠していた部分は、抑えようもなく表に出てきてしまう。

「私」が見ているのは、昼間の記憶が「カレードスコオプ」のように再構成された光景であるが、これは「私」

の中の眠れる半身が見せているのだとすれば、硝子が見せる光景に、「私」が隠していた部分が二重映しに見えるのも道理だろう。この時、硝子を見ることは、眠れる半身の中で肥大化した、自己の醜い部分と対面することを意味する。したがって、「私」の見る鏡像は、昼間鏡で見る時以上に醜い部分が強調されたものとなり、だからこそ「私」は、そうした鏡像に愕然とし、嫌悪せざるを得ないのだ。

その後、「私」は「自分の顔をその硝子にあらあらしく圧しつけ」るのだが、これは、「凝視する事によつて、自分の顔から、悪い硝子のために生じた歪みを出来るだけ取除かうとした」のだと説明されている。ここで、鏡像を眠れる半身、これを受け入れられない「私」を覚めている半身と見た場合、顔を硝子に押し付けて歪みを取り除くとは、二つの半身が接触することで差異が解消され、融合していく過程と見ることができる。「私」が、眠れる半身と覚めている半身に分裂し、かつ「身体の中にへんな工合に眠りのまざつてしまつた」のが不眠の原因だったとすれば、両者が再び融合することで、「私」は眠りに落ちることができるだろう。実際、「硝子を曇らせだした私の息が、そこから私のゆがんだ顔を消して行[*7]く内に、「私」には安眠が訪れている。

このように、「私」の自己嫌悪は、眠れる半身と覚めている半身が混在することで、前者に潜む醜い自分と対面せざるを得なかったため、と見ることができ、ここで初めて夢や眠りと、自己嫌悪とを結び付けて理解することが可能になる。「グラン・テカアル」のジャックは、影の半身と光の半身の混乱から自殺を図るが未遂に終わり、混乱状態から脱するのだが、二つの半身の混乱から統一に至る過程という形で、この作品を説明することができる。「眠りながら」もまた、この枠組みに沿っており、本家が約二百頁の分量(『ジャン・コクトー全集』版)を要したのに対し、わが堀辰雄は、同じ道行きをわずか五頁(!)で成し遂げることとなった。

以上、「眠りながら」は、「グラン・テカアル」と「ポトマック」から、様々な要素を抽出し、まさに「万華鏡《カレイドスコープ》」のごとく再構成することで成立した作品であることを確認してきた。昼間見た光景、すなわち現実の断片が再構成されることで夢が生成され、その中でこそ「人間の本然の声」、つまりは無意識があらわになる。コクトオ作品を手掛かりに、堀が作り上げたこの夢の捉え方を、夢のメカニズムと呼んでおこう。この夢のメカニズムは、昭和四〜五年のエッセイで、堀の創作方法や指針との関連で多く言及されるようになる。

4 創作方法としての夢

夢や眠りを創作方法と結び付けたエッセイの代表例として、「僕一個の見地から」（昭五・一『文学時代』）を見ておこう。

「僕は僕一個の見地から、眠りの組織を、そして夢と現実との微妙な関係をもつと追求してみたいと思つてゐる。僕の直覚によると、現実の中のあらゆるものの合計と、夢の中のあらゆるものの合計とは、同値だらうと思はれるのだ。そして夢は裏返しにされた現実に過ぎないものだらうと思はれるのだ。僕はその複雑な計算をコツコツやつて見たいと思ふのだ。」

「夢は裏返しにされた現実に過ぎない」とする発想は、現実が再構成されることで夢が生成されるという、夢のメカニズムを如実に反映している。ここに、「すこし独断的に」（昭五・四・二十八『帝国大学新聞』）の、「『現実よりもつと現実なもの。』それがどれだけ確実に、しつかりと捕まへられてゐるかによつて、藝術の作品の価値は決定されるといつてよい」という一節を接続すれば、堀は「現実よりもつと現実なもの」を探究するために、「人間の本然の声が聴かれる」夢や眠りに着目した、と見ることができよう。

槇山朋子は、「眠りながら」の二年後に書かれた「眠れる人」（昭四・十『文学』。初出では「眠つてゐる男」）を分析した上で、「もっぱら堀は、夢を現実の裏面にあって現実に深く関係するものと考えていたようである。（中略）『現実よりもつと現実なもの』を捉えるために、堀は意識下の世界に注目したと考えられる。おそらく、『眠り』や『夢』への関心も、その欲求から生じているのだろう*8」、と述べている。

こうした主張は、昭和四～五年のエッセイのみを検討した結論としては妥当なものと言える。だが、右に引いた「僕一個の見地から」がそうであったように、この時期のエッセイには何らかの形で、「眠りながら」との共通点が認められる。ならば、昭和二年発表の本作にて提示された夢のメカニズムをも視野に入れ、改めてこれらエッセイを検討することが必要になろう。その手掛かりとして、堀の書評「ジアコブの『骰子筒』」（昭四・九『詩と詩論』）を見てみよう。

「ジヤコ《ママ》ブの詩は一見するとあたかも夢のごとくに辻褄の合はないものである。しかしそれは彼が夢を模写するからではない。それがジアコブをシュウルレアリスムから引離す。そしてそれは彼が一度現実をすつかりバラバラにしてそれからそれを自分の流儀で組み直したのによるのである。それは線と色彩との代りに文字によつてなされたピカソの変形術《メタモルフオズ》である。彼らが変形術を使用するのは現実中の現実を得るためにのみだ。」

「一度現実をすつかりバラバラにしてそれからそれを自分の流儀で組み直した」、という箇所が、やはり夢のメカニズムに基づいた表現であることは見易い。堀は、こうしたジャコブの方法を、「文字によつてなされたピカソの変形術《メタモルフオズ》」と呼んでいるが、特にその内実は説明されていない。もちろん、ジャコブの方法をその「変形術《メタモルフオズ》」の説明と考えてさしつかえないのだろうが、詩から絵画への飛躍はやや唐突ではある。ピカソへの言及はこの時期の堀には多く、十一篇の断片からなる「藝術のための藝術について」（昭五・二『新潮』）では、言及例が二つ見つかる。まずは、「三、僕の現実主義」の例。「真の現実主義は、僕らが毎日触れてゐるために最早や機械的にしか見なくなつてゐる事物を、それを始めて見るかのやうな、新しい角度をもつて示すことにある」という、コクトオ「職業の秘密」の一節を引いた上で、「ピカソが一個のパイプを手に取り上げる場合を想像せよ。彼がそれを彼の指先にのせて僕らに示すと、僕らは恰もそれを始めて見るかのやうに見出すのだ」、と述べている。ここから、堀はピカソを、コクトオの主張の体現者と見ていたことが分かる。

「四、詩人は計算する」では、「ピカソは計算すべき数字の順序をバラバラにしてしまふ、それにもかかはらず彼はそれ以前と同一の合計に達することが出来るのだ」という、コクトオ「ピカソ」に倣った発言がある。ここに示されたピカソの方法を、堀は「ピカソの計算法」と呼んでいるのだが、ここには「ピカソの変形術《メタモルフオズ》」同様、夢のメカニズムとの著しい類縁性が認められる。

これらの点から、昭和四～五年のエッセイで、堀は夢のメカニズムを用いてピカソの創作方法を理解している、と見ることができる。夢のメカニズムは、堀がコクトオ作品をヒントに作り上げたものに他ならず、また、ピカソへの言及はコクトオとの関連でなされることが多い。つまり、堀はピカソとコクトオを、共に夢の方法を創作に用いた藝術家として捉えていたと思われる。

ピカソとコクトオを関連付けて捉える発想は、早くも大正十五年の「貝殻と薔薇」（『山繭』十二月）に見られる。「コクトオはキユビズム的精神を持つてゐる。けれども大切なことは彼がそれをピカソの高さにおいて持つてゐると云ふことだ」、「このオルフエのやうなピカソの魅力をコクトオ自身も持つてゐることを私は信ずる」、というのが主な言及例だが、この時点で、ピカソの方法＝コクトオの方法となっている点が興味深い。というより、このエッセイでのピカソは、コクトオを、特にその方法において理解する材料として用いられている印象が強い。極端な言い方をすれば、このエッセイでは、堀の主眼はコクトオの創作の秘密を探ることにあり、そのためにコクトオが言及したピカソに関心を持ち、自身のコクトオ理解に転用しようとしたのだろう。

実際堀は、「彼ら〔ピカソが見る対象〕が入つてゆく〔ピカソの〕眼と彼らがふたたび出てくる〔ピカソの〕手とのあいだの異常な消化。家具や動物や人物は美しい身体のやうに入り混じつてしまふ。しかしこの変形の間にも彼らは決して彼らの客観的特性を失はずにゐる」、というコクトオ「ピカソ」の一節を引いているが、これはコクトオがピカソの創作方法について触れた箇所に他ならない。実はこのあと、原典では「ピカソは計算の自然の順序を変更しても、必ず同一の合計に達するのだ[*9]」という、「藝術のための藝術について」に導入した一節が続くのだが、大正十五年の「貝殻と薔薇」ではこの部分は引用されていない。この一節は、ピカソの方法を、コクトオ「ポトマック」に見られる夢のメカニズムと関連づけるヒントになると思われるのだが、引用は直前で打ち切られている。このことから、大正十五年頃の堀は、コクトオとピカソの創作方法を、夢という一点において、関連付けて理解する発想がなかったものと考えられる。

しかし、夢はコクトオとピカソの創作方法を結び付ける、見えない糸になり得る。堀は「眠りながら」以降の時点で、このことに気付いたのではないか。夢の中でこそ「人間の本然の声が聴かれる」のであれば、夢に着目することで、「現実よりもつと現実なもの」が表現された、全く新しい作品が生まれる可能性が開ける。堀は、これまでにない新たな作品を創造する有効な手段として、夢のメカニズムを捉え直していたのではないか。昭和四〜五年に、自己の創作方法や指針との関連で、夢や無意識に対する堀の言及が増えるのは、こうした背景があってのことだろう。

このことを裏付けるように、昭和五年には、「鼠」「音楽のなかで」といった、明らかに夢や無意識の方法によった作品が書かれている。また、この年には「眠りながら」の再掲、及び単行本への収録が行なわれているが、現行の本文に近付くにつれ、コクトオの影は見出しにくくなっていく。

5　改稿及び後の作品について

「眠りながら」は、『詩と詩論』（昭五・三）での再掲及び、単行本『不器用な天使』（昭五・七、改造社）にて、改稿がなされている。その原因としては、昭和四年作品「不器用な天使」（『文藝春秋』二月。初出では「無器用な天使」）をめぐる評価を受け、コクトオに対する捉え方が変化したことが考えられる。

「不器用な天使」について、澁澤龍彦は、「『大胯びらき』（「グラン・テカアル」）の完全な模倣であり、『大胯びらき』を下敷にして書いたようなものだ」[*10]と、その影響の大きさを指摘している。実際、両作を比較すると分かるが、その「模倣」の程度は「眠りながら」の比ではなく、「グラン・テカアル」から引き写した表現が、全篇にわたって確認できる。それらの表現は、奇抜かつ突飛と言えるものが多く、かえって意味のとりにくくなっている場合すらある。この他、「た」止めを避け、短文を積み重ねることでスピード感を持たせた文体など、映画の方法を意識的に取り入れた箇所が見られる。

この作品は、室生犀星や宇野千代らに高く評価され、[*11]翌年の単行本の表題作となるなど、注目を集めた作品であった。だが、川端康成は、「この作品は徹頭徹尾作者の誤算に成り立ったものとしか思はれない」[*12]と、一刀両断している。これに対し堀は、「『無器用な天使』が僕の誤算であった事は、現在の僕の承認するところだ」（「（僕は僕自身の作品について……）」昭五・一『文学』）と、反論するどころか、積極的に認めている。二人の文章は、引用部分以外を見ても抽象的に過ぎるため、川端が何を以て「誤算」とし、堀がそれをどう理解し、「承認」するに至ったのかは判然としない。ここでは、堀が「不器用な天使」を成功作とは見なしていなかった、という事実だけを確認しておく。当然、作品に対して何らかの反省があったはずだが、それは、この作品の最大の特徴である、「グラン・テカアル」の「模倣」と、映画的手法についてもなされていただろう。

「不器用な天使」では、表現は特異かつ斬新なものが連続するが、展開される物語自体にはさほど真新しさはない。批判が向けられたのは後者に対してであり、中には的外れのものもあるが[*13]、それは表現と内容が一致していないが故に生じた批判だったとも言える。これに対しコクトオの場合、新鮮な表現は奇抜さを意図して作り上げたものではなく、彼自身の資質に根差したものとして使いこなされ、傑作の完成に貢献している。第一部第一章にて述べたように、昭和四〜五年の堀は、コクトオの新しさだけでなく、伝統性への傾倒を深めていく。『オルフェ』覚書」(昭四・十一『文学』。初出では「オルフエ」)に見られる、「コクトオの新しさを理解したまへ。彼のクラシシスムを理解したまへ」との一節は、そうした堀の姿勢を端的に示していよう。こうした姿勢の変化において、従来のコクトオ観に修正が加えられたことは想像に難くない。ならば、コクトオ作品を摂取することで成った作品を再発表する際、見直しや改稿がなされるのは当然の流れと言える。

「眠りながら」もその例外ではなく、『詩と詩論』での再掲にあたり、「即興」から「眠り」に改題され、字句の面でかなりの改稿が行なわれている。ただし、「眠りは我々の命令通りにはなりません」に始まる、「グラン・テカアル」からの引用(初出では全五頁の内、二頁目の半分くらいを占める)は、あまりに大幅な削除がためらわれたのか、そのまま残っている。だが、「附記」が削られたため、「眠りは我々の〜」の箇所が、「グラン・テカアル」からの引用だと、再掲のみを読んで気付いた人間はほとんどいなかったろう。さらに、再掲から四か月を経た単行本では、「グラン・テカアル」の引用や、やはり「グラン・テカアル」に基づく、「小鳥は係蹄の中にはひり、魚は硝子瓶の中にはひつてしまつたのであらう」を含む最後の文は、思い切りよく削られている[*14]。このため、以後の本文では、コクトオの影は容易にはうかがえなくなった[*15]。

映画的手法への反省を促したのは、アンドレ・ジイド「贋金つくり」だったと推察される。エッセイ「小説の危機」（昭五・五・二十『時事新報』）では、題名は出していないが、「贋金つくり」からの引用が見られる。

「小説を小説であらしめるためには、（中略）『小説に特有でないあらゆる要素を、小説から取除く』（ヂイド）必要がある。一例をあげると、筋とか、事件とか、風景などは、すでにシネマの領分に入つてゐる。それらのすべてはシネマに任せてしまふがよい。」

映画の影響が濃い「不器用な天使」から、わずか一年で小説への映画の導入を否定するという変貌ぶりに驚かされる。しかし逆に言えば、それだけこのジイドの言葉を、堀は真摯に受け止めていたことになる。「室生さんへの手紙」（昭五・三『新潮』。初出では「室生犀星の小説と詩」）でも、「我々は、小説からあらゆる外面的なもの（例へば筋とか動作とか風景など）を除去するために出来るだけ映画を役立たせなければなりません」と、ジイドの言葉を地の文に取り込みつつ述べていることが、そのことを裏付ける。

映画の導入を否定するのであれば、映画では不可能な、小説でしか表現できない世界を作り上げることに考えが向かうだろう。その際、かつて「眠りながら」で扱った夢や無意識は、うってつけの題材となるのではないか。夢については、不条理な出来事の連続といった形で、映画での表現も不可能ではない。だが、本人にも意識できないが、しかし本人を目に見えないところで動かすという無意識の探究は、視覚藝術である映画では不可能な、小説にこそ相応しい題材になり得る。だからこそ堀は、昭和四〜五年のエッセイにて、夢や無意識への旺盛な関心を示し、「眠りながら」で用いた夢のメカニズムを盛んに導入したのだろう。

小説作品においても、「僕は僕一個の見地から、眠りの組織を、そして夢と現実との微妙な関係をもつと追求してみたいと思つてゐる。（中略）僕はその複雑な計算をコツコツやつて見たいと思ふのだ」（前出「僕一個の見地から」）という宣言通り、夢や無意識を扱った、「鼠」（昭五・七『婦人公論』）や「音楽のなかで」（昭五・八『近代生活』）が書かれることになる。

「鼠」では、母を亡くした少年が、夢うつつの状態で、石膏の人形の破片から像を作り始める。「彼は自分が夢を見だしてゐるのに気づいた。（中略）彼はあたかも夢遊病者のやうに、無意識に、彼のまはりにころがつてゐる石膏の欠片をよせ集め、そしてそれを接ぎ合せはじめてゐた」。ところが、頭にあたる部分だけが見付からない。そこに母そっくりの顔が現われ、その接吻を受けることで、少年は「世にもふしぎな恍惚《エクスタシイ》」を覚える。「石膏の欠片」から母の像を作る少年の行為は、解体した現実を再構成することで生成されるという、夢のメカニズムを連想させる。

「音楽のなかで」は、次のような一節で始まる。「私は音楽会などでよくかういふことを見かける。／（中略）人が音楽に夢中になりながら、人中にゐるのをすつかり忘れ、そして無意識のうちにその音楽に和したさまざまな動作をしたりするのを。それはおそらく彼の意識下にあるものが、音楽のふしぎな作用によつておのづから動作の上に浮びあがつてくるのであらう」。この言葉通り、音楽会で「私」に隣り合わせた女性が、曲を聴いている内に、待ち合わせていたらしい、しかし不在の男を意識した表情や仕草を見せる。曲が終わり、我に返った女性の表情からは「恍惚《エクスタシイ》」が消え、「苦痛」を帯び始める。その状態を、「幸福な過去の半身を不幸な現在の半身が嫉妬せずにはゐられないのであらうか」、と「私」は評する。二つの半身という、「グラン・テカアル」から導入した要素が、違和感を感じさせることなく、自然に用いられている。

いずれの場合も、夢うつつの状態にある人間が「恍惚《エクスタシイ》」を覚えるわけだが、共に「無意識」に基づいて行動している点が見逃せない。ただし「音楽のなかで」は、引用した冒頭部が説明的に過ぎ、女性はその説明に沿った行動をとっているだけに見えてしまい、作品としては物足りなさが残る。「鼠」の場合も、夢のメカニズムを少年に適用しているわけだが、この点が分かっている読者から見れば、彼の行動は文字通り図式的に過ぎる。そうでない（おそらくは当時の、そして現在までの大部分の）読者には、夢うつつとはいえ、少年がいきなり母の像を作り始めてしまうのが、唐突に感じられるだろう。

夢や無意識、小説にこそ相応しいこれらの要素を作品に導入はしたが、総じて成功しているとは言い難い。確かに、「聖家族」（昭五・十一『改造』）でも夢の場面は存在するが、作品の主眼はそこにはない。今日まで、夢や無意識といった観点から、堀の初期作品が検討される機会が乏しかったのは、この辺りに原因があろう。ただし、夢や無意識への関心はその後も持続し続け、他の海外作家を受容する上で役立っている。その作家とは、いうまでもなく「失われた時を求めて」のマルセル・プルウストを指す。プルウストの影響が指摘される「美しい村」の内、「美しい村　或は　小遁走曲」（昭八・十『改造』）の章には、単行本（昭九・四、野田書房）で次のような一節が付け加えられた。

「かういふやうな考へ方は、私の暗い半身にはすこし気に入らないやうだつたけれども、この頃のこんな田舎暮しのお蔭で、さう言つた私の暗い半身は、もう一方の私の明るい半身に徐々に打負かされて行きつつあつたのだ。」

コクトオ「グラン・テカアル」や「ポトマック」の影響下に成立した、「眠りながら」に端を発する、夢や無意識に対する堀の関心は、以後も失われることなく、その創作活動を支え続けていくことになる。

「眠りながら」は、これまでまるで注目されてこなかったが、昭和四～五年に前面に出る夢のメカニズムは、堀が昭和二年の時点で、コクトオ作品を巧みに摂取することで作り上げていたことを示している。この作品に顕著な、夢や無意識への関心は、後の堀辰雄及びその作品にも影響を及ぼしている。「眠りながら」が、堀作品の中で占めるその重要な位置が、改めて確認されなければならない。

注

＊1 「グラン・テカアル」の引用は、澁澤龍彦訳「大胯びらき」(『ジャン・コクトー全集』第三巻　昭五十五・六、東京創元社)による。
＊2 「ポトマック」の引用は、＊1前掲の『ジャン・コクトー全集』第三巻所収の澁澤龍彦訳による。
＊3 後の堀作品「ジゴンと僕」(昭五・五『文藝春秋』)には、「僕は、夢の中でのやうに、その瞬間までの僕の記憶の全部を、現実の上に、秩序なく並べるのである。色硝子の破片を散らばせたカレエドスコープのやうに。そしてそれを僕は、すばらしく新鮮に見出した」とあり、やはり「ポトマック」の夢のメカニズムを流用している。
＊4 「蝶」(昭三・二『驢馬』。初出では「即興」)にも、「西洋菓子が並んでゐる硝子棚」に「町の風景が絶えず変化しながら映」り、自動車が「焼林檎の上を疾走」するという、商品と風景が二重映しになるさまが描かれている。この発想も、「ポトマック」に倣ったものと思われる。
＊5 「グランテカール断章」(昭五・六『詩・現実』)。
＊6 『コクトオ抄』(昭四・四、厚生閣書店)所収の「グラン　テカアル」。
＊7 この一節は、「グラン・テカアル」の、「ジャックは鏡に額を押し当てる。吐息が、自分の嫌いなあの蒼白い顔を曇らせる」に基づく。
＊8 「堀辰雄とフィリップ・スーポー」(平三・五『日本近代文学』第四十四集)。
＊9 『コクトオ抄』所収の堀訳による。

＊10　「堀辰雄とコクトー」（昭五十二・七『国文学』）。

＊11　「感覚が起る心理への速度、速度の新しい飛躍は此作家がなまなかの作家でないことを証明してゐる」（室生犀星「文藝雑筆（五）」昭四・一・二十五『時事新報』）、「こゝでは一切の心理描写が動作になる。そしてそれはスバラしい速度を持つてゐる。（中略）これはまことに名監督の手になつた映画なのだ」（宇野千代「二月の小説（四）」昭四・二・八『時事新報』）と、いずれも映画的な特徴を捉えての評価となっている。

＊12　「文藝時評」（昭四・四『文藝春秋』）。

＊13　例えば、平林初之輔「新人の諸作一括」（昭四・二・二『東京朝日新聞』）は、「『無器用な天使』（中略）はブルジヨア社会の末端からほど《ママ》ばしり出た非生産階級の生活とイデオロギーとをあらはしてゐる」と、プロレタリア的な視点から批判的評価を下している。

＊14　こうした改稿過程については、赤塚正幸「『夢』と『眠り』と『夜』」（池内輝雄編『堀辰雄とモダニズム』平十六・二、至文堂）に指摘がある。ただし、「初出、再掲誌、初収単行本にはあるコクトーの『グラン・テカアル』からの引用は、再録本（『堀辰雄小品集別冊　薔薇』昭二十六・六、角川書店）にはない」とあるのは間違いで、「初収単行本」の時点で、「グラン・テカアル」の引用は削除されている。

＊15　なお、現在の「眠りながら」の題名になったのは、＊14前掲『堀辰雄小品集別冊　薔薇』以降。

第二章　「眠つてゐる男」に見る「文学上の左翼」への意思
――超現実主義及びプロレタリア文学との関係において――

1　はじめに

「眠つてゐる男」（後「眠れる人」に改題）は、昭和四年十月、『文学』創刊号に掲載された。発刊の辞「文学の正当な方向を」（昭四・九・七～八『読売新聞』。初出では「『文学』を創刊する私達七人の考へ」）にて、堀辰雄は次のように述べている。

「今日くらゐ文学上の左翼と政治上の左翼とが混同されてゐる時代はあるまい。左翼政党の機関紙《ママ》が私達には甚だ右翼としか思はれない作品のみを擁護してゐるのは（中略）、私達には残念だ。」

「政治上の左翼」とは、言うまでもなく当時盛んであった、プロレタリア文学とそれに関わる運動のことを指す。しかし、これと対照されている「文学上の左翼」とは何を意味するのか。また、「左翼政党の機関紙」が、「右翼としか思はれない作品のみを擁護してゐる」とは、どのような事態なのか。具体的な説明がないため、この点が分かりにくい。

川端康成は堀の発言に直ちに反応し、「文藝張雑[*1]」を書いた。これを読むと、先の疑問点は大分理解しやすくなる。


「今日の左翼の作家は、文学上では甚だしい右翼なのである。言ひ換へれば、政治上の左翼のために、文学は甚だしい右翼化をしてゐたのである。文学はわれわれの考へる進歩を一時中止して、退歩してゐたのである。」


「左翼の作家」、すなわちプロレタリア文学者たちによる作品は、原則として特定思想の宣伝を意図している。そのため、文学作品としての進歩が二の次にされた結果、それらの作品は文学としての「進歩を一時中止して、退歩」すら始めていた。つまり、盛り込まれた特定思想が進歩的であるのに反して、文学作品としては保守的、というよりも旧態依然としたものが横行する事態が現出していたのであり、これが文学の「右翼化」であった。もちろん、特定思想と関わりなく、文学作品として従来にない優れたものを生み出し、進歩を志す動きは存在したはずだが、「現状のやうなプロレタリア文学批評の横行のために、文学の左翼、つまり進歩的な分子は、殆ど顧みられなかった。これこそが堀が憂慮していた事態であり、川端の懸念をも引き起こしたのだった。

川端は、「われわれはわれわれの仕事、『文学上の左翼』にのみ、目を転じるべき時であらう」と、特定思想の宣伝ではない、文学そのものの発展への尽力を呼びかけているが、これは堀の考えを的確に汲み取り、代弁したものであったろう。このように見た場合、堀「文学の正当な方向を」は、「政治上の左翼」が文学を退歩させつつある現状への批判であると同時に、「文学上の左翼」として、文学の進歩を志すことの宣言でもあったと言える。

「文学の正当な方向を」が書かれた昭和四年は、プロレタリア文学の全盛期であると同時に、フランスのアンドレ・ブルトンやルイ・アラゴンらが主唱した超現実主義が本格的に紹介され、注目を集めつつあった。超現実主義においては夢や無意識が重視されるが、堀もまた早くから夢に強い関心を持ち、作品に導入している。

わが国初の超現実主義の機関誌とされる、『薔薇・魔術・学説』（昭二・十一～三・二。全四冊）が創刊された昭和二年、堀は夢を扱った小説「眠りながら」（『山繭』六月。初出では「即興」）を発表している。ただし、ここで確認できる堀の夢の捉え方は、超現実主義とはその方法を異にする。そのためか、夢という共通の対象に関心を持ちながら、堀が超現実主義を積極的に受容したり、関与を試みたりした形跡は見られない。それどころか、「僕らがあたかも超現実主義を方向してゐるかのやうに考へてゐる人々のあることは甚だ遺憾だ」（「超現実主義」昭四・十二『文学』）、との発言まで残している。

このように、プロレタリア文学はもちろん、注目され始めた超現実主義とも距離を置く中、堀が発表した小説が「眠つてゐる男」であった。だが、同時期の堀のエッセイ類を参照すると、本作はプロレタリア文学や超現実主義を無視して書かれたものではなく、むしろこれらを視野に入れていた節がある。この点を明確にすることで、昭和四年という時代において、堀が「眠つてゐる男」を書いた意義が見えてくるだろう。

本章では、「眠つてゐる男」を超現実主義、及びプロレタリア文学との関連において検討することで、作品を読むだけでは見えてこない、時代との関連、及び堀作品としての意義を明らかにすることを試みる。

2　わが国における超現実主義への批判

超現実主義は、フロイトの精神分析学を取り入れ、夢や無意識を直接の描写の対象とする。ブルトン「超現実主義宣言」[*2]に端を発するこの主張は、昭和四年頃のわが国でも、広く紹介や実作が行なわれつつあった。

飯島正は、「夢はジグムント・フロイドを得て、藝術解剖の重大なる因子となつた。逆に藝術はフロイドに依つて、夢を得た。即ち、アンドレ・ブルトン及びルイ・アラゴン等の超現実主義となつた」[*3]と、超現実主義発生の経緯を説明する。西條八十は、「フロイドの精神分析学に影響されるところの多いこの派〔超現実主義〕の詩人たちが主張するところは吾人の潜在意識のみが偉大なる文藝作品の創造者であると言ふことだ」[*4]と、超現実主義において「吾人の潜在意識」、すなわち夢や無意識の果たす役割の大きさを説く。

　これらの解説は、今日における超現実主義の一般的理解と大差ない。この時期、『詩と詩論』等を舞台に、上田敏雄、北園克衛、春山行夫といった詩人達が、超現実主義による詩の実作を試みており、上田『仮説の運動』（昭四・五、厚生閣書店）、北園『白のアルバム』（昭四・六、同）、春山『植物の断面』（昭四・七、同）といった詩集も刊行されていた。しかし、これらの作品に対する周囲の評価は、必ずしも高くない。

　三好十郎は、超現実主義者が「夢は現実よりも切実な現実でゐる《ママ》」という「標語」を掲げるのみで、この「標語が或る場合に真実性を持つことを裏書きするに足る様な作品を事実として示して呉れない」[*5]との不満を示す。赤松月船は、「これこそ正真正銘の輸入品だらう。若しくは輸入の模造品だらう。大した作品がないのでもそれがわかる」[*6]と、やはり海外から移入された理論とわが国における実作の乖離を指摘する。

　『地上楽園』昭和五年四月号では、座談会「超現実主義の批判」が行なわれている。その中で松本文雄は、「詩論を意識して作る詩は常に論に負けて居て、作品としても自分に迫つて来る処がない」と、先の赤松と同様の批判を行なう。さらにこの座談会では、超現実主義詩人の作品が実際に読み上げられ、批判にさらされる。その中の一つ、春山行夫「ポエジイ」（『新興詩人選集』昭五・一、文藝社）に対し、白鳥省吾は、「何等の詩的感動のないのに、どうやら外国のシユウルレアリズムの詩らしい物に捏ね上げて見やうと言ふ哀れな恥ず可き作品に過ぎない様だ」、と切って捨てる。題名からして「批判」と銘打っているのだから、手厳しいのは当然なのだが、批判の内容自体は、先の三好や赤松とも共通する。どうやら、理論ばかりが先行し、実作が追い付いていないというのが、超現実主義に懐疑的だった人々が共通して抱いた不満であったようだ。

この不満は、堀辰雄もまた共有するものであった。「超現実主義の作品をいかに多く読んで見ても、その理論ほど面白いものにぶつからない」（「すこし独断的に」昭五・四・二十八『帝国大学新聞』）。

3　夢に対する堀辰雄の捉え方

堀辰雄は、超現実主義の理論に「面白い」との理解を示しているが、夢に対する捉え方は、わが国の超現実主義者たちのそれとは異なる。この点を明確にするために、第一章でも扱った小説「眠りながら」（昭二・六）を、また別の角度から検討したい。

語り手の「僕」は、眠りに入る直前、次のような不思議な経験をする。

「小さな動物（蠅）が光の中に狂ほしく飛びまはるのを、まだ眠らずにゐた私の半身が（中略）注意深く見つめてゐる間に、すでに眠りに浸つてゐた私の半身は、私のまはりの光を電気の光とは気づかずに異様なものとして感じたのです。」

「僕」は「まだ眠らずにゐた」「半身」と、「すでに眠りに浸つてゐた」「半身」に分裂し、後者はただの電気の光を「異様なもの」と感じる。二つの「半身」に分裂した一方が、普段から見慣れたありふれたものを、特異なものとして捉える。ここには、ジャン・コクトオの小説「グラン・テカアル」の影響が認められる。

「影の半身と光の半身。（中略）地球の半分が眠るとき、他の半分は働いている。だが、この夢を見ている半分からこそ、なべての神秘な力は発散する。／（中略）人間の本然の声が聴かれるのは、この眠りの半身の中でだ。[*7]」

二つの「半身」の一方は目覚めており、他方は眠っている、すなわち夢と現実のあわいにあるという点が、「眠りながら」の「僕」と共通する。注目すべきは最後の一文で、眠りの中でこそ「人間の本然の声が聴かれる」、すなわちその人間の本質があらわになる、とされている。完全に入眠してしまえば、この本質を捉えるのは困難になるだろう。だがその直前であれば、眠りの中に表われた人間の本質を、まだ目覚めている半身が捉えることが可能になる。ならば、半ば夢に入りつつある入眠直前の状態こそ、普段は目にすることが難しい、人間の意外な本質を捉える絶好の機会ではないか。

この瞬間、「眠りの半身」は確かに夢を見つつあるが、目覚めている半身はまだ現実世界にある。そのため、夢は現実と完全に切り離されてはいないことになる。後の「ジゴンと僕」（昭五・五『文藝春秋』）では、夢と現実が混淆した世界が、より明確に描かれる。

「夢が僕の生活の大半を占めた。現実と夢とが混同され出した。（中略）眼をさましてゐる時も、夢のメカニズムによつて生きた。（中略）僕は、夢の中でのやうに、その瞬間までの僕の記憶の全部を、現実の上に、秩序なく並べるのである。色硝子の破片を散らばせたカレエドスコープのやうに。そしてそれを僕は、すばらしく新鮮に見出した。」

本作の語り手「僕」は、夢と現実が曖昧になった状態を生きている。ここで注目すべきは、昼間見たものが撹拌され、再構成されることで夢が生成される「夢のメカニズム」であろう。「眠りながら」に影響が見られた「グラン・テカアル」には、「人間の本然の声が聴かれるのは、この眠りの半身の中でだ」との一節があった。これを夢のメカニズムと関連付ければ、現実での経験が再構成される過程で夾雑物が排除され、現実では見ることの難しい、人間の本質が姿を見せるのだと考えられる。「現実と夢とが混同され」た世界を、夢のメカニズムによって生きる「僕」が、現実の再構成によって生成された夢を「すばらしく新鮮に見」る背景には、こうした過程が存在しているのだろう。

以上二つの堀作品における、夢に関する記述を検討すれば、夢と現実のあわい、両者が混淆した状態においてこそ、人間の本質をより確実に捉えることが可能になる、との考えが浮かび上がる。したがって、夢のみを描写の対象とする超現実主義と異なり、堀辰雄にとって夢は現実と地続きで捉えてこそ、創作上意味を持つことになる。「『夢』を『現実』よりもより真の経験であるとさへ考へる」[*8]超現実主義は、夢を特異なものとして捉え表現するためか、内容及びこれを描く文体が突飛さや難解さを帯び、理解が困難な場合がある。超現実主義の作品が多くの批判を受けたのは、こうした点にも起因していよう。これに対し堀作品の場合、夢を現実と地続きのものとして表現するため、内容や文体は現実原則を大きく無視したものではなくなる。微妙な差異ではあるが、夢を現実と完全に切り離すのではなく、現実の延長上にあるものとして捉える堀の方法は、夢に対する捉え方の大きな特徴であると同時に、その作品を超現実主義のものと分かつ最大の相違点となる。このことは、堀のエッセイからも確認できる。

前出「超現実主義」では、堀もまた超現実主義者と同様、「『夢』から多くのものを借りてゐる」ことを認める。その上で、「僕らは『夢』を『現実』以外のものとは考へないのだ。（中略）僕らは『現実』を新しい角度と速度とをもつて見るためにのみ『夢』を借りるに過ぎない」[*9]と、夢と現実を地続きで捉える発想を強調する。また、「僕一個の見地から」（昭五・一『文学時代』）では、この発想についてより詳しく言及している。

「僕は（中略）夢と現実との微妙な関係をもつと追求してみたいと思つてゐる。（中略）現実の中のあらゆるものの合計と、夢の中のあらゆるものの合計とは、同値だらうと思はれるのだ。そして夢は裏返しにされた現実に過ぎないものだらうと思はれるのだ。」

ただし、超現実主義と異なる発想を強調するのは、批判のためではなく、夢に対する自己の捉え方に、堀が強い自負を抱いていたためと考えられる。堀には超現実主義に関し、その意義を認める発言もある。前出「すこし独断的に」では、超現実主義が「藝術の見方を一変させた」と述べ、その「見方」の内実を、「『現実よりもつと現実なもの。』それがどれだけ確実に、しつかりと捕まへられてゐるかによつて、藝術の作品の価値は決定されるといつてよい」、と説明する。この「藝術の見方」を堀が重視していたことは、「超現実主議《ママ》をもつて詩のかぎとすること」と、同エッセイの末尾で主張している点から明らかだ。

こうした考えを実践する上で、夢と現実のあわい、両者が混淆した状態にて、本来容易には見出すことのできない対象の本質を捉えることは、「現実よりもつと現実なもの」を見出し表現する絶好の手段となり得る。堀は「現実よりもつと現実なもの」を捉え、作品に定着する際に、夢、それも現実と地続きの夢を、創作上有効な方法として利用し得ると考えたのではないか。実際、夢と現実を地続きで捉え、創作に利用する主張は、昭和四～五年に集中している。「眠つてゐる男」は、まさにそうした時期に書かれた。

4 「眠つてゐる男」における「現実よりもつと現実なもの」の定着

「眠つてゐる男」に、フィリップ・スウポオ「モン・パリ変奏曲」の影響が見られることは、既に槇山朋子が指摘している。[*10]「モン・パリ変奏曲」の内容について、簡単に触れておこう。語り手の「僕」は、巴里の夜を女と共にあてもなく歩く。やがて「僕」は、「巴里では、この対象のない情熱を消し、目的のない散歩を終らせる程に力強いのは唯死といふことだけである」[*11]こと、「死骸は僕たちを永遠なるものにぶちあてる」ことを知る。

作品を読む限り、主人公は無個性な語り手「僕」というより、巴里という街そのもののようだ。夜の時間に、街はその正体を見せているのだが、この時街は眠っていたわけではないことが、作品を閉じる次の一節から分かる。

「夜が明けた。巴里は、かじかんで、眠りはじめた。……」

堀辰雄の考えでは、夢は現実と地続きであり、その中でこそ「現実よりもつと現実なもの」を見出すことができる、とされていた。しかし、「モン・パリ変奏曲」では、街が目覚めている夜と、眠り始める朝とは区別されているようだ。

そこで今一度結末に至る部分を読み直してみると、主人公が巴里の正体を知ったのは、「夜が明け」、街が「眠りはじめ」る寸前、すなわち未明時であったと判断できる。ならば、この時街は覚醒と睡眠、すなわち現実と夢のあわい、両者が混淆した状態にあったと言える。そのために、街は本来容易には見せないその正体を、「僕」に一瞬垣間見せたのではないか。これは、堀「眠りながら」（昭二・六）にて、覚醒と睡眠のあわいにあった「僕」に、何気ない対象（電気の光）が特異な姿を見せたことと重なる。堀が「モン・パリ変奏曲」に着目した要因の一つとして、こうした自作との類似点が考えられる。

ただし、「眠つてゐる男」の語り手のあり方は、「モン・パリ変奏曲」と大きく異なる。

「僕は一日中のあらゆる時間を夢みる。現在をすら夢みる。そしてそこに夢と現実とが重なり合ふ。僕には何処から何処までが夢であり、そして現実であるのか区別することが出来ない。[*12]」

「モン・パリ変奏曲」の語り手が一貫して目覚めていたのに対し、「眠つてゐる男」の「僕」は常に眠気に襲われており、目覚めている瞬間があるのかどうかすら怪しく、現実と夢の境界は曖昧になっている。展開する出来事は、野球観戦や女性との食事など、日常的なことが多く、文体面でも非現実さや突飛さはほとんど感じさせない。しかし、主人公の状態から考えて、その体験が夢でないという保証はない。少なくとも、これを判断する手掛かりは作中から見出せない。

どのようなことでも起こり得る夢の世界を、突飛な文体で描くのではなく、ありふれた出来事を、平易とも言える文体で描く。ただし、語り手は特異な状態に置かれているため、語られる出来事が夢なのか現実なのかを判断するのは困難になる。個々の出来事は「僕」の現実の体験なのか、それとも夢の内容が語られているのか。平易な文体は、多様な解釈を読者に許す。だがそれは、夢と現実が判別不可能なまでに入り混じった特異な世界が、作中に展開されているということでもある。突飛さや難解さを感じさせない文体ながら、厳密に考えた場合、作品はこうした複雑さを抱えていると見なければならない。

「僕」は、「何か見知らないもの」を持つ茉莉という女性に魅かれる。夜と昼の区別すらもはや判然としない中、

「僕」は彼女と行動を共にする。その中で、茉莉に魅かれる理由が死であることが、突如判明する。どうやら、「僕」は最初から死そのものに魅かれていたらしく、茉莉は目に見えない死へといざなう媒介に過ぎなかったようだ。死に魅かれていたことが判明した後には、もはや彼女への興味すら消失した「僕」は、「死そのものが僕を魅する」とまで断言する。

女と行動する中で、突如（抽象的な）死に出会うという流れは、「モン・パリ変奏曲」と重なる。また、死こそが対象（ここでは「僕」が魅かれる茉莉）に潜む魅力の根源という図式は、コクトオ「職業の秘密」を連想させる。

「生地のままのポエジイはそれに嘔吐を感じる者を生かさせる。この精神的嘔吐は死から来る。死は生の裏側だ。我々が死を見つめることを得ず、しかも死が我等の織物の緯を成してゐるといふ感情がいつも我々につきまとつてゐるのは、そのためである。[*13]」

詩を詩たらしめ、魅力的にするポエジイは、死と不可分に結び付いている。この一節を堀は小説やエッセイで何度か利用しているので[*14]、強く影響されていたことは間違いない。堀は、「現実よりもつと現実なもの」が「どれだけ確実に、しつかりと捕まへられてゐるか」を、「藝術の作品の価値」を判断する基準とした。見慣れた「生の裏側」に隠れ、容易にその姿を見せない死は、「現実よりもつと現実なもの」と呼ぶに相応しく、これが（やや唐突ではあるが）見出される過程が、本作では描かれている。

「眠つてゐる男」執筆にあたり、「モン・パリ変奏曲」が参考にされたのは、「現実よりもつと現実なもの」たる死を見出す作品内容に、堀が魅かれたためと考えられる。さらに重要なこととして、夢と現実のあわい、両者が混淆した状態で「現実よりもつと現実なもの」が姿を見せる過程が描かれていることを、見逃してはならない。

プロレタリア文学は作品としての進歩どころか停滞を見せ、既に後退すら始めている。超現実主義は、新たな作品を生み出す可能性を秘めながら、まだ注目すべき作品は見られない。もちろんこれは、超現実主義だけでなく、堀自身にも言えることであった。こうした現状を打開するには、新しい方法や観念を押し出した「文学上の左翼」として活動し、わずかでも歩を進めるしかない。これが当時堀の抱いていた危機感であり、信念であった。

このことに気付いた人間も、少数ながら存在した。吉村鐵太郎は、過去の心境小説家たちの衰退につき、「在来の方法《メトオド》にはまるやうな材料ばかり捜して方法《メトオド》自体については一向注意しなかつた」[*15]ことに原因を求めている。その上で、「堀辰雄は今少くとも方法《メトオド》を研究しなければならぬことを、ヨーロッパの本式の方法を覚えなければならぬことに気がついたのである」と、「眠つてゐる男」における堀の方法意識を評価している。

また、かつて堀の「文学の正当な方向を」（昭四・九・七〜八）を支持した川端康成は、「〔「眠つてゐる男」に〕私は新しい健康をさへ感じるのである。真理をゆがめるための技術——と、片岡〔鐵兵〕氏が感じるところに、真理をさぐる新しい触手を感じる」[*16]と、新しいものを生み出そうとする堀の意図を認めている。

少数とはいえ行き届いた理解を得られたことは、堀の実践が無為ではなかったことの、何よりの証左だったと言えよう。従来にない新しい価値や意義を持つ作品を生み出すことで、文学を一歩でも前進させる「文学上の左翼」たらんとした堀の信念こそ、本作から読み取られなければならない。

5　プロレタリア文学との関係

作品の内容からは意外に思われるかも知れないが、「眠つてゐる男」という題名は、明らかにプロレタリア文学を視野に入れている。本作が発表された昭和四年頃、超現実主義とプロレタリア文学を結び付ける動きは、確実に存在していた。
飯島正は、「作品の傾向、思想的内容に於いては、この二者〔超現実主義とプロレタリア文学〕は全く相反する」[17]ことを指摘する。しかしながら、「真実の革命を仰望することに於いては変るところがない。新興の思想的文学と、ブルジョア末期の精髄たる超現実主義とは、ひとしく革命遂行への道を各各辿つてゐる」と、両者を革命の一点において、同一の志向を持つものとする。なお、ここに見られるように、超現実主義をブルジョア文学の延長と見る向きが、当時少なからず存在した。

竹中久七は、「シユール・レアリスム藝術的価値とプロレタリア藝術的価値とは常に反比例する」[18]と、まずは飯島と同様の見解を示す。だが、「シユール・レアリストにしてプロレタリア藝術運動に参加する者ありとしても、自己の藝術を相殺する者とはいへない」と考える竹中は、「ブルジョア藝術と称せらるゝことを潔しとせざる迄社会的関心をもつシユールレ《ママ》アリストは宜しくプロレタリア藝術運動にも投ずべきである」と、プロレタリア文学への参加を呼びかける。

そもそも、超現実主義の祖ブルトンは、「超現実主義第二宣言」にて、「超現実主義は、（中略）マルクス主義思想の歩みと、この歩みとのみ離れがたく結びついている」[19]と述べるほど、共産主義への接近を見せ、ついにはフランス共産党に加入するに至った。わが国の超現実主義者たちも、こうした動きに無関心ではなかった。飯島の論など、海外での超現実主義の動向に、かなり目配りを利かせている。超現実主義とプロレタリア文学を結び付ける動きには、こうした海外の動向が影響していたことは間違いないだろう。

堀辰雄が、超現実主義者と見なされることに反論したのは、自己の夢の捉え方を強調する意図があったためだろう。だが、「右翼としか思はれない作品」ばかり生み出すプロレタリア文学と、超現実主義が結び付く動きを見せたことも、反論の原因だったのではないか。

堀はかつて、同人誌『驢馬』に加わっていたが、同人たちは次々と左傾し、雑誌も自然消滅した。堀は、同人の一人であった中野重治を紹介する「中野重治と僕」(昭五・七『詩神』。後「二人の友」)で、次のように述べる。

「僕等の仲間〔『驢馬』同人〕で中野一人だけが『目ざめた男』になつてゐた」。

ここで「目ざめた男」とは、左傾した人間の意味で使われている。ならば逆に「眠つてゐる男」とは、プロレタリア文学やその運動には関心を持たない、堀のような人間を指すことになる。実際、「中野重治と僕」を読み進めていくと、次のような一節が見付かる。

『驢馬』の連中はみんな『目をさまして』ずんずん思想的に転換して行つた。その中で僕だけが『眠つてゐる男』として一人とり残された。僕はさういふ自分をひどく悲しみはしたが、それでもたうとう頑張り通した。」

引用部分にある、「目ざめた男」「目をさまして」「眠つてゐる男」は、いずれも後に別の表現に改められた。プロレタリア文学の衰退後、これらの用語は説明抜きでは通用しなくなったためだろう。しかし、堀が「眠つてゐる男」を発表した当時、「目ざめた」と「眠つてゐる」が、左傾とその逆をそれぞれ意味することは、読者には明白であったと考えられる。「眠つてゐる男」発表直後の唯一の評と言える、片岡鐵兵「少し大きな声で[*20]【三】」が、何よりの証拠となる。

片岡は、「眠つてゐる男」の主人公は「病的な存在」であり、「さういふ物から『美』をとり出す作者の趣味に、病的なものを見る」と酷評する。その上で、「常に目ざめてゐるプロレタリアは、かゝる作品の化かしの根本を直に知覚する故に、決して化かしに巻き込まれない」、としている。「病的な存在」と断じた「眠つてゐる男」と「目ざめてゐるプロレタリア」を対比させていることから、「眠つてゐる男」という題名が、左傾していない人間を意味していることに、片岡が気付いていたことは間違いない。つまり、「眠つてゐる男」という題名は、「目ざめた」者たちによるプロレタリア文学全盛の当時において、彼らに反旗を翻すが如き堀の姿勢を示した、挑戦的と言えるものだったことになる。

もちろん重要なのは、内容そのものがプロレタリア陣営に衝撃を与え得たかどうかだが、片岡の評を見る限り、それには成功していない。しかし、発表当時に題名が挑戦的な意味を持っていたこと自体は、注意されていいだろう。[*21]『堀辰雄作品集第一　聖家族』（昭二十四・三、角川書店）収録の際改題されたが、これは作品に絶えず手を加え続ける作家であった堀が、発表時とは大きく時代が変化した中で、より適切な題名を再考した結果と考えられる。

友人たちが次々と「目をさまして」いくさまを見ることは、堀にとって大いなる「悲しみ」であった。それは、彼らが「右翼としか思はれない作品」しか生み出せない人間に転落する危惧を、堀に抱かせたためだろう。だが、自己の信念に基づき、独自の文学活動を続けることに、堀は積極的意義を見出していたと考えられる。

第一節にて、「今日くらゐ文学上の左翼と政治上の左翼とが混同されてゐる時代はあるまい」という堀の発言を引いたが、こうした現状に対する切実な危機感を、堀は「藝術のための藝術について」（昭五・二『新潮』）の中で、再び表明している。

「僕らに従へば、いかなる政治上の革命も藝術そのものを変化させることは出来ないのだ。（中略）藝術を変化させるものは藝術そのものの中における革命の他のものではない。（中略）／僕らの欲するものは、現在の僕らの作品を一遍に時代遅れにしてしまふやうな、一箇の傑作でしかない。」

堀は、「現在の僕らの作品を一遍に時代遅れにしてしまふやうな、一箇の傑作」を生み出したい、あるいは生み出されるのを見たいという強い衝動、すなわち「藝術そのものの中における革命」への信念に突き動かされている。「政治上の革命」を目指すプロレタリア文学は、そうした作品の出現を期待させるどころか、旧態依然たる作品を擁護している点で、むしろ害悪ですらある。超現実主義もまた、プロレタリア文学と接近しつつあるのでは、「藝術そのものの中における革命」は期待できない。求められているのは、それまで自分たちが接してきたものとは異なる、決定的に新しい価値や意義を持っている作品の出現なのだ。それこそが、堀の信じた「文学の正当な方向」であり、その実現を意図して書かれたのが「眠つてゐる男」だった。

6　「文学の正当な方向」へ

「文学の正当な方向」を目指す雑誌に、堀辰雄が「眠つてゐる男」を発表した意味は小さくない。一つには、超現実主義の実作が試みられる中で、独自の方法で夢を扱った作品を書き、「藝術そのものの中における革命」を一歩でも前進させる意図があったろう。

もう一つは「目ざめた」者たち、すなわちプロレタリア文学者による作品に、旧態依然とした「右翼としか思はれない作品」しか見当たらないことへの批判があった。彼等よりも新しく、価値のある作品を「眠つてゐる男」、すなわちプロレタリア文学に関心のない自分が書くという皮肉を込めた宣言としての役割を、この題名は果たしている。

プロレタリア文学には、もとより「藝術そのものの中における革命」は期待できない。超現実主義もまた、プロレタリア文学に接近しつつある以上、共に歩む相手にはなり得ない。残された道は己の信念を、作品によって実現していくことしかない。

プロレタリア文学に批判的な者、超現実主義と距離を置く者は他にもいた。だが、単に不満を述べるだけなら誰でもできる。堀は、超現実主義とは異なる視点から夢を捉え、作品化しただけでなく、これに「眠つてゐる男」という題名を与え、プロレタリア文学への皮肉をも込めた。こうした例は、当時ほとんど見られなかったのではないか。かくして、本作が昭和四年という時代において、盛んであったプロレタリア文学、及び本格的に紹介され始めた超現実主義を視野に入れた作品であることが明らかになる。そのどちらにも与しない道を「文学の正当な方向」と信じ、模索する中で生み出されたのが、本作であった。

もちろん、批判を目的として小説を書くのであれば、特定思想の宣伝を意図したプロレタリア文学と変わりはない。「眠りながら」以降、何度か扱ってきた夢という題材に、堀はここで改めて取り組んだ。夢と現実のあわい、両者が混淆した世界は、「眠りながら」で既に描かれている。「眠つてゐる男」ではこれを一歩進め、現実に潜む意外な魅力、「現実よりもつと現実なもの」を夢と現実のあわいに見出す過程が描かれている。夢の持つ不思議な作用は、以後も堀の関心を引き続けていく。この時点での、夢に対する堀の捉え方が明確化された小説として、本作は堀の作品史上無視できない価値を持つ。

さらに、昭和四年という時代を考えた場合、自らの考える「文学の正当な方向」を目指すべく、従来にない新たな価値や意義を持つ作品を作り上げる、すなわち「文学上の左翼」たらんとする強い意志こそが、堀を突き動かしていたことを見逃してはならない。

注

＊1　昭四・十『近代生活』。

＊2　わが国での翻訳は、北川冬彦による「超現実主義宣言書」（昭四・六『詩と詩論』）、同「超現実主義宣言書(II)」（昭四・九『詩と詩論』）が最も早い。ただし、いずれも抄訳になる。
＊3　「超現実主義文学を繞る」（昭四・十『新潮』）。
＊4　「ダダから超現実派《シユウルレアリスム》へ」（昭四・十二『FANTASIA』）。
＊5　「超現実主義など」（昭四・十一『詩神』）。
＊6　アンケート「超現実主義批判」（昭五・一『アトリエ』）における回答。
＊7　引用は、澁澤龍彦訳「大胯びらき」（『ジャン・コクトー全集』第三巻　昭五十五・六、東京創元社）による。
＊8　北川冬彦「詩《ポエジイ》の進化」（昭四・三『詩と詩論』）。
＊9　「『現実』を新しい角度と速度とをもつて見る」は、同エッセイに引用された、「本当の現実主義は、僕らが毎日触れてゐるために最早や機械的にしか見なくなつてゐる事物を、あたかもそれを始めて見るかのやうな、新しい角度と速度とをもつて示すことにある」、というコクトオの主張（堀は題名を出していないが、エッセイ「職業の秘密」の一節）に倣ったもの。
＊10　「堀辰雄とフィリップ・スーポー」（平三・五『日本近代文学』第四十四集）。
＊11　引用は、『モン・パリ変奏曲・カジノ』（昭五・五、春陽堂）所収の石川湧訳による。
＊12　この箇所は、コクトオ「ポトマック」の次の部分に基づいている（引用は、『ジャン・コクトー全集』第三巻の澁澤龍彦訳による）。
「僕は夢のなかでいつまでも生活しつづけ、昼間の自分のメカニズムのなかで夢見つづける。」「夢は僕を支配し、僕は夢を支配する。前の日に見た多くの光景を、僕は雑然と書き留めておく（中略）。そうすると睡りは、それらのものをちゃんと整理して、闇の万華鏡《カレイドスコープ》の底にまわしてくれるのだ。」

＊13 引用は、堀辰雄訳「職業の秘密」（『コクトオ抄』昭四・四、厚生閣書店）による。
＊14 代表作における例として、「扁理の生のなかに九鬼の死が緯のやうに織りまざつてゐる」という、「聖家族」（昭五・十一『改造』）の一節がある。
＊15 「片岡鐵兵氏に」（昭四・十二『文学』）。
＊16 「『化かしと技術』に就て」（昭五・一『新潮』）。
＊17 ＊3前掲「超現実主義文学を繞る」。
＊18 「シユール・レアリスム研究」（昭五・一『アトリエ』）。
＊19 引用は、生田耕作訳『超現実主義宣言』（平六・六、奢灞都館）による。
＊20 昭四・十・二十『東京朝日新聞』。
＊21 初収単行本『不器用な天使』（昭五・七、改造社）でも、「眠つてゐる男」の題で収録されている。

第三章　夢のメカニズムとその変容

――「ジゴンと僕」「手のつけられない子供」「羽ばたき」をめぐって――

1　はじめに

堀辰雄の初期作品には、「眠りながら」（昭二・六『山繭』。初出では「即興」）や「眠れる人」（昭四・十『文学』。初出では「眠つてゐる男」）といった、タイトルに「眠り」を含むものがあり、夢と現実が交錯する不思議な世界を描いている。一方、「手のつけられない子供」（昭五・四『文学時代』）、「ジゴンと僕」（昭五・五『文藝春秋』）、「羽ばたき」（昭六・六・二十一『週刊朝日』。初出では「羽搏き」）といった作品でも、直接題名には出ていないが、夢が様々な形で扱われている。

同時期のエッセイを参照すると、当時の堀が、夢を創作の手段として用いることを考えていたことが分かる。例えば「僕一個の見地から」（昭五・一『文学時代』）では、「僕の直覚によると、現実の中のあらゆるものの合計と、夢の中のあらゆるものの合計とは、同値だらうと思はれるのだ。そして夢は裏返しにされた現実に過ぎないものだらうと思はれるのだ。僕はその複雑な計算をコツコツやつて見たいと思ふのだ」、と述べている。同年発表の出世作「聖家族」（昭五・十一『改造』）では、確かに夢の場面が存在するが、死者である九鬼を登場させるための手段としての印象が強い。だが、「僕一個の見地から」には、夢への強い関心、及び夢を中心に据えた作品を書く意図がうかがわれ、興味深い。

夢に遊ぶ子供たちを描く「手のつけられない子供」。動物ジゴンを真似、主人公が覚めたまま夢を見ようとする「ジゴンと僕」。夢によって主人公が悲劇を迎える「羽ばたき」。これらの作品では、夢を創作方法として、あるいは創作の対象として用いようとした堀の意図が様々に実践されている。

ただし、「僕一個の見地から」では、夢に対する考えを「僕の直覚による」ものとしていたが、これは正確ではない。第一章でも見たように、夢に対する堀の捉え方=夢のメカニズムは、複数のジャン・コクトオ作品を基に作り上げたものに他ならない。「ジゴンと僕」では、コクトオの発想をほぼそのまま引き写した箇所すら存在するが、「羽ばたき」に至ると、容易には影響が見出せないほど、コクトオの影響は巧みに消化され、小説としても洗練されたものとなっている。だが、「羽ばたき」以降、コクトオに倣った夢のメカニズムによる作品は、次第に見られなくなっていく。

本章では「手のつけられない子供」「ジゴンと僕」「羽ばたき」の三作品につき、コクトオ作品も参照しながら、創作方法としての夢の扱われ方と、その変化について検討していく。また、夢のメカニズムが次第に使われなくなっていく背景についても、考察しておきたい。

2 「ジゴンと僕」に見る夢のメカニズム

発表順は前後するが、論の都合上、「ジゴンと僕」（昭五・五）を先に見ていく。

ジゴンは、「鯨族に属する一種の哺乳動物」、「俗に『人魚』或は『海坊主』なぞと呼ばるる」、「印度洋及び南洋附近に最も多く棲息し居れる」といった特徴から、いわゆる「ジュゴン」を指すと思われる。海藻を常食とするが、小石や金属など、あらゆるものを食べる。この「異常なる消化力」に、語り手「僕」は魅せられる。さらに、「苦痛」を媒介に「僕」は自らをジゴンと重ね合わせていく。「僕は彼が眠りそして死ぬほどうなされてゐるところを見た。僕はまづ彼の苦痛を理解し、それから次にそれがまた僕の苦痛であること知《ママ》つた。（中略）僕の毎晩見てゐる夢が、僕をそんなにも、ジゴンに親しくさせたのだ」。

ジゴンと「僕」とは共に同様の苦痛を抱いているという。「僕」は、ジゴンが「眠りそして死ぬほどうなされてゐる」さまを見てそのことに気付く。また、「僕の毎晩見てゐる夢」がジゴンへの親近感を抱かせたことから、両者の苦痛は夢に関連がありそうだ。ジゴンによって「生活組織を覆へ」された「僕」は、ジゴンの影響から、次のような不思議な行為を行なう。

「夢が僕の生活の大半を占めた。現実と夢とが混同され出した。（中略）僕は眼をさましてゐる時も、夢のメカニズムによつて生きた。即ち、僕は、夢の中でのやうに、その瞬間までの僕の記憶の全部を、現実の上に、秩序なく並べるのである。色硝子の破片を散らばせたカレエドスコープのやうに。そしてそれを僕は、すばらしく新鮮に見出した。」

現実世界での様々な記憶が攪拌され、別様の新鮮な魅力を放ち始める。通常では見えない、現実の一面を捉える方法である「夢のメカニズム」による操作を、「僕」は覚めたまま日々繰り返す。

この夢のメカニズムについては、第一章でも触れたとおり、コクトオ「ポトマック」に対応する箇所が発見できる。

「夢は僕を支配し、僕は夢を支配する。前の日に見た多くの光景を、僕は雑然と書き留めておく、ちょうど人が色さまざまなガラス玉の破片を集めるように。そうすると睡りは、それらのものをちゃんと整理して、闇の万華鏡《カレイドスコープ》の底にまわしてくれるのだ。[*1]」

記憶の攪拌によって夢が生成されるという発想が共通しているので、夢のメカニズムが「ポトマック」にヒントを得たものであることは明らかだろう。[*2]「僕は夢のなかでいつまでも生活しつづけ、昼間の自分のメカニズムのなかで夢見つづける」という、「ポトマック」の主人公の中で、夢と現実の境界は曖昧になっている。「現実と夢とが混同され」た世界に生きる「ジゴンと僕」の「僕」も、この点は同様と言える。さらに、夢のメカニズムは「僕」が現実世界で生きていく上で、不可欠の手段とまで化していく。

「僕の夢は、狂暴になればなるほど、現実に近づくのだ。他の人達が現実から夢の中へ逃げ込むのとは逆に、僕は僕自身を、夢を通して現実に押しすすめたいのだ。」

この直後に作品は終了してしまい、「僕自身を、夢を通して現実に押しすすめ」るという、特異だが魅力的な行為について、具体的な内容は提示されない。そこで、同時期の堀のエッセイを参照すると、類似した発言がいくつか見つかる。前出「僕一個の見地から」の、「僕は（中略）眠りの組織を、そして夢と現実との微妙な関係をもつと追求してみたいと思つてゐる」、という一節は、その端的な例だろう。

また、「超現実主義」（昭四・十二『文学』）では、「『夢』は『現実』に何物をも附け加へないのだ。そしてただそれを攪拌するだけだ」、との記述がある。「現実」を「攪拌する」「夢」。この発想が「ジゴンと僕」に活かされているのは明らかだろう。この直後には、「僕らは『現実』を新しい角度と速度とをもつて見るためにのみ『夢』を借りる」、との記述が続く。この一節は、「問題は、毎日彼の心と眼とが触れてゐるものを、彼がそれをはじめて見、そして感動するのであるかのやうに彼に思はせる所の、角度と速度とを以て、彼に示す事にあるのである」[*3]という、コクトオ「職業の秘密」が基になっている。現実を攪拌し、そこに潜む新たな魅力を見出す夢のメカニズムは、見慣れたものを「はじめて見、そして感動するのであるかのやう」な形で提示する方法として、確かに有効だろう。『現実よりもつと現実なもの。』それがどれだけ確実に、しつかりと捕まへられてゐるかによつて、藝術の作品の価値は決定される」(「すこし独断的に」昭五・四・二十八『帝国大学新聞』)、という発言にも、共通した発想が認められる。

ここで「ジゴンと僕」に戻れば、ジゴンはあらゆるものを貪欲に食らい、消化していく。ただし、見境なく食物を摂取するため、消化吸収に苦痛を伴い、眠りの中で悪夢にうなされるのだろう。そして排出された水銀状の排泄物に「僕」は強く魅かれ、入念に観察している。この、ジゴンの消化から排泄への過程は、「僕」が現実での記憶を別種のものに変換する、夢のメカニズムと確かに類似する。ならば、あらゆるものを消化し、排泄物に変換するジゴンは、現実の中に潜む魅力を捉え表現する、創作行為そのものを体現していると言える。「すこし独断的に」の表現を借りれば、排出された排泄物は、現実に潜む「現実よりもつと現実なもの」が抽出され形を与えられた、「藝術の作品」に相当しよう。

このように見てくると、「ジゴンと僕」は、夢を用いた堀の創作方法そのものを小説として表現した作品、と捉えることができる。夢に言及したエッセイ群と同様、夢を創作に利用することの宣言であったと言えよう。しかし、作品を単体で見た場合、「僕」が何故ジゴンに魅かれ、夢のメカニズムによる現実の変換を試みるのかについて、

「僕」の説明だけで理解することは難しい。この疑問を解決するには、作品外のエッセイを参照する必要があり、これを理解するにもコクトオに関する多少の知識を要する。

したがって、夢による堀の創作方法を探る上では興味深い作品だが、小説として成功しているとは言い難い。重要なのは創作方法を小説として示すことではなく、その方法によって、「現実よりもつと現実なもの」を捉え表現した作品を作り上げることであろう。堀自身も作品に不満が残ったのか、生前の単行本に「ジゴンと僕」は収録されていない。ただし、本作で描かれた夢のメカニズムと同様の発想は、「手のつけられない子供」においても確認できる。

3 「手のつけられない子供」における遊戯としての夢

題名から分かる通り、「手のつけられない子供」(昭五・四)はコクトオ「怖るべき子供たち」の影響下に書かれている。母を亡くす少年於菟と姉のお絹さんは、「怖るべき子供たち」のポールとエリザベート、於菟の友人で彼に憧れる語り手「僕」は同じくジェラールに、それぞれ対応している。だが、人物配置は共通しながらも、この作品は原典でわずかに描かれた、夢に遊ぶ子供たちの姿を中心に据えている。[*4]浅草の娯楽場ルナパアク。そこで子供たちは、「大人の娯楽物を巧妙に摸倣してつくられ」た遊具を、実物として取り扱う。

「子供らの詩のすべては現実の摸倣の中にありました。子供らのするどい直感は、たとへ実物を知らなくとも、それの摸倣品がどんな風に実物に似てゐるかを知るには十分でありました。そしてそのことは、子供らが摸倣品を実物であるかのやうに楽しむことを許しました。」

子供たちは、摸倣品である「メリイ・ゴウ・ラウンドの木馬」を生きている馬のように感じ、実際に馬に乗っているような感覚を覚える。これが可能になるのは、子供たちが「するどい直感」によって、「摸倣品がどんな風に実物に似てゐるか」を捉えている、すなわち、モデルとなった実物の本質を把握していることによる。ここに至ると、対象が摸倣品であるかどうかは問題ではなくなる。「するどい直感」によって、摸倣品に潜む実物の本質を捉えれば、摸倣品も実物以上の実物と化し、楽しむことが可能になるからだ。

対象の本質、すなわち秘められた魅力を引き出す行為。これは明らかに、「ジゴンと僕」の夢のメカニズムに通ずる。先の引用部に、「子供らの詩」という表現があったように、「現実の摸倣」から「詩」を引き出す子供たちの行為は、それ自体が、現実に潜む「現実よりもつと現実なもの」を捉える創作行為と見ることができる。実際、「子供らの驚くべき摸倣性、それは確かに子供らの世界を大人らの世界以上に詩的にしてゐるものであります」、との記述もある。「するどい直感」によって対象の本質をより純粋な形で捉え、自分たちの世界を「詩的」にしていく子供たちは、もはや詩を生活の一部としているとさえ言えよう。

ルナパアクで遊ぶ子供たちの姿は、「共通の一つの夢を見てゐる」と表現されている。木馬を生きている馬として捉え、遊ぶという子供たちの遊戯は、確かに夢と呼ぶのが相応しい。この夢は子供たちにとって最上の遊戯であるが、「子供といふものは決して自分一人きりでは夢を見ない」、とされている。夢は複数で、しかもより多くの人数で実行することで、楽しさが増すのであろう。そのため、共に遊ぶ、すなわち共通の夢を見る相手の減少は、遊戯としての質を低下させることにつながる。

語り手の「僕」は、友人の於菟と共に夢を見ていたはずが、いつしか距離ができたことで不安を覚える。「僕らが一しよになつて見てゐた夢の中から彼一人だけが抜け出ようとしてゐるかのやうに思はれて、どうもそれが気がかりでなりませんでした」。これとは逆に、於菟と姉のお絹さんが見ている「実に驚くべき」、「これまで見てゐたのとは全然異つた夢」に「自由に出這入りできるやうにな」るという、新たな遊戯を獲得することもある。

こうした夢＝遊戯を繰り返すうちに、夢と現実の境界はいつしか曖昧になっていくだろう。その過程で、摸倣品を実物以上の実物として遊んだように、子供たちの世界は、夢と現実が混淆した、特異なものと化していくのではないか。題名が「手のつけられない子供」であることから、子供たちにとっては遊戯である夢が、大人たちが目を覆うようなものへと展開していく、異様な世界を構築することが意図されていたと考えられる。

しかし、子供たちの夢＝遊戯は、「手のつけられない」事態にまで発展することはない。於菟が仲間たちと離れて行なっていた遊戯は掏摸《スリ》であり、立派な犯罪とはいえ、大人の手に負えない程のものではない。於菟が自分を追う探偵を罠にはめ、死なせてしまうというショッキングな場面もあるが、これは「一時的な仮死」であり、実際に殺人を行なったわけではないらしい。摸倣品から「現実よりもつと現実なもの」＝詩を引き出す、一種の創作行為を行なう子供たちという魅力的な設定が、作品内で十分に活かされていない。子供たちの行為は、現実の枠組みを超え出るものではなく、「手のつけられない」危険なものではない。

実際、初出の末尾には、「これは僕の計画してゐる一つの小説の骨組のやうなものです。僕は他日これを肉づけしたいと思つてゐます」、との「附記」がある。やはり、本作は当初の構想がうまく形にならなかった、不本意な作品であったことが分かる。この「附記」での予告は、「羽ばたき」で実現されることになる。

4

「羽ばたき」における天使への接近

「羽ばたき」（昭六・六・二十一）は、主人公であるジジと彼に憧れる友人キキといった人物配置や、ジジが母を亡くす、悪事を働くといった設定が、「手のつけられない子供」と共通する。また、ジジの母親につき、「ほんとは三十を少し越したにすぎない彼女は、まるで九十以上の老婆のやうに萎びてゐた」、との描写がある。これは、「怖るべき子供たち」のポールとエリザベートの母が、「三十五歳だというのに、老婆のように見え、死んでしまいたいといっていた」という描写と共通する。これらの点から、本作は「手のつけられない子供」と共通の原典を持ち、かつ前作の「附記」が実現された作品ということになる。ただし、本作での夢は創作行為を思わせるものではなく、主人公が迎える悲劇の原因となっている。

ジジは友人のキキたちと、映画「ジゴマ」の主人公である怪盗を真似た、ジゴマごっこに興じる。[*5]「手のつけられない子供」に倣えば、ジジは仲間たちと共に「共通の一つの夢を見てゐる」と言えよう。このジゴマごっこは、「手のつけられない子供」の於菟も行なっていたが、その描写はほんの数行にとどまる。しかし本作では、ジジは完全にジゴマになり切って、鳩たちと行動する盗賊ジゴマ鳩と化す。鳩と行動するのは、母の死の前後に、母が鳩として転生する夢を繰り返し見たことによる。ジゴマ鳩ことジジは凶行を繰り返し、人々の恐怖の対象となる。探偵に追われた際には、相手を映画「ジゴマ」にてジゴマを追う探偵になぞらえ、「ポーリンの野郎！」と口走り、激しい敵意を燃やす。

このように、ジジは「ジゴマごつこをしてゐるうちに、いつか本当のジゴマになつてしまつた少年」[*6]であり、摸倣を繰り返すことで、架空の存在であるジゴマと完全に一体化している。「手のつけられない子供」でも、子供たちは摸倣品を実物以上の実物として楽しんでいた。ただしその行為は、「手のつけられない」性質のものではない。これに対し、架空の人物の摸倣から、完全にその人物と化して凶行を働くジジは、自らを「夢を通して現実に押しすすめ」た（「ジゴンと僕」）、文字通りの「手のつけられない子供」と言えよう。

人々を恐怖させたジジは、かつての仲間たちに追い詰められる。仲間たちにとって、これは「共通の一つの夢」であるジゴマごっこの延長なのだが、「みづから自分の仲間を裏切り、そして孤独にばかり生きてゐたジジには、もはやキキ等の遊戯に仲間入りすることが出来なかつた」。ジジは、「夢の中で鳩たちから会得した飛行術」によって窓から飛ぼうとするが、墜落して死亡する。

本作における夢が、前二作と異なり、悲劇の原因となっていると述べたのは、主人公が夢によってこうした悲惨な結末を迎えるからに他ならない。共に夢を見る相手が、人間の仲間から鳩たちに変わったことで、ジジは死を迎えた。ここで、作中における鳩たちの描写に着目してみると、死んだ母が転生したものという、甘美なイメージとは相反する特徴が浮かび上がってくる。

鳩の羽ばたきは「天使の羽搏き」を連想させる、とされている。ただし、これによって鳩に神々しいイメージが付与されるわけではない。鳩たちは「生を象徴してゐる」フエアリイ・ランドのローラースケート場で遊ぶ人々は、「いろいろと天使の真似をして見て得意になつてゐた」。フエアリイ・ランドは確かに「生を象徴してゐる」場所であるが、「死を象徴してゐる」U塔に生息している。フエアリイ・ランドではなく、この場所と隣り合った、「死を象徴してゐる」U塔と地続きの丘にあるため、死と表裏一体の場所ということになる。ならば、人々は天使の真似をすることで、死への接近を意図せずして行なっていたことになる。その中でも、最も「巧妙に天使の真似をして見せてゐる」のがジジだった。ジジの墜落死は、「夢の中で鳩たちから会得した飛行術」を実行したことが原因だが、これは「天使の真似」の延長上でなされた行為と見ることができよう。

このように、鳩は天使と結び付けられてはいるが、本作における天使は決して神々しい存在ではなく、近付く者を死へ誘う役割すら果たしている。よって、鳩は人々を死へと導く天使、いわば死の使いという、きわめて不吉な存在だということになる。夢によって鳩たちと結び付いたジジは、外見からは想像できない鳩たちのこうした実体に、知らずして近付いていていたのだろう。

「天使」といえば、堀は「羽ばたき」の二年前に「不器用な天使」（昭四・二『文藝春秋』）を書いている。この題は、コクトオの詩「不器用な天使たちが……」から借りたものだろう。この詩には、「鳩たちよ　不器用な天使たちが君らを真似る」[*7]との一節がある。確かにジジは、鳩と夢を共有し、鳩を真似ることで死を迎えた「不器用な天使」と言えよう。

コクトオは、天使をしばしば作品の題材として用いている。[*8]エッセイ「職業の秘密」には、天使についての端的な定義が見られる。

「天使は人間性と非人間性との中間にあるのだ。それは、潜水夫の力強い動作をもつて、千羽の野鳩らの翼の爆音をもつて、眼に見える世界から眼に見えない世界へ身を投じる所の、潑剌たる、魅力ある、勇敢な、若い動物である。その運動のすばらしい速力は、彼を見ることを禁ずる。もしその速力が弛めば、無論彼は見られるであらう。」

ここでも、天使は鳩と結び付けられている。天使は、我々をはるかに上回る速度で活動しているので、その姿は容易には見ることができない。これを可能にするには、天使が速度を落とすか、人間が高い速度を得るかのどちらかが必要になる。ここで、ローラースケート場で遊ぶ人々が、「天使の真似をして見て得意になつてゐた」ことが想起されるのは、彼らがローラースケートに興じるのは、それがもたらす速度によって、人々が天使を真似て楽しむことが可能になるためと考えられる。

こうした、天使と鳩の関連性、及び天使と人間における速度の差を確認した上で、作品の結末となるジジの死の場面を見ておきたい。

「ジジの見知らない速度が彼のあらゆる感覚の速度を越した。ジジは無感覚になつたまま、地上に墜落しだした。／（中略）ジジは空つぽの手袋のやうな恰好で地面に落ちてゐた。」

「ジジの見知らない速度が彼のあらゆる感覚の速度を越した」、とあるのが注意される。高所から落ちる時に相当の速度が生じるのは当然だが、ジジが「見知らない速度」を感じたのは墜落し始める直前、「夢の中で鳩たちから会得した飛行術」によって飛ぼうとした時点になっている。ならば、この「見知らない速度」は鳩＝天使が飛行する際の速度であり、意識の上では鳩の一員であるが、肉体まで鳩に変化したわけではないジジが、この速度を獲得し、維持することはできない。母が鳩に転生する夢を繰り返し見、鳩と共に行動していたジジだが、完全に鳩＝天使たることはできないことが、墜落死という象徴的な出来事によって証明されたことになる。

ジジの死体は「空つぽの手袋」に喩えられているが、これはコクトオ「マリタンへの手紙」の、次のような記述が基になっていると見られる。「神は天使に着物を着せてゐたのだ。（中略）／『天の手袋』と云ふものを知つてゐるか？　（中略）レイモン・ラジゲは天の手袋だつた。その手袋から天が手をぬくとき彼は死ぬ。さういふ死を真の死と思ふのは、からつぽの手袋と切られた手とを混同する事である」[*9]。

若くして死んだラジゲは、コクトオの最愛の友人だった。ここではそのラジゲを、神によって「着物を着せ」られ、地上に遣わされた天使に見立てている。天使＝「天の手袋」たるラジゲは、天＝神が手を引き抜いたことで死んだが、これは天使として再び天界に戻ったと見ることができる。「さういふ死を真の死と思ふのは」間違いだとしているのは、こうした文脈においてだろう。

ここで、ジジの死体に「空っぽの手袋」という比喩が付されていることから、ジジもまた「天の手袋」、すなわち天使だったのではないかという仮説を立てることもできる。しかし作品は、ジジの母が転生したらしい鳩が墜落死し、その死体が「ジジの死体のそばに一つの汚点を描いた」という、悲劇的な印象を与える記述で終わる。このことから、自らを地上に縛り付ける鎖を解き放ち、天界へ飛翔していった、という美しいイメージを作品から引き出すことは難しい。やはり、ジジは夢によって鳩＝天使に限りなく近づいたが、それが果たせなかった、夢に翻弄された少年と見るのが妥当だろう。

夢は現実から「現実よりもっと現実なもの」を引き出す機能を持つ。本作における夢は、この機能によりジジを鳩に潜む、死を運ぶ天使という不吉な実体に近づけ、死へと導いた。夢が作品にとって必須の要素となり得ていない「ジゴンと僕」や、作中で十分に活かされていない「手のつけられない子供」と比べ、作品の展開上不可欠かつ劇的な要素としての活用がなされている。「羽ばたき」は、夢を扱った作品群の一つの到達点と言えよう。

5　夢のメカニズムの変容、コクトオからプルウストへ

「ジゴンと僕」、「手のつけられない子供」、「羽ばたき」。これら三作品における、「夢」の扱われ方を見てきた。「ジゴンと僕」では、現実に潜む意外な魅力を捉える方法を、夢のメカニズムと呼んでいた。この夢のメカニズムは、「手のつけられない子供」では、摸倣品を実物以上の実物として扱う子供たちが、日常的に行なう遊戯として

取り入れられている。子供たちは、その「するどい直感」によって、「子供らの世界を大人らの世界以上に詩的にしてゐる」点で、詩を日常として生きる詩人たちと言える。しかし、コクトオは「職業の秘密」にて、詩人を限りなく死者に近いものと見ている。

「詩人は生きている人たちの間を散歩していても見えない。詩人は死んではじめて、つまり死んだ人たちの噂をすると、その人たちが幽霊のかたちで現われるときに、ぼんやり人の眼にうつる。この点、詩人は、死人に似ている。[*10]」

生きている人間には見えないという特徴は、天使の場合と共通する。人間と天使を分かつものは、速度の差であった。コクトオ「来訪」によれば、生者と死者を隔てるものもまた、速度に他ならない。

「ぼくたち〔死者〕の速度がきわめて強力なので、沈黙と退屈とが一致した点に位置を占めることができる。ぼくがきみに会えるのは、（中略）生きている者には珍しい不動の速度を、高熱によってきみが獲得しているからだ。[*11]」

高熱で寝ている者は、夢うつつの状態にあるだろう。その中で、死者と同様の速度を得ることで、本来ならかなわない、死者との出会いが実現する。このように見てくると、夢はその中で天使や死者といった、普段見ることのできない、「現実よりもつと現実なもの」との接触を可能にするという点で、詩を得る有効な手段となり得る。実際、コクトオには天使や死に言及した作品が多い。しかし、詩人が死者に近い存在である以上、夢を用いて詩を得ることは、死に限りなく近づくことを意味する。「子供といふものは決して自分一人きりでは夢を見ないものです」（「手のつけられない子供」）。「羽ばたき」でも繰り返される一節だが、これは子供たちが、夢を見ることが死への接近を意味すること、及びその危険性を察知していたためかも知れない。

「ジゴンと僕」や「手のつけられない子供」が書かれた昭和五年前後、堀は自作で死を扱うことが多くなる。「眠れる人」（昭四・十）がその端緒となり、以後、「死の素描」（昭五・五『新潮』）や「水族館」（『モダン TOKIO 円舞曲』昭五・五、春陽堂）等が続く。死もまた夢と同じく、当時の堀が創作において注目した対象であった。堀作品における死の特徴を検討すると、「職業の秘密」をはじめとするコクトオ作品の影響が強い。夢と死のいずれもがコクトオにヒントを得たものである以上、両者が接近することは避けられない。「羽ばたき」における夢が、ジジに死をもたらす不吉なものと化したのは、こうしたことが背景にあったためではないか。

「僕は（中略）眠りの組織を、そして夢と現実との微妙な関係をもつと追求してみたいと思つてゐる」（「僕一個の見地から」）という、夢を創作に導入する堀の宣言は、夢によって天使に近づいた少年の死を描く「羽ばたき」にて、一つの完成を見た。それは、夢を現実として生きた人間が、不可避的に死に接近してしまうという、甘美さと残酷さが同居した、特異な世界の形成であったと言えよう。

「羽ばたき」以後も、夢を用いた作品はいくつか書かれているが、扱いは次第に小さくなっていく。「恢復期」（昭六・十二『改造』）では、夢うつつの状態にある主人公から「別の自分自身が抜け出し」たり、入院している病室が、「夢と現実とをくつつけたやうに、何処かですこしづつ喰ひ違ひを生じ」たりするといった、奇妙な二重化現象が描かれている。しかし、やはり二重化現象を描く「馬車を待つ間」（昭七・五『新潮』）では、夢はこの現象をもたらす原因である可能性が、わずかに想定されるにとどまる。「鳥料理」（昭九・一『行動』）では、語り手が見た夢の内容が語られるが、夢は夢として、現実世界での出来事とははっきり区別した形で描かれている。初出誌では創作欄に入れられ、現在もそのように扱われているが、語り手が堀自身を想起させるように描かれていることもあり、夢についてのエッセイと見なしても問題はないと思われる。

睡眠時に見た夢についてエッセイで書くこと。これは「鳥料理」に先駆け、「プルウスト雑記」（昭七・八『新潮』）で既に行われていた。このエッセイでは、夢をきっかけに過去の出来事が活き活きと思い出され、「快よい感情」を覚えたことが語られる。題名からも明らかであるが、堀自身本文にて述べているように、「この夢のなかにはプルウストの影響がある」。この「プルウスト雑記」が発表された昭和七年頃から、堀のプルウストへの言及が増え始める。[*12] これは、堀のプルウストに対する関心が高まっていたことの反映と見ていいだろう。コクトオから得た、夢の方法が堀作品にて見られなくなっていく原因を考える上で、この点は無視できない。

堀は「聖家族」（昭五・十一）執筆後に喀血し、サナトリウムに入院、退院後も絶対安静が続く。この時、死は現実における切実な問題として間近にあった。「羽ばたき」はこの時期の発表だが、コクトオから得た、死への限りない接近をもたらす夢の方法を用いての作品執筆は、かなりの苦痛だったろう。「恢復期」執筆時には、「長い病苦と精神的疲弊」を経て、「現在の心境を出来るだけ静めるやうな雰囲気をもつた仕事に自分を強ひて向かはしめた」（「新潮社版『聖家族』序」昭十四・八）、と堀自身述べていることも見逃せない。こうしたことも手伝い、堀はコクトオとは異なる形で夢を利用する、プルウストの作品に関心が移っていったのではないか。プルウスト的な夢の話を枕に、プルウストへの関心を熱っぽく語る「プルウスト雑記」の文面からは、その強い傾倒ぶりがうかがえる。

事実、「恢復期」では薄荷のにおいで過去を思い出し、「快よいやうな気持」を覚えるというプルウスト的な現象が早くも描かれている。不吉さがぬぐえない二重化現象が描かれるのが作品の第一部であり、過去の回想による快さが第二部にて描かれている点は、堀の関心の変化を象徴的に示しているようで興味深い。また、「馬車を待つ間」では、今日にしているのとよく似た風景を、過去にも見たことがあるように感じ、「云ひ知れず切ないやうな感じ」

を覚える。何らかのきっかけで過去が喚起されるこの現象もまた、「恢復期」同様、プルウストの影響を思わせるものだ。この二作の後に、「いま僕はプルウストのことを、彼の方法のことを考へてゐる」、といふ一節を含む「プルウスト雑記」が来る。

ただし、コクトオから得た夢のメカニズムと、プルウスト作品には接点が全くないわけではない。「続プルウスト雑記」（昭八・五『新潮』。初出では「プルウスト覚書」）にて、堀は「失われた時を求めて」の次のような一節に着目している。

「嘗つて聞いたり嗅いだりしたことのある或る音響とか、或る匂ひとかが、再び（中略）聞かれたり嗅がれたりするや否や、忽ち物体の永続的なそして平常は隠れてゐるところの原素《エッセンス》が釈放される。そして或時はずつと前から死んでゐるごとくに見え、また他の時はさうでないごとくに見えてゐた、真の自我《モア》が、（中略）覚醒し、活気づいてくる。」

「真の自我《モア》」が動き出す契機となる、「物体の永続的なそして平常は隠れてゐるところの原素《エッセンス》」が喚起される現象に言及されている。この現象は、現実に潜む意外な魅力を引き出す夢のメカニズムに通底していないか。プルウストは堀作品に多大な影響を与えたとされるが、コクトオに倣って作り上げた夢のメカニズムがなければ、プルウストへの傾倒の度合いや受容のあり方は、大きく異なっていただろう。したがって、堀の夢に対する関心をいち早く反映し、創作における実践がなされた、「ジゴンと僕」「手のつけられない子供」「羽ばたき」が、堀の作品史に占める意義は決して小さくない。

注

＊1　「ポトマック」の引用は、『ジャン・コクトー全集』第三巻（昭五十五・六、東京創元社）所収の、澁澤龍彦訳による。

＊2　「ジゴンと僕」が「ポトマック」の影響を受けた作品であることは、澁澤龍彦「海彼の本をめでにけるかも」（『堀辰雄全集』第五巻　月報5　昭五十三・三、筑摩書房）に既に指摘がある。

＊3　「職業の秘密」の引用は、堀辰雄『コクトオ抄』（昭四・四、厚生閣書店）による。

＊4　「怖るべき子供たち」では、ポールが自ら半意識状態に落ち込み、「夢と現実のあわいに生きる」、「夢想」なる遊戯が描かれている。「怖るべき子供たち」の引用は、＊1前掲『ジャン・コクトー全集』第三巻所収の、佐藤朔訳による。

＊5　映画「ジゴマ」については、永嶺重敏『怪盗ジゴマと活動写真の時代』（平十八・六、新潮新書）を参照した。

＊6　この一節は、堀訳・コクトオ「山師トオマについて」の、「（「山師トオマ」の主人公）ギヨオムは、馬遊びをしてゐる中にいつか本当の馬になつてしまつたやうな少年だ」（昭五・九『世界文学評論』）、という記述が基になっていると思われる。

＊7　引用は、『ジャン・コクトー全集』第一巻（昭五十九・十一、東京創元社）所収の、堀口大學訳による。

＊8　コクトオ作品における天使の表現については、家山也寿生「煙の中の天使」（平十二・一『フランス文学語学研究』）、「物語・時間・媒体」（平十九・三『比較文学年誌』）等の諸論考に示唆を得た。

＊9　引用は、堀『コクトオ抄』による。

＊10　この部分のみ、「職業の秘密」の引用は、『ジャン・コクトー全集』第四巻（昭五十五・九、東京創元社）所収の、佐藤朔訳による。

＊11　引用は、＊7前掲『ジャン・コクトー全集』第一巻所収の、小浜俊郎訳による。

＊12　昭和四年のものとされる堀の日記には、既にプルウストへの言及が見られるが、この時点では、プルウスト作品における時間の処理への関心が強い。

第三部

第一章　「不器用な天使」における「本格的小説」の模索
――コクトオ及びジイドの影響を中心に――

1　「本格的小説」への志向

「不器用な天使」（昭四・二『文藝春秋』。初出では「無器用な天使」）については、澁澤龍彦により、ジャン・コクトオ「グラン・テカアル」を利用した表現が、全篇にわたり見出されることが指摘されている。[*1] 出発期の堀辰雄作品を検討する際、コクトオの影響は無視できないものがある。

堀辰雄のコクトオへの関心は、作品において伝統性と現代性が同居していることに魅かれたことが原因であることは、第一部第一章で確認した。ただし堀は、コクトオに触れたエッセイ類で、具体的な小説名をほとんど挙げていない。その中で、「藝術のための藝術について」（昭五・二『新潮』）では、「グラン・テカアル」の名を挙げ、作品そのものに詳しく言及している。

「現代の若い作家の書いた小説の中では、何といつてもコクトオの『グラン・テカアル』がずば抜けてゐる。（中略）／これは一個の本格的小説である。（中略）コクトオは彼の人物らを化学的に取扱つてゐる。（中略）それらの人物は次第に爆発性のある化合物を形成しはじめる。そしてそれが小説の最後の頁に行つて、突然、自然的な化学作用のやうに、爆発するのだ。」

複数の人物が互いに影響しあい、変化していくことで物語が展開し、クライマックスを迎える。こうした特徴を備えた「グラン・テカアル」を、堀は「本格的小説」と呼んでいる。人物の変化とは、その心理が互いの影響で変化していくことを意味する。この変化が破綻なく描かれていることが、先述したような、小説としての伝統性に相当するだろう。事実、右の引用で中略した部分では、堀が心理小説として高く評価していたスタンダアル「赤と黒」の名も見られ、「グラン・テカアル」はこれと「同種のロマンだ」、との言及もある。

「グラン・テカアル」は、こうした伝統的な小説としての骨格を備えた上で、詩的な表現を用いた斬新な文体で書かれている。この文体によって、「グラン・テカアル」は現代の小説としての価値をも獲得している。これに堀が関心を持ったことは、「不器用な天使」における、「グラン・テカアル」を利用した表現の多用から容易に分かる。コクトオをめぐるこれらの発言から、堀は作品内容における伝統性と、表現の斬新さによる現代性、両者を兼ね備えた「本格的小説」の実現を意図していた、と考えられる。つまり、堀はどのような作品を書いていくかという、作家としての根本的な方針そのものにおいて、コクトオから決定的な示唆を得ていたことになる。

コクトオに倣った「本格的小説」の実現が堀の方針であったことは、第一部第二章で扱った「ルウベンスの偽画」（昭二・二『山繭』。完稿は昭五・五『作品』）にて確認できる。この作品は、複数の人物の心理を追い、それらが互いの影響で変化するさまが描かれている。さらに、後半部では「グラン・テカアル」を利用した表現も見出せることから、本作がコクトオに倣った「本格的小説」の試みであったことは間違いない。しかし、後半では視点が「彼」のみに統一され、変化する心理を複数の人物において描く、という試みは頓挫している。結果的に、「ルウベンスの偽画」では「本格的小説」への志向は見られるものの、達成されていない。

「不器用な天使」もまた、作中に堀の「グラン・テカアル」観を反映した箇所があることから、「本格的小説」の試みの一環であったことは間違いない。しかし、都会の住人である主人公「僕」の、特異な心理が激しく変化するさまを追う「不器用な天使」は、「ルウベンスの偽画」とはかなり趣きが異なる。また、「不器用な天使」の特徴を確認していくと、「グラン・テカアル」の影響というだけでは説明できない点が出てくる。これについては、コクトオ以外の作家、具体的にはアンドレ・ジイドの「贋金つくり」の影響を想定したい。「不器用な天使」が、「贋金つくり」におけるジイドの主張に対する回答として書かれたと見た場合、作品の特徴につき妥当な説明が得られることが、その理由となる。

本章では、「不器用な天使」の特徴を確認した後、作品の成立にコクトオ「グラン・テカアル」のみならず、ジイド「贋金つくり」も大きく関与していることを検証し、「本格的小説」実現への試みについて見ていく。

2 「不器用な天使」の特徴

「不器用な天使」は、語り手である青年「僕」、友人の槙、カッフエ・シヤノアールのウエイトレスである「彼女」による三角関係の中で、複雑に変化する「僕」の心理を追っていく。作中人物たちについては、氏名、職業、容貌といった、特徴となるべき要素がほとんど描かれていない。名前がある人物は槙のみ。初出では、「僕」の友人の一人に永井という名が与えられていたが、単行本『不器用な天使』(昭五・七、改造社)では無名の人物にされている。職業についても、明確に設定された人物は「彼女」しかいない。「僕」に至っては、名前はもちろん、職業すら明らかにされないため、その匿名性がさらに徹底している。

これに加えて、人物たちの言動も具体的には描かれない。例えば、槇が「彼女」をデートに誘ったことを「僕」に説明する友人の台詞は、「最初の媾曳。今朝。公園の中だ」といった、口頭語としては不自然なものになっている。こうした特徴のため、本作では、作中人物及び彼等の織り成す物語を具体的に捉え、追い掛けていくことが非常に難しい。

これに対し、「僕」の心理については、詳細かつ印象的な描写がなされる。描写にあたっては、視覚的な比喩を用い、心理を目に見える形で描こうとしている点が注意される。

「太陽の強烈な光は、金魚鉢の中の金魚をよく見せないやうに、僕の心の中の悲しみを僕にはつきりと見せない。」

「心の中の悲しみを僕にはつきりと見せない」とあることから、本来目に見えないものである人間の心理を、あくまで「見える」もの、すなわち視覚的な対象として扱おうとしていることが分かる。「太陽の強烈な光は、金魚鉢の中の金魚をよく見せないやうに」という比喩も、心理が「見える」ものであることを前提にしていなければ出て来ないだろう。さらに、心理が変化していく過程そのものをも、極力目に見える形で描き出そうとしている。

「夜がくると、僕には僕の悲しみがはつきりと見え出す。一つづつ様々な思ひ出がよみがへつてくる。公園の番になる。するとそれだけが急に大きくなつて行つて、他のすべての思ひ出はその後ろに隠されてしまふ。僕はこの思ひ出を非常に恐れてゐる。そしてそれを僕から離さうとして僕は気狂のやうにもがき出す。」

複数の「思ひ出」が次々と現われ、その一つである公園の「思ひ出」が拡大されることで、他の「思ひ出」は背後に隠れてしまう。「僕」が恐れていた公園の「思ひ出」は、消えることなく彼を苦しめ、「悲しみ」が生じるに至る。ただし、何がどう悲しいのかが実感的に描かれることはなく、「思ひ出」の想起による感情の発生が、メカニズムの整然とした動きを見るような、視覚に訴える形で記述されている。

「思ひ出」が視覚的に語られるのは、さして珍しいことではない。しかしここでは、「思ひ出」の内容については、公園でのものを含め、全くと言っていいほど語られていない。ここで行なわれているのは、「思ひ出」を具体的に語ることではなく、「思ひ出」が想起されることで感情が発生する、心理の過程そのものを、視覚的な形で表現する試みに他ならない。

後の作品になるが、「聖家族」（昭五・十一『改造』）について、横光利一は次のように述べる。「聖家族は内部が外部と同様に恰も肉眼で見得られる対象であるかの如く明瞭にわたくし達に現実の内部を示してくれた最初の新しい作品の一つである」[*2]。心理が目に見えるような、視覚的な形で描かれていることに横光は驚嘆している。もちろん、「不器用な天使」と「聖家族」は別の作品であり、単純に同一視はできない。しかし、発表から八十年近くを経た今日では珍しくもないのかも知れないが、心理を、特にその変化する過程に着目し、目に見えるように描くというのは、当時においてかなりに斬新な試みだったのではないか。

ここでは「悲しみ」の例を挙げたが、逆に「喜び」が発生する過程も見ておきたい。

「彼女の顔が急に生き生きと、信じられないほど大きい感じで僕の前に現れ、もはやそこを立去らない。それは、クローズアップされる一つの顔がスクリンからあらゆるものを消してしまふやうに、槇の存在、僕の思ひ出の全部、僕の未来の全部を僕から消してしまふ。」

この箇所でも、感情が発生する過程は視覚的に捉えられているが、原因となる「彼女」の顔については、具体的に描かれてはいない。先の引用部同様、その感情が発生するに至った原因ではなく、過程こそが目に見えるように描かれている点に注意したい。これらの点から、視覚的な心理描写の主眼は、心理とその変化、特に感情が発生する過程全体を一連の流れとして捉え、表現することにあったと考えられる。

これらの引用箇所を注意して見ると、いずれも文末に「た」止めがなく、終止形が連続していることに気付く。現在終止形の文末が続く中で、過去・完了の助動詞「た」（これも終止形ではあるが）が使われた場合、どうしても連続して展開している出来事が一段落し、流れが途切れるような印象が生じる。渡瀬茂[*3]は、文末の「た」の有無につき、章ごとに統一が見られることから、堀がこの点に自覚的であったことを指摘する。また、初出と単行本を比較すると、文末の変更が三十五例（うち二十一例が「た」から終止形への変更）あり、統一がさらに徹底されているという。このことからも、堀は心理の変化を、途切れることなく続く連続した流れとして捉え、描くことを意図していたと見るべきではないだろうか。

心理を視覚に訴える形で描いている理由としては、視覚的な心理描写が多く見出せる「グラン・テカアル」と、当時堀が親しんでいた、映画の影響[*4]が考えられる。前者については、右に引用した「彼女」の顔が拡大されていく描写が、次の「グラン・テカアル」の一節に酷似していることを根拠として挙げておく。

「スクリーンの上に、群集のあいだから一人の小さな女があらわれて、たちまちその顔が実物六倍の大写しになって画面いっぱいに拡がるように、ジェルメーヌの顔は世界をいっぱいに満たし、未来に立ちふさがり、ジャックの眼から、試験や友達のことばかりか、母親のことも、父親のことも、彼自身のことさえも、かくしてしまうのだった。[*5]」

愛する女性の顔が拡大され、他の人物が隠されてしまうことで、喜びが生じる過程を視覚的に描いている。表現の多くが重なっているため、この箇所に堀が着目し、自作で利用したことは想像に難くない。また、「スクリーン」の語があるように、「グラン・テカアル」には映画を思わせる表現が多く見られる。そのためか、「グラン・テカアル」の影響が強い「不器用な天使」でも、映画的な表現を見出すことができる。

先の引用箇所で言えば、「夜がくると、僕には僕の悲しみがはつきりと見え出す」は、映画館の暗闇の中で、上映されている映画を見ているような印象を与える。また、「グラン・テカアル」の利用が明らかな、「彼女の顔が急に生き生きと」で始まる引用箇所では、「クローズアップ」「スクリン」と、映画の用語が使われている。心理、特に変化するそれを連続的に、かつ目に見えるように描く試み自体、フィルムを連続的に上映し、観客の視覚に訴える映画の技法を思わせる。「不器用な天使」にて、心理を視覚的に描く試みは、「グラン・テカアル」の影響と、これに伴う映画的な表現の試みの結果であると考えられる。

3　自他一体化

前節にて、「僕」の心理が変化する過程を二例引いたが、「僕」の心理は変化の振れ幅が大きく、視覚に訴える奇抜な比喩を用いているため、変化の過程と結果が強く印象付けられる。しかし、公園の「思ひ出」や「彼女」の顔といった、心理が変化する原因については、その内容や特徴が具体的に描かれることがない。つまり、原因の記述は簡略なまま、心理の激しい変動ばかりが次々と描かれることになるため、「僕」は統一的な内面というものを持ち得ない人間に見えてくる。
実際、「僕」は容易に他の人物に影響され、ついには自他の区別すら失っていく。そもそも、「僕」の「彼女」への想いは、槇が「ひどい空腹者の貪欲さをもつて彼女を欲しがつてゐ」るさまが、「僕の最初の欲望を眼ざめさせた」ことが原因であった。その他にも、槇の心理が「僕」に影響する箇所は多い。しかも、この現象は槇との間だけではなく、槇を想う「彼女」との間でも生じている。

「僕は、彼女が今ぼんやりしてゐてヤニンクス〔二人で見た映画に出ていた俳優〕の肩と槇の肩をごちやごちやにしてゐるのだと信じはじめる。（中略）僕はその肩を実に豊満に感じる。そしてそのどつしりした肩を自分の肩に押しつけられるのを、彼女が欲するやうに、僕も欲せずにはゐられなくなる。／僕はもはや僕が彼女の眼を通してしか世界を見ようとしないのに気づく。（中略）／僕はもう、僕の中にもつれ合つてゐる二つの心は、どちらが僕のであるか、どちらが彼女のであるか、見分けることが出来ない。」

槇の影響で、「彼女」への愛情が芽生えた「僕」であったが、今度は「彼女」の視線で槇を見ることで、彼に対する愛情を抱いている。ここに至って、「僕」は自身と「彼女」の区別すら見出せなくなっている。このように、恋人の目でものを見る内に、自他の区別が失われる、自他一体化と呼ぶべき現象は、「グラン・テカアル」に類似した例が見出せる。

「彼〔ジャック〕は自分の恋人〔ジェルメーヌ〕を通じてしか、物事を見ていなかった。」

ジェルメーヌの目でものを見るジャックと、やはり恋人と自分の視線を重ねてしまう「僕」。「不器用な天使」からの引用部に、「グラン・テカアル」の一節と酷似した文があることから、自他一体化現象につき、堀は「グラン・テカアル」にヒントを得たと考えるのが妥当だろう。

しかし、この一行だけをヒントに、堀が「不器用な天使」における「僕」の自他一体化現象を作り上げた、と断定するのは苦しい。「グラン・テカアル」にて、自他一体化現象が描かれているのは右の一行程度に過ぎない。これに対し、「不器用な天使」では全篇を通してこの現象が、性別まで異なる相手との間に繰り返されることで、「僕」の内面の不安定さが強調されている。したがって、堀が「不器用な天使」にて、自他一体化現象を「僕」の重要な特徴として用いたことについては、さらに別の要因を想定する必要がある。

まず考えられるのは、コクトオの他の小説であるが、自他一体化現象を扱ったものは特に見当たらない。そこで他の作家にも目を向けると、アンドレ・ジイド「贋金つくり」が視野に入ってくる。「贋金つくり」は、自他一体化現象を全篇にわたり、しかも複数の人物において詳細に描いている。「不器用な天使」の特徴が、「贋金つくり」におけるジイドの主張に対する回答と見られることも、大きな理由となる。ただ、「不器用な天使」が執筆された昭和三年八～十一月ごろに[*6]、堀が「贋金つくり」を読んでいたかどうかが問題になる。

公の文章にて、堀がジイドの名前を出すのは昭和五年以降のことになる。具体的には、前出の「藝術のための藝術について」の他、「室生さんへの手紙」（昭五・三『新潮』。初出では「室生犀星の小説と詩」）、「ヂイドの言葉」（昭五・四・十『読売新聞』）、「小説の危機」（昭五・五・二十『時事新報』）等がある。作品名は記されていないが、内容から、「室生さんへの手紙」と「小説の危機」で扱われているのは「贋金つくり」、同じく「室生さんへの手紙」と「藝術のための藝術について」で触れられているのは、「ドストエフスキイ論」であると判断できる。「ヂイドの言葉」では珍しく書名が書かれているが、ジイドの著書ではなく、シャルル・デュ・ボス「アンドレ・ヂイドとの対話」からの引用がある。発表時期を見れば、堀がジイドに触れたのは昭和四〜五年にかけてであり、「不器用な天使」執筆時にまでさかのぼり、その影響を考えるのは難しいかも知れない。しかし、ここに挙げたジイド作品は、いずれも当時翻訳はなく、堀が原書でこれらを読んでいたことに注意しなければならない。

特に、「贋金つくり」は分量のある長篇小説（一九二五年のガリマール社版は約五百頁）であり、いくら堀がフランス語に堪能であったとしても、原書で読むにはかなりの時間と労力を必要としただろう。したがって、「贋金つくり」に初めて言及したのは昭和五年二月（前出「藝術のための藝術について」）であるが、原書を読むのに要した時間を考慮すると、実際に作品を読んだ時期については、言及がなされた時点よりもかなりさかのぼるものと考える必要がある。

書簡類にも目を向ければ、堀は大正十四年十一月八日附の神西清宛書簡にて、「これ〔Maurice Barrès の "Un Jardin sur l'Oronte"〕が済んだら André Gide だ。それとも Jean Cocteau にしようかな」と、早くもジイドへの関心を示している。コクトオとジイドを併称しているのも注目される点で、堀にとってジイドは、コクトオと並び早くから関心の対象であった。さらに、「不器用な天使」発表直後の、やはり神西宛書簡では、「君のよりプルウスト又はヂッドへの肉迫を僕は期待する」（昭四・二・十九）、「ヂッドかプルウストの詩（Poem）を論じるやうな事は出来ぬか?」（昭四・四・五）と、ジイドを執拗に神西に薦めている。書簡の日付が昭和四年初頭であることから、「不器用な天使」発表時には、堀はジイドにかなり傾倒していたと考えなければならない。さらに、ジイド作品に原書で接していたことも考慮すれば、作品を読んだ時期は、遅くとも昭和三年後半、すなわち「不器用な天使」執筆の頃までさかのぼることになる。

先述のように、堀がエッセイで扱ったジイド作品で、題名が特定できる最も早い例は「贋金つくり」と「ドストエフスキイ論」の二点。よって、この二冊が早い段階で堀に強い感銘を与えたことは間違いない。さらに堀は、遅くとも昭和三年にはジイド作品に接し、傾倒するに至っている。ならば、堀は昭和三年には「贋金つくり」を読んでおり、これが昭和四年初頭で確認できる、ジイドへの傾倒を促したと考えるのが妥当であろう。ここから、昭和三年後半に執筆された「不器用な天使」に、「贋金つくり」が影響を与えたことが当然想定されてくる。

4 「贋金つくり」の影響

「贋金つくり」を読んでいくと、自他一体化現象が、複数の人物において丹念に描かれている上、「グラン・テカアル」との共通点が見受けられることに気付く。[*7]「贋金つくり」の作中人物、作家のエドゥワールは、幼馴染みのローラと同じホテルに滞在するうちに、次のような現象が生じていることに気付く。

「何を見ても、何を聞いても、すぐに、《彼女は何と言うだろう?》と考えずにはいられない。自分の感情はどこへやら、彼女の感情しかわからなくなる。[*8]」

ともすれば、「私自身の個性は、輪郭がぼやけて見失われてしまう」というエドゥワールは、「私という人格は、彼女のまわりで、はじめて一体となり、明確化されるのだ」という。明確な個性を持たず、他の人格と一体化することで安定を見出すという現象が、ここに見られる。

同様の現象は、エドゥワールの秘書となる青年ベルナールにも確認できる。彼は、エドゥワールたちと生活を共にする内に、ローラに想いを寄せるようになる。

「彼女〔ローラ〕を知る前とは、自分が別人になったような気がする。そして、彼女にふさわしくないことを恥じるから、うっかり思った事を口に出せないし、感情を抑えることにもなる。そうだ、ほんとに、彼女のそばにいると、品のある物の考え方をせざるを得なくなる。」

エドゥワール同様、ベルナールもまたローラの影響を受け、彼女に合わせたものの見方、考え方をするようになっていく。しかし、ローラにこの恋が受け入れられることはなかった。

「贋金つくり」では、右の二人以外の人物についても、他の人間との関係で内面が安定したり、混乱したりする現象が描かれている。ただし、これは一部の人物にのみ見られる、奇妙な現象とされているわけではない。ジイドは、作家であるエドゥワールの口を借りて、次のような小説論を語る。

「性格上の矛盾。小説あるいは劇で、終始一貫、人々がかくもあろうかと予想した通りに行動する登場人物……人は、この終始変らぬことを賞めろと言う。しかし、私は反対に、そういう人物を、人工的であり、造り物だと認定する。」

ここでは、小説内の人物を、一貫した矛盾のない性格の持ち主として描くことに、異が唱えられている。むしろ、矛盾した考えや感情が共存しているのが人間本来の姿であり、周囲の影響で心理が変化することも、自然な現象と考えているようだ。周囲の影響による心理の変化は、「グラン・テカアル」のジャックにも見られたもので、堀は「ルウベンスの偽画」で、この現象の描出を試みていた。

「贋金つくり」のもう一人の主要人物であるオリヴィエは、エドゥワールの甥であるが、叔父と久々に再会した晩にガス自殺を図る。自殺の原因については、本人にも説明できないという。しかしオリヴィエは、「エドゥワールのそばにいると、彼の身に備わる一番善い性質が発揮された。パッサヴァン〔エドゥワールがライバル視する作家〕のそばでは、一番悪い面がのさばり出る」ことに気付いている。ならば、オリヴィエの自殺未遂は、叔父から離れていた間、心理が不安定になった結果であり、自殺の原因は具体的な出来事ではなく、彼の内面そのものに求めなければならない。

内面の混乱から自殺を図る、というのは「グラン・テカアル」のジャックにも見られた。ジャックの場合、その直接のきっかけは恋人のジェルメーヌに振られたことであったが、想いを寄せる相手に振られる男、ということであれば、「贋金つくり」にも同じ役回りのベルナールが存在する。コクトオに心酔し、「グラン・テカアル」を愛読していた堀は、こうした類似にすぐ気付いただろう。ただし、ジャックは自殺の原因が明らかであったのに対し、オリヴィエの場合は具体的な出来事を原因として示すことは難しい。強いて原因を求めるならば、その混乱した内面を挙げるしかない。

堀が、作中人物の心理が互いに影響しあい、変化していく過程を追った「グラン・テカアル」に多大な関心を寄せ、「本格的小説」と呼称したこと、「ルウベンスの偽画」にて、周囲の影響によって変化する心理の描出を試みていることは先述した。「不器用な天使」執筆時も、「グラン・テカアル」への関心が強かったことは、類似した表現が多く見出せることから明らかだ。よって、「不器用な天使」においても、「グラン・テカアル」のような「本格的小説」を実現したい、という意図が根本にあったことは間違いない。ならば、堀の考える「本格的小説」の要件である、変化する心理を描くことへの関心もまた持続していた、と見なければならない。こうした関心があったからこそ、周囲の影響による変化が嵩じて、他の人物の心理まで共有する自他一体化現象が、「贋金つくり」で描かれていることに着目し、「不器用な天使」で扱うに至ったのではないか。

「贋金つくり」は、周囲の影響で変化する心理を、「グラン・テカアル」以上の紙数を費やし、詳細に描いている。「グラン・テカアル」のジャックと共通点を持ち、しかも自他一体化現象という、より複雑な心理の変化を見せる「贋金つくり」の諸人物は、堀にとって魅力的に映っただろう。こうした「贋金つくり」の人物たちは、「不器用な天使」の「僕」に間違いなく影を落としている。

「不器用な天使」の「僕」は、槇や「彼女」の影響でその心理を容易に変化させ、さらには自他の区別まで失うことを繰り返す。作品末尾にて、「僕」の混乱はその頂点に達する。

「その槇の苦痛が僕の中に少しづゝ浸透する。そしてその中で、僕と彼と彼女のそれぞれの苦痛が一しよに混り合ふ。僕はこの三つのものが僕の中に爆発性のある混合物を作り出しはしないかと恐れる。」

この箇所は、「ジェルメーヌ姉妹、ラトー農園、オシリス家の人々、ジャックとその家族、その夢。これらのものが一緒くたになって、一つの危険な爆発物になる。（中略）運命の神は、人間どもを化学的に取扱うのがお好きと見える」、という「グラン・テカアル」の一節を基にしている。先に、「藝術のための藝術について」における、堀の「グラン・テカアル」観を引いた。第一部第二章でも確認したが、「爆発性のある化合物を形成しはじめる」、「彼の人物らを化学的に取扱つてゐる」といった表現は、右の「グラン・テカアル」の一節と酷似している。したがって、堀は自分の「グラン・テカアル」観を、「グラン・テカアル」の一節を手掛かりとして作り上げ、同じ一節を「不器用な天使」のクライマックスである、重要な箇所でも用いていたことになる。この点からも、「不器用な天使」が「ルウベンスの偽画」同様、「グラン・テカアル」に範を得た「本格的小説」の試みであることが明らかになる。ただし、「贋金つくり」に見られる自他一体化現象をも扱ったことで、主人公の心理はかなり複雑かつ特異なものになった。以上の点から、「不器用な天使」は「グラン・テカアル」のみならず、「贋金つくり」の要素も加わることで誕生した、複合的な生成過程を持つ作品と見なければならない。

「ルウベンスの偽画」では、当初複数人物の心理の変化を描いたが、後半では視点が「彼」に統一されてしまう。そこで「不器用な天使」では、最初から視点を一人称とし、周囲の影響で変化する心理を、確実に描くことが意図されたのではないか。もちろん、描かれる心理は主人公のみに限定されるため、理想とする「本格的小説」よりも規模は小さくなる。しかし、「グラン・テカアル」のみならず「贋金つくり」にも倣ったことで、より複雑になった主人公の心理は、その変化の激しさも含め丹念に描かれており、意外に主人公の心理の起伏が印象に残らない「ルウベンスの偽画」から、面目を改めている。「不器用な天使」成立の背景には、「ルウベンスの偽画」での失敗を解消した上で、小規模ではあるが「本格的小説」を実現する意図があったと推察される。

心理の変化を描くことは、「本格的小説」における伝統性と見ることができる。さらに、心理を視覚的に捉え、「グラン・テカアル」に倣った奇抜な比喩や、映画を思わせる技法で描くことで、小説としての現代性も獲得している。理想とした「グラン・テカアル」にはほど遠いが、伝統性と現代性が共存した「本格的小説」へと、一歩近付いたことになる。

5　「不器用な天使」の位置

「不器用な天使」に映画的技法が見られることは先述したが、ジイドは「贋金つくり」にて、エドゥワールに次のように語らせている。「小説から、特に小説本来のものでないあらゆる要素を除き去ること。（中略）外部の出来事、偶発的事件、外傷的疾患は、映画の領分で、小説はこれらのものを映画に任せて置けばいい。人物の描写でさえ、本来小説に属するものとは私には思えない」、と。

堀は前出「室生さんへの手紙」にて、このエドゥワールの言を利用し、「小説からあらゆる外面的なもの（例へば筋とか動作とか風景など）を除去する」べきだ、と述べている。このことから、ジイドの主張を堀が受け入れていたことが分かる。この点に注視すれば、映画の影響が認められる「不器用な天使」において、「贋金つくり」の影響を主張することは困難になる。しかし、逆説的だが、「不器用な天使」は右のジイドの主張に対する回答として書かれた作品である、と考えたい。

ジイドの考えを延長していけば、映画の方が有効に描ける要素は映画に任せ、映画では難しい、小説でこそ効果的に表現できる要素を追求すべきである、という主張になろう。映画ではなく、小説でこそ効果的に表現できること、それは人間の心理ではないだろうか。[*9] 少なくとも、他の人物に影響されるあまり、その人物の心理を共有するという自他一体化現象は、映画での表現は難しい。この特異な心理現象を扱った理由は、周囲の影響で変化する心理を描くことへの関心だけではなく、ジイドの主張を受け、映画では難しい、小説ならではの表現対象を追求した結果ではないか。第二部第一章でも触れたように、この時期の堀は、映画よりも小説でこそ効果的に描くことのできる対象の発見及びその表現に、多大な関心を抱いていたと考えられる。

ここで、「不器用な天使」の諸特徴を思い出してみよう。ストーリーや人物の特徴といった、ジイドが「小説本来のものでない」とした要素は具体的に描かれない。このため作品が読みづらくなっているのだが、本格的商業誌に掲載される初の作品において、こうした冒険的な書き方をするのは、余程の考えがあってのことだろう。これに対し、人物の心理は特にその変化において捉え、目に見える形で印象的に描く。その際には、映画から学んだ技法も随所で使われる。「映画の領分」に属することの描写は簡略に済ませ、そうではない、小説ならではの「領分」

である人間の心理、それも特異に変化する心理を、映画に学んだ技法をも用い、詳細に描く。安易に映画の技法を小説に導入するのではなく、映画を否定するのでもなく、小説ならではの表現対象を、映画的な手法で描く。これこそが、ジイドの主張に対する堀なりの回答だったのだろう。このように考えた場合、「不器用な天使」は、当時無視できないメディアとなっていた映画とは異なる、小説ならではの存在意義を追求し、主張した作品と見ることができる。

付け加えておけば、堀も読んでいたジイド「ドストエフスキイ論」は、人間心理をフランス文学には見られない複雑さで捉えた、ドストエフスキイ作品を高く評価している。こうした、ドストエフスキイ作品の特徴を取り入れて書かれたジイド作品が、「贋金つくり」に他ならない。ジイドが「贋金つくり」において選んだ方向性と、「不器用な天使」における堀の試みは、人間の複雑な心理を描くことに、映画とは異なる、小説の活路を見出そうとしている点で一致する。

「不器用な天使」は、ストーリーが追いにくい、奇抜な比喩が多用される、特異な心理現象を扱っている等、堀の作品史上かなり異色な作品ではある。しかし、作品の特徴と、「贋金つくり」におけるジイドの主張を勘案すると、本作の位置がようやく見えてくる。映画に影響されつつも、小説としての独自性を追求し、かつコクトオのとき「本格的小説」をも、小規模ながら実現する。「不器用な天使」はそうした試みだったのではないか。本作において、「グラン・テカアル」のような似通った表現が見出せないにもかかわらず、「贋金つくり」の影響を主張したいのは、こうした作品が書かれたことについて、妥当な説明が可能になることによる。

「不器用な天使」は、「ルウベンスの偽画」に不満だった堀が、「グラン・テカアル」のみならず「贋金つくり」にも倣い、特異な心理の斬新な表現を試みた作品となった。この試みは、後の作品でも確実に活かされ、「本格的小説」の実現を導く。初期の堀作品において、見逃せない重要性を持つことは間違いない。

注

＊1 「堀辰雄とコクトー」（昭五十二・七『国文学』）。

＊2 「序」（『聖家族』 昭七・二、江川書房）。

＊3 「堀辰雄『不器用な天使』の文体における動詞終止形」（平十二・三『富士フェニックス論叢』）。

＊4 当時の堀が映画に親炙していたことについては、十重田裕一「堀辰雄における映画」（平八・九『解釈と鑑賞』）に詳しい言及がある。

＊5 「グラン・テカアル」の引用は、澁澤龍彦訳「大胯びらき」（『ジャン・コクトー全集』第三巻 昭五十五・六、東京創元社）による。

＊6 池内輝雄は、堀が小説の執筆と完成を報告する昭和三年八〜十一月の神西清宛書簡と、「不器用な天使」初出にある「（一九二八年十一月）」という執筆日付から、本作の執筆時期を昭和三年八〜十一月と推定している（『鑑賞日本現代文学18 堀辰雄』 昭五十六・十一、角川書店）。

＊7 「不器用な天使」における自他一体化現象が、「贋金つくり」に影響されたものであるという指摘は、既に池田博昭『堀辰雄試論』（平九・九、龍書房）に先例がある。

＊8 「贋金つくり」の引用は、川口篤訳の岩波文庫版（上巻・昭三十七・十二、下巻・昭三十八・四）による。

＊9 加藤武雄「文壇現状論」（昭五・六『文学時代』）や、平林初之輔「藝術の形式としての小説と映画」（昭五・七『新潮』）は、小説が心理描写において、映画以上の有効性を持つことを指摘している。

第二章　コクトオ「職業の秘密」受容による「死」の導入

――「眠れる人」以降の初期作品をめぐって――

1　はじめに

堀辰雄の作品には、一貫して「死」の影がつきまとう、という印象が一般に持たれている。しかし、初期作品を検討していくと、「死」が大きく扱われる例は、「眠れる人」（昭四・十『文学』。初出では「眠つてゐる男」）以前には見られないことに気付く。

「眠れる人」における「死」を見ていくと、ジャン・コクトオのエッセイ「職業の秘密」の強い影響が見出せる。「職業の秘密」の影響は、大正十五年以降、「風景」（大十五・三『山繭』）や「石鹸玉の詩人　ジヤン・コクトオに就て」（大十五・七『驢馬』）といった、堀の小説及びエッセイにて数多く確認できる。しかし、「眠れる人」以前の堀作品では、「職業の秘密」にて「死」に言及した部分の引用、あるいはこれに影響された表現がなされることはごく少ない。これに対し、「眠れる人」以降の堀作品では、執拗なまでに「死」が、不自然さも厭わずに導入されていく。この流れが、「死があたかも一つの季節を開いたかのやうだつた」の一文で始まる、出世作「聖家族」（昭五・十一『改造』）の誕生を促す。これらの点から、「眠れる人」は堀の作品史上転機となった作品として、見逃せない意義を持つことになる。

「眠れる人」から「聖家族」に至る作品を検討していくと、コクトオ「職業の秘密」の影響が色濃い「死」をどのように活かしていくか、試行錯誤していたさまがうかがえる。それは、堀辰雄が書くべきテーマを確実に捉え、作家としての自己を形成していく過程でもあった。

本章では、「眠れる人」から「聖家族」までの作品を検討することで、「死」が堀作品において重要な位置を占めていく過程を明らかにしていく。

2 「死」からの脱出

コクトオ「職業の秘密」は、彼の藝術観を述べたエッセイだが、随所で「死」が不可分の形で絡んでくる。この点につき、「職業の秘密」から適宜引用して確認しておきたい。[*1]
「ポエジイは、言葉の全能力をもつて、ヴエイルをはがす。ポエジイは、我々をとりかこんでゐるそして我々の感覚で機械的にしか記録されなかつた所の、思ひがけない事物を、裸にして見せる。」
「問題は、毎日彼の心と眼とが触れてゐるものを、彼がそれをはじめて見、そして感動するのであるかのやうに彼に思はせる所の、角度と速度とを以て、彼に示す事にあるのである。」
堀が「職業の秘密」の中で最も感銘を受けたと思われるのはこの二か所で、後述するように、多くの小説及びエッセイで引用や、影響された表現が見られる。補足を加えつつ整理すれば、我々の周囲の事物は「ヴエイル」に包まれているため、日常特に注意が払われることはない。だが、「ポエジイ」は「ヴエイル」をはがすことによって、対象の内部に潜む意外な魅力を引き出す。この魅力を表現に定着することで、「それをはじめて見、そして感動するのであるかのやう」な衝撃を与えることが詩人の仕事、ということになる。しかし、「ポエジイ」の働きは思わぬ副作用をもたらすこともある。

「生地のままのポエジイはそれに嘔吐を感じる者を生かさせる。この精神的嘔吐は死から来る。死は生の裏側だ。我々が死を見つめることを得ず、しかも死が我等の織物の緯を成してゐるといふ感情がいつも我々につきまとつてゐるのは、そのためである。」

「ポエジイ」があまりに強く作用した場合、対象に潜む「死」を見出してしまうため、「精神的嘔吐」が生じる。対象が持つ意外な魅力は、この「死」に由来する。したがって、コクトオの考えでは、詩人は常に「死」[*2]の傍にあって仕事をすることになる。「詩人は夢みない。彼は計算する。彼はぼこぼこ砂の上を歩む、そして時々彼の足は、死のところまでもぐりこむ」、という「職業の秘密」の一節は、このことを裏付ける。堀がコクトオを紹介したエッセイ「ジアン・コクトオ」（昭四・一『創作月刊』）では、まさにこうした視点からコクトオが紹介されている。

「彼は計算する。彼は夢みない。／彼はザクザクする砂の上を歩む。彼の足は、時々、死のところまでもぐり込む。／彼の詩は死に似てゐる。／私はそれの青い眼を知つてゐる。それは私に嘔吐を催させる。／いつも空虚にからかつてゐる建築師の嘔吐、それに彼の詩の特性があるのである。」

コクトオを「死」の不吉なイメージで捉え、紹介していることが分かる。前半部分が、先に引いた「職業の秘密」の一節を基にしているのは明瞭だろう。後半部分については、コクトオ「来訪」に、酷似した箇所が発見できる。[*3]

「詩《ポエジー》は死に似ている。ぼくは彼の青い眼を識っている。彼は吐き気を惹き起こす。いつでも空虚をからかう建築家の吐き気、これこそ詩人の特性だ。」

堀「ジアン・コクトオ」後半部は、この一節とほぼそのまま重なる。引用した「ジアン・コクトオ」は、全体の半分程であるが、堀の独創による部分は皆無に等しい。これはコクトオに対する堀の強い傾倒を示しており、コクトオが説く詩人と「死」の近接性を、堀が受け入れていたことは間違いない。にもかかわらず、この時期までに書かれた堀の小説で、コクトオの影響が見られる形で「死」を取り入れた例は一切確認できない。「風景」(大十五・三)がそうであったように、堀作品における「職業の秘密」の影響自体は、大正十五年以降多くの例が確認できるのだが、「死」に限っては、何故か作品への導入が避けられている。

この点について考える手掛かりとして、「ジアン・コクトオ」と同時期の文章「新人紹介」[*4](昭四・一・二十六『読売新聞』)を見ておきたい。当時の堀が、自身をどのように印象付けようとしていたかが分かる上、他の資料には見出せない記述もあり、興味深い。

「芥川龍之介は僕の最もよき先生だつた。彼の死くらゐ僕を感動させたものはない。」

芥川龍之介の自死が堀に与えた衝撃の強さについては、半ば常識のようにしばしば言及される。だが、ここでは敬愛する師の喪失に伴うはずの悲痛さは、意外に薄い。

「彼の死後、まもなく、僕はひどい肺炎にかかり、長いあ□〔欠字〕だ生と死との間にあつた。／僕の肉体はやがて恢復した。しかし僕の気持はまだ生と死との間をためらつてゐた。その時分僕は僕の友人等に自殺するだらうと噂されたものだ。」

この記述には、驚きを禁じ得ない。管見の限り、堀や友人らによる当時の回想で、自殺の噂に触れた例はない。だが、「僕の気持はまだ生と死との間をためらつてゐた」という記述をも参照すると、この噂が根も葉もないものだったとは思われない。かつては芥川を自死によって失った堀であったが、今度は自らが同様の危機に立たされていたと、この文面からは判断される。ただし、この危機は既に過去のものとなったことが、次のように語られる。

「さういふ死の境地から僕を救ひ上げたものは僕自身の製作欲である。僕は一つの作品を書くことによつて蘇つたのである。『無器用な天使』がそれだ。」

「不器用な天使」（昭四・二『文藝春秋』。初出では「無器用な天使」）執筆が、「死の境地」から「蘇つた」きっかけであることが強調されている。ここに至ると、肺炎により「生と死との間にあつた」ことや、自殺の噂という深刻な話題は、逆に作品執筆により、「死」の危機から回復したことを強く印象付けるための材料と化す。

この「新人紹介」からは、次のようなことが分かる。すなわち、この時期の堀にとって、「死」はあまりに身近でありすぎた。芥川と堀自身のことはもちろん、さかのぼれば、大正十二年、堀は関東大震災で母を亡くしている。詩人と「死」の近接性というコクトオ「職業の秘密」の主張を受け入れながら、「眠れる人」に至るまで、作品で「死」を扱うことがなかったのは、「死」が現実において堀を強く脅かしていたからではないか。「死」の危機からの回復を強調する「新人紹介」の内容と、「不器用な天使」が「死」を扱っていない事実から、「死」とは無縁な作家として立つことを、昭和四年初頭の堀は意図していたと考えられる。

「不器用な天使」は、本格的商業誌に掲載された初の小説であり、この作品によって、新人作家としての地歩を固める意図があったことは容易に想像できる。「新人紹介」での「不器用な天使」への言及は、自作の宣伝の意味も含まれていただろう。しかし、この作品には批判も多く、「徹頭徹尾作者の誤算」という川端康成の全否定[*5]を、堀も認めることになる。[*6]新人作家としての地位確立には、失敗したと言わざるを得ない。作品が認められないのは、「死」の影を払拭した作家として、自己を印象付ける目論見が成功するか否か、という以前の問題であった。

3　「眠れる人」に見る「死」

「不器用な天使」の不評がこたえたのか、以後しばらく、堀は創作を発表していない。次なる作品が、昭和四年十月発表の「眠れる人」になる。

主人公は、絶えず眠気に襲われ、「一日中のあらゆる時間を夢みる」「僕」。彼は、「何処から何処までが夢であり、そして現実であるのか区別することが出来ない」状態にある。こうした「僕」の語りによる一人称小説であるため、作中の出来事は、夢か現実かが曖昧なまま展開していく。

「僕」は、茉莉という女性に魅かれている。「お前（茉莉）が僕を魅するのはお前の中に何か見知らないものがあるからだ。僕はそれを知るためにのみお前を欲する」。この「何か見知らないもの」は、後に明らかになるのだが、その前に、「僕」がかつて直面していた危機について触れられる。

「僕は僕の一年前の危機を思ひ起した。心の中の手のつけやうのない混乱が一時的に青年を全く無気力にする。彼は自殺を決心する。しかし薬品を飲む前に彼は彼がそれから離れられないために苦しんでゐた写真や手紙等を焼きすてる。それと同時に彼は自分の中の混雑が少しづつ整頓されだすのに気づく。そして彼にはだんだん自殺の必要がないやうに思はれだす。彼は再び生きようとする。」

夢か現実かが曖昧な世界を描いているため、自殺の危機という深刻だが現実的なこの出来事は、やや印象に残りにくい。しかし、この「一年前の危機」は、見逃せない重要性を持つ。それは、茉莉が「僕」を魅きつける「何か見知らないもの」の正体が、次のように明かされるからだ。

「かの女の中にあつた見知らないもの、それはいまの僕にはつきりしてゐる。それは死の影である。そしていまはかの女ではなしに、死そのものが僕を魅するのである。」

茉莉の魅力は、内部に潜む「死」に由来するものだった。この魅力に抗しきれなかったのか、やはり茉莉に魅かれていた、「僕」の友人Gは自殺する。「死」をはらむが故の魅力という発想には、コクトオ「職業の秘密」の明らかな影響が見られる。コクトオの影響は、先の引用に続く次の箇所では、さらに如実に現われる。

「僕は夜の空気と一しよに何か空気ではないものを吸ひこむ。それは水を飲むやうに快よい。しかしそれはだんだん僕に嘔吐を感じ出させるところのものである。僕はそれを『空虚』と名づけることを思ひつく。」

「嘔吐」「空虚」といった語から、「職業の秘密」「来訪」といったコクトオ作品の表現を再構成することで、「死」のイメージを作り上げていることが分かる。快さが吐き気に転じるという印象的なイメージも見られるが、具体性に欠ける上、作中特に意味を持つわけではない。コクトオの文章を利用しているだけで、堀独自の捉え方には成り得ていない。

「死」におけるコクトオの影響は明らかだが、夢や眠りもまた同様だろう。「眠れる人」における眠りの表現に、フィリップ・スウポオ「モン・パリ変奏曲」の影響が見られることは、槇山朋子が指摘しているが[*7]、コクトオの影響もまた見逃せない。第二部第二章にて指摘したように、「夢が変化するのは偶然によるのではない。それは眠つてゐる者のする姿勢につれて変化して行くのである」、という「眠れる人」の一節は、コクトオ「ポトマック」に対応する箇所が見出せる。堀は、以前にも夢や眠りを扱った「眠りながら」（昭二・六『山繭』。初出では「即興」）を書いている。この作品には「ポトマック」と並び、コクトオ「グラン・テカアル」の影響が数多く見出せる。この「グラン・テカアル」には、夢に関する次のような記述がある。[*8]

「影の半身と光の半身。（中略）地球の半分が眠るとき、他の半分は働いている。だが、この夢を見ている半分からこそ、なべての神秘な力は発散する。／人間においては、この眠りの半身が、その活動的な半身と矛盾することがよくある。だが、人間の本然の声が聴かれるのは、この眠りの半身の中でだ。」

ここでは、「活動的な半身」と「眠りの半身」のうち、後者で「人間の本然の声」を聞くことができる、という発想が示されている。「眠りながら」には、この二つの「半身」を利用した表現があり、夢の中でこそ人間の本心が表われる、という発想に堀が接していたことが分かる。この発想を「眠れる人」の「僕」に応用すると、本作における眠りが、初めて意味を持ってくる。

絶えず眠気に襲われる「僕」は、常に夢と現実が曖昧な中で生活しており、容易に「人間の本然の声が聴かれる」状態にある。茉莉に魅かれた原因が「死」であったということは、本人は気付いていなかったが、「僕」は未だに「死」の誘惑から逃れていなかったことを意味している。一年前の自殺の危機は、実は克服されておらず、「僕」の内部で「死」の危機は依然として強く根を張っていた、ということになる。

「僕」が「死」に魅かれていたことが明らかにされた後、作品は次のように閉じられる。

「〈僕は〉いつまでも町角の向うの不気味な暗闇の中をぢつと見つめてゐる。はじめて夜といふものを見てゐるかのやうに。」

コクトオ「職業の秘密」の定義では、詩人は常に「死」の傍にあった。また、見慣れた対象に潜む意外な魅力を捉え、「はじめて見、そして感動するのであるかのやうに」表現することがその仕事とされている。自己に潜む「死」を認識したことで、何度も見てきたはずの「夜」、すなわち見慣れた対象を、「はじめて」「見てゐるかのやうに」感じる「僕」の姿には、明らかにコクトオによる詩人の定義が反映している。

このように見てくると、「眠れる人」の「僕」は、作者である堀辰雄を髣髴とさせる。「僕」は一年前に自殺の危機を克服したが、「死」は根強く彼の内部に巣食っていた。一方堀は、昭和三年後半に自殺を噂されながら、四年初頭の「新人紹介」にて、「死」の危機を脱したことを宣言した。だが、同年十月の「眠れる人」では、この宣言を否定するかのように、それまで扱ってこなかった「死」の本格的な導入を行なう。これがちょうど、自殺の噂から約一年後のことになる。克服したはずの「死」に、一年後に再び向き合うことになるという点で、「僕」と堀辰雄は間違いなく重なってくる。

「僕」と堀辰雄の接点である「死」は、「眠れる人」において、それがなければ作品が成立しない、作品の根幹にまで関わる形で導入されている。堀作品は、早くから「死」を扱ってきた、と一般に考えられているが、小説に限って言えばこれは正しくない。「眠れる人」以前では、大正十年の「清く寂しく」（『蒼穹』第三号）でわずかに描かれるのが唯一の例外で、他の作品では、「死」という文字を発見すること自体が難しい。そんな堀が、「眠れる人」にて「死」を本格的に導入した背景について、検討しておきたい。

4 「死」の積極的導入

堀辰雄は、エッセイ「すこし独断的に」（昭五・四・二十八『帝国大学新聞』）にて、風船の糸が切られ、空に上昇するときに、人は感動を覚えるという比喩を語る。作品もまた、現実から切り離されることで美しさを得る、とした上で、次のように述べる。

「告白の文学はもつとも素ぼくの文学だ。（中略）彼〔作者〕の苦痛が我々を打つためには、だれ《ママ》が彼の心臓から切離されてゐればゐるほどいいのである。」

風船の比喩自体は、コクトオ「職業の秘密」から借りている。しかし、引用部分は原典にはなく、堀独自の小説論となっている。一見、小説における作者の告白を否定しているように見えるが、告白の方法が問題化されていることに注意しなければならない。作者の「苦痛が我々を打つ」作品を実現するには、自己の生活をそのまま作品化するような、「素ぼく」な方法では十分ではない。そこで、作者にとって切実な実感を、一度実生活から切り離した上で表現することが、より有効な方法として主張されている。告白嫌いとされる堀であるが、意外なことに、「彼の苦痛」、すなわち作者の切実な実感を表現することで、優れた小説を実現することが、この時期には考えられていたようだ。

「眠れる人」における「死」の導入は、作者の告白を「素ぼく」でない形で行なう小説の試みであったと考えられる。当時の堀にとって最も切実なこと、それは作品への導入を長くためらっていた「死」であろう。母を亡くし、師を失い、今度は自身が「死」の影に脅かされている。「眠れる人」は、堀の実生活に取材した作品という印象を与えるものではないが、「死」に魅せられていることに気付く主人公の姿には、間違いなく堀自身の実感が反映している。このように見た場合、「眠れる人」では、作者の実感を「素ぼく」な告白とは異なる形で描く、という堀が提唱した方法が見事に実現されていることに気付く。

作品の末尾で、自らに潜む「死」を実感した「僕」は、見慣れたものの意外な魅力を見出す、コクトオのごとき目を獲得するに至る。見慣れたものに秘められた魅力を見出すという行為は、大正十五年作品「風景」にて既に描かれていた。ただし、魅力が対象に潜む「死」に由来するというところまでは、踏み込んでいない。これに対し「眠れる人」では、対象の魅力を見出すにあたり、「死」が身近にあることの実感が不可欠になっている。そのため、

「僕」は「風景」の主人公と比べ、コクトオが定義する詩人の姿により近づいている。「死」の導入をためらっていた以前の堀作品では、これは不可能なことであった。

「死」の導入によって、堀には新たな創作の道が開ける。一つは、作者の実感を「素ぼく」な告白ではない形で描く小説の実現。これは、「死」が堀にもたらしたであろう切実な実感を、実生活から切り離した形で表現するという形で試みられる。もう一つは、コクトオが定義する詩人のあり方に近づくこと。コクトオ「職業の秘密」によれば、「死」に由来する対象の意外な魅力を見出し、表現することが詩人の仕事であった。堀の分身たる「眠れる人」の主人公は、まさにこうした詩人の目を、作品末尾で獲得していた。今度は堀自身が、創作において同じ目の力で、優れた小説を実現すべき番となる。

「眠れる人」以降、堀は多くの作品で「死」を扱う。「ヘリオトロオプ」（昭五・二『文学時代』。初出では「ヘリオトロープ」）、「死の素描」（昭五・五『新潮』）、「水族館」（『モダンTOKIO円舞曲』昭五・五、春陽堂）、「鼠」（昭五・七『婦人公論』）等、枚挙に暇がない。これらで扱われた「死」は、多くコクトオの影響が認められるが、ここでは題名に「死」が刻印された「死の素描」を見ておきたい。

「死の素描」は、肺病を病む「僕」が天使の手違いで一命を取り留める、という内容。「僕」は、彼を受け持つ天使に次のように語る。

「或る詩人がかう言つてゐます。生きてゐるものと死んでゐるものとは、一銭銅貨の表側と裏側とのやうに、非常に遠くしかも非常に近いのだ、と……」[*9]

この台詞は、「死」は常に生の傍にあり、両者が不即不離の関係にあることを述べている。天使が病人を看病する非現実的な世界が舞台であり、病の床にある「僕」には、何故か「死」に面した緊張感は薄い。しかし、深刻さと無縁の世界だからこそ、さりげなく提示される生と「死」の表裏一体さが印象に残る。「僕」が生き延びるのはあくまで天使の手違いに過ぎない、といった結末も、生と「死」の近接性を強調する。こうした「死」の捉え方には、常に「死」の傍にあった堀の暗い想念が反映していると見られる。堀はこの想念を、非現実的な世界を背景に、それとなく、ただし印象的に表現する方法を選んだのだろう。

コクトオの定義では、「死」は対象に意外な魅力をもたらすものであった。この、「死」に由来する魅力によって、対象を新鮮に見ることが可能になる。「眠れる人」以降のエッセイにて、堀は見慣れた対象の意外な魅力を見出すことの重要性を、繰り返し説いている。「超現実主義」（昭四・十二『文学』）には、「本当の現実主義は、僕らが毎日触れてゐるために最早や機械的にしか見なくなつてゐる事物を、あたかもそれを始めて見るかのやうな、新しい角度と速度とをもつて示すことにある（コクトオ）」、との記述がある。題名は出していないが、「職業の秘密」からの引用であることは明らかだ。[*10] この他、「藝術のための藝術について」（昭五・二『新潮』）等、この時期のエッセイで、「超現実主義」と同様の主張をしている例は多い。[*11]

第一部第三章にて指摘したように、小説においても、この発想に影響された表現が見出せる。「さういふお絹さんの話を聞きながら、僕は彼女の顔を、それを始めて見るやうな新鮮さで、見つめだしました」（「手のつけられない子供」昭五・四『文学時代』）、「フエアリイ・ランドではすべてが新しかつた。それらを生れて始めて見るかのやうに彼は見物した」（「羽ばたき」昭六・六・二十一『週刊朝日』。初出では「羽搏き」）等、複数の例が確認できる。これらの例は、見慣れた対象を新鮮に見るという発想が、堀を強く捉えていたことを示す。

「死」の導入と、対象を「始めて見るかのやうな」新鮮さで見ること。この二つは、コクトオ「職業の秘密」における詩人の定義において不可欠のものであった。これらを繰り返し扱っていることから、「眠れる人」以降の堀は、コクトオの定義する詩人のあり方に近付くことを意図していた、と考えられる。しかし「死」の導入は、「新人紹介」（昭四・一・二十六）に見られたような、「死」の影を払拭した作家という自己像を、自ら破壊していくことにつながる。にもかかわらず、堀が自作において執拗なまでに「死」を描き続けている事実は、「死」の導入が、理想とする小説を実現する、あるいはコクトオが定義する詩人のあり方に近づくための手段といった域を超えつつあることを感じさせる。

5　「死」の表現の変化

「眠れる人」や「死の素描」で試みられた「死」の導入は、続く「窓」（昭五・十『文学時代』）や「聖家族」（昭五・十二）で、さらなる深化を見せる。

「窓」では、亡くなった画家A氏の弟子「私」が、遺作を所蔵する女性M夫人に、以前にも見たA氏の作品を見せてもらう。すると、その絵からもう一枚の絵が浮かび上がる。

「〔絵が帯びている〕超自然的な、光線のなかに、数年前私の見た時にはまつたく気づかなかつたところの、A氏の青白い顔がくつきりと浮び出してゐることだつた。それをいま初めて発見する私の驚きかたといふものはなかつた。」

絵から浮き出すのが、亡くなったA氏の顔ということで、「死」をはらんだ意外性が生じ、「私」に「始めて見るかのやうな」感動を与える。これは、「職業の秘密」にてコクトオが示した図式に他ならない。本作では、これまで見てきた作品以上に、「死」と「始めて見るかのやうな」感動という、コクトオに学んだ二大要素が密接に関連している。この点も興味深いが、作中人物にも注意が引かれる。「私」の師をA氏とするだけでなく、彼と親交のあった未亡人をM夫人とすることによって、A氏は芥川龍之介、M夫人は松村みね子だと容易に分かってしまう。[*12]同様に、「私」は堀辰雄その人ということになる。

「聖家族」は、主人公河野扁理の年長の知人であった九鬼の、「突然の死」から幕を開ける。故人である九鬼のみならず、生きている人間たちも含め、作品全体には「死」の影が強く漂う。扁理は、その「生のなかに九鬼の死が緯のやうに織りまざつてゐる」と、内部に「死」を抱えた人間とされている。生に「死」が「緯のやうに」絡んでいるという表現は、「死が我等の織物の緯を成してゐる」、という「職業の秘密」の一節が基になっていよう。また、「眠れる人」では、「死」は「嘔吐」と結びつける形で、不快感を伴うものとして描かれてきた。これもコクトオに倣った発想で、堀はこうした死の捉え方を、そのまま自作に導入していたが、「聖家族」ではこの点に変化が見られる。

「ただ一人の死人〔九鬼〕をいきいきと、自分の裏側に、非常に近くしかも非常に遠く感じながら、この見知らない町の中を何の目的もなしに歩いてゐることが、扁理にはいつか何とも言へず快い休息のやうに思はれ出したのだ。」

ここでは、「死」は「嘔吐」等不快なものと関連付けられることなく、「快い休息」をもたらすものとして扱われている。やはり具体性には欠けるものの、コクトオ作品の単なる再構成からの脱却が見られる。コクトオの圧倒的な影響を、そのまま作品に出すのではなく、自己の描きたいものに応じて適宜変更を加えることが可能になっている。

本作における変化は、「死」の表現にとどまらない。故人である九鬼と扁理の関係は、芥川と堀のそれを連想させる。すなわち「窓」と同じく、本作は明らかに堀の実生活に取材した作品となっている。その背景には、「死」に対する、堀の捉え方の変化が考えられる。

「死」は堀にとって自己の生存を脅かす、切実な実感をもたらすものであり、「素ぼく」な告白でない形でこれを表現することで、優れた作品を生むことが試みられていた。しかし、作品の中で繰り返し扱う中で、「死」は堀にとって作品を生み出すための題材といった域を超え、描くべき重要なテーマと化していたのではないか。そのため、「死」がもたらす実感を実生活と切り離して表現する、といった理論よりも、自己が捉えた「死」を、確実に表現することが優先されることになる。「窓」と「聖家族」における、実生活と分離されない形での「死」の表現は、こうした背景があってのことと考えられる。

このように、「窓」と「聖家族」では、コクトオ「職業の秘密」から受容した「死」を、実生活と完全に分断することなく、しかも独自の表現にまで昇華することに成功している。「死」は堀にとって忌避すべき対象であったが、優れた作品を生むための題材として導入され、さらには作品を支える重要なテーマへと確実に変化していった。

6　「死」を扱う作家として

「聖家族」の世評は高く、[*13] 新人作家堀辰雄の名を鮮烈に印象付けた。本作でも、「死」の表現ではコクトオ作品の影響が明らかだが、単にコクトオの文言を再構成するのではなく、作品にあわせて変更を加えている。これは、コクトオに影響されながらも、コクトオを自己に合わせていく、すなわち影響の適切な咀嚼が可能になったことを示している。

コクトオが「職業の秘密」で説く「死」は、その影響が顕著な形で、「眠れる人」以降の堀作品に導入され、「聖家族」に至っては全篇が「死」の影で覆われている。このことから「死」の導入は、創作のための手段であることを超え、堀にとって固有のテーマと化していったのだと考えられる。「眠れる人」の時点でこうしたことは意識されていたと思われるが、多くの作品で「死」を扱う中で、借り物ではない、自分ならではの描くべき対象として、「死」と向き合っていく決意を固めたのだろう。

堀にとって身近な死者であった、芥川龍之介との関連にも触れておこう。堀は芥川の自死に衝撃を受け、師と同様の破滅を避けるため、異なる作家たろうと努めた、とされている。この説は、堀が芥川と同様の資質を備え、それを師の指導によって伸ばしていたことが前提となる。しかし、生前の芥川は堀の作品に対し、必ずしも肯定的ではなかった。

コクトオの影響が明らかな大正十五年の作「風景」は、その初稿に生前の芥川が目を通している。[*14]日本を感じさせない無国籍的な舞台、瑞々しく伸びやかな文章といった、後の堀作品を特徴づける要素が早くも確認できる作品だが、芥川は堀宛書簡（大十四・七・二十）で、「この前君の見せた小説でもハイカラは可成ハイカラだ。あれ以上ハイカラそのものを目的にするのは君の修業の上には危険だと言ふ気がする」と、否定的な感想を述べている。昭和二年発表の「ルウベンスの偽画」は、芥川が読んだ最後の堀作品だが、[*15]コクトオ「グラン・テカアル」を利用した表現が見られる後半部は初稿では発表されず、同様の表現を含まない前半のみの発表とするよう芥川が指示している。[*16]

このように、生前の芥川は、コクトオに傾倒する堀作品の「ハイカラ」さには否定的であった。だが、師が否定した堀の資質は、作家として立とうとする努力を続ける試行錯誤の中で、次第に前面に出、確固たるものと化していったのではないか。師の喪失が堀に深刻な打撃を与えたことは事実だろう。だが、芥川の生前から、師と異なる堀の資質はその片鱗を見せており、これが開花していく中で、堀は必然的に芥川とは異なる道を歩くことになったのだろう。その過程で「死」を導入した作品が次々と書かれ、ついには芥川の「死」までが扱われるに至る。
「死」は、当初こそコクトオ「職業の秘密」の影響が大きかったが、「聖家族」の前後から、次第に堀固有のテーマと化していく。後の堀作品を見ても、「風立ちぬ」(昭十一～十三『改造』他)や「菜穂子」(昭十六・三『中央公論』)のように、代表作にて「死」を扱う例は多い。このテーマは、堀が小説を書き始めた大正十年代から一貫して扱われてきたものではなく、様々な紆余曲折を経て捕捉されたものであった。その過程は、堀が自己を脅かす「死」の払拭を一度は試みながらも、積極的に作品に活かすことで、作家としての自己を確立していく道のりでもあった。

注

＊1 引用は、堀辰雄『コクトオ抄』(昭四・四、厚生閣書店)による。
＊2 「死」は、実態としての死はもちろん、不吉な死の観念をも含む広い概念として用いられており、本稿もこれに従う。
＊3 引用は、『ジャン・コクトー全集』第一巻(昭五十九・十一、東京創元社)所収の、小浜俊郎訳による。
＊4 この資料は、最新の筑摩書房版全集には収録されておらず、『堀辰雄作品集』第四巻(昭五十七・八、筑摩書房)にて、初めて再録された。
＊5 「文藝時評」(昭四・四『文藝春秋』)。
＊6 「『無器用な天使』が僕の誤算であつた事は、現在の僕の承認するところだ。」(「(僕は僕自身の作品について……)」昭五・一『文学』)
＊7 「堀辰雄とフィリップ・スーポー」(平三・五『日本近代文学』第四十四集)。

＊8　引用は、『ジャン・コクトー全集』第三巻（昭五十五・六、東京創元社）所収の、澁澤龍彦訳による。

＊9　有光隆司「堀辰雄とジャン・コクトー」（昭六十三・三『上智近代文学研究』）は、この台詞がコクトオ「マリタンへの手紙」の、「生と死とは銅貨の表と裏のやうに離れ合つてゐる」との一節、また、「死は生の裏側だ」という「職業の秘密」の記述と酷似していることを指摘している。他、「死者が遠くて近いのは、積木遊びの四つのイメージや安い貨幣の裏表に似ているからではあるまいか」という、コクトオ「来訪」の影響も認められよう。

＊10　正確には、「本当の現実主義は」の部分のみ、「真のレアリスムは、習慣が一枚の覆いの下に隠して、見えなくしている意外なものを見せることにある」という、「世俗な神秘」（佐藤朔訳『ジャン・コクトー全集』第六巻　昭六十・九、東京創元社）から取られたものと思われる。なお「世俗な神秘」については、家山也寿生氏の教示を受けた。

＊11　「藝術のための藝術について」には、「真の現実主義は、僕らが毎日触れてゐるために最早や機械的にしか見なくなつてゐる事物を、それを始めて見るかのやうな、新しい角度をもつて示すことにある」、とのコクトオからの引用がある。

＊12　この点に配慮したのか、初収単行本『物語の女』（昭九・十一、山本書店）では、M夫人はO夫人に改められている。

＊13　「昭和五年度の傑作は何か」というアンケート（昭五・十二『作品』）にて、七人の回答者中四人までが「聖家族」の名を挙げている。

＊14　神西清は、「風景」の「初稿は芥川さんに目を通してもらつた」という、堀自身の証言を伝えている（「堀辰雄文学入門」『堀辰雄集』昭二十五・六、新潮社）。

＊15　「これ〔「ルウベンスの偽画」〕が芥川さんに原稿を読んでいただいた最後のものとなつた。」（堀「『ルウベンスの偽画』に」『限定出版江川書房月報』第六号　昭八・二）

＊16　「堀の小説〔「ルウベンスの偽画」〕は一度僕や室生が読んで　二度目にフラグマンにしたもの。」（佐佐木茂索宛芥川書簡　昭二・二・十二）

第三章　堀辰雄におけるジイド「ドストエフスキイ論」の受容
――論理性と不合理の戦場――

1　はじめに

堀辰雄のエッセイ「本のこと」（昭八・二『本』。初出では「狐の手套」）には、「僕は二三日前の或る晩、上野広小路の夜店でアンドレ・ヂイドの『ドストエフスキイ論』の訳本を見てゐた」、という一節がある。この「『ドストエフスキイ論』の訳本」は、昭和五年十月、武者小路実光と小西茂也の訳で、日向堂より発行された。しかし、この「訳本」が出る以前に発表された堀のエッセイには、名前こそ出していないが「ドストエフスキイ論」からの引用が見られる。このことから、堀が原書で「ドストエフスキイ論」を読んでいたことが分かる。

ジイド「ドストエフスキイ論」は、矛盾や不合理を抱えた人間を描くドストエフスキイ作品の魅力を、論理性を重んじるフランス文学と対比する形で説いている。言うまでもなく、昭和五年の堀は、フランス伝統文学の流れに立つ、ラジゲ「ドルジェル伯爵の舞踏会」の影響が強い「聖家族」（『改造』十一月）を発表し、新進作家としての地歩を固めた。だが、「ドストエフスキイ論」を手掛かりに、昭和五年発表の堀のエッセイを検討していくと、堀が、フランス文学とは対極に立つドストエフスキイ作品にも魅かれていたことに気付く。

このように、堀と「ドストエフスキイ論」の関係を検討することは、フランス文学の影響が強いとされる初期の堀辰雄から、意外な一面を引き出すことにつながる。さらに、フランス文学の伝統である論理性と、ドストエフスキイ作品の魅力である人間の矛盾や不合理、小説をこの二点において捉える方法は、その後も堀の中で持続していく。「ドストエフスキイ論」は、堀の小説観の形成についても、改めて検討する手掛かりを与えてくれるだろう。

本章では、堀辰雄におけるジイド「ドストエフスキイ論」の受容について検討し、それが「聖家族」に代表される堀の初期作品及び小説観に与えた影響を、明らかにすることを目的とする。

2　ジイド「ドストエフスキイ論」

ジイド「ドストエフスキイ論」は、伝統的なフランス文学との対比で、ドストエフスキイ作品の魅力を浮き彫りにしていく。まず、フランスの作家が、作品執筆においてどのような点に力を注ぐかを、次のように説明している。

「フランスの小説家は、性格から主要な与件をとり出し、一つの相貌のなかに明確な線を見分け、それによって描き出される切れ目のない図形を人前に示すことに智慧を絞ります。バルザックであらうと、その他何がしくれがしであらうと、様式化の願望、要求が先に立ちます[*1]」。

実際は、一人の人間の中には多くの性格が含まれているのだが、フランス文学はその一部のみを抽出し、「様式化」された形で描く。その結果、作中人物は一つの個性のみを示す、一種の典型としてその姿を現わす。この背景につき、ジイドはバルザックを例に挙げて説明する。

「彼〔バルザック〕にとつて大事なことは、自分ら自身に対して一貫した関係を保つ作中人物を得ることなのです――この点においてこそ彼はフランス人種の感情と一致をとげるのです。なぜならわれわれフランス人がもつとも必要とするものは論理だからです。」

論理性が重んじられるからこそ、フランス文学の伝統では、作中人物の感情や行動における、首尾一貫性が重視される。こうした文学伝統から見た場合、ドストエフスキイの作中人物たちがかなりに異質であることを、ジイドは次のように説く。

「ドストエフスキーはわれわれに何を示してゐるでせうか。自分ら自身に対して一貫した関係を保つといふことをなんら意に介さずに、自分らの固有の性質が受容しうるあらゆる矛盾、あらゆる否定に喜んで降服する人物たちをです。ドストエフスキーにもつとも興味を抱かせるのはそこ、つまり矛盾撞着にあるやうに思はれます。」

ドストエフスキイは、複数の性格や感情を、矛盾を厭わず可能な限り描き出していく。その結果、作中人物の内面はおよそ首尾一貫性を保つものではなくなる。こうした、フランス文学の論理性とは相容れない「矛盾撞着」こそ、ドストエフスキイの関心の対象であり、かつその作品を特徴付けるものに他ならない。この「矛盾撞着」のため、ドストエフスキイ作品では、「二つの相反する感情が彼〔作中人物〕のうちで混り合ひ、入り混つてしまふ」という事態が起きる。例えば、「悪霊」のスタヴローギンは、善と悪、両様の行動への意欲を見せ、そのことに満足感を覚えるという。[*2]

あるいは、「ドストエフスキーにあつては、しばしば一つの感情が、突如たる逆の感情に席をゆづる」。例としては、「地下室の手記」の主人公が、士官に侮辱を受け、長く憎悪を抱き続けている内に、いつしか友情の成立を求めてしまうという現象が挙げられている。[*3]

これが嵩じると、およそ信じ難い、不可解な行為に及ぶ人物も現われる。「永遠の良人」で話題の中にのみ登場するリヴツォフは、想いを寄せる女性を陸軍大佐ゴルベンコに横取りされるが、和解した上、婚礼の介添人まで務める。しかし、式場でゴルベンコを刺した上、原因は本人にすら分からないと触れてまわる。[*4]

このように、ドストエフスキイの作品においては、性格や感情、そして行動における首尾一貫性はおよそ無視されている。矛盾する感情が一人の人間の中で共存し、容易に一方から他方へと入れ替わるという現象は、客観的に見れば狂気とさえ言える。しかし、ドストエフスキイはこうした現象を異常なものと捉え、描いていたわけではない。

「いかに多くの奇怪な、病理学的な、変態的な状態を、われわれはドストエフスキーの作品を読んだがために教示されて、われわれの周囲に、あるひはわれわれのうちに認知することでせう。（中略）ドストエフスキーはわれわれの眼を、（中略）われわれが見てとる術を知らなかつたある種の現象に対して開かせるのだと、私は思ひます。」

性格の一部を取り出し、整理して描くフランス文学の伝統は、論理的に描くことが難しい感情や性格から、作家や読者の目を遠ざける。しかしドストエフスキイは、無視されがちであったこうした複雑な感情や性格を、矛盾も厭わず描写することで、これまで文学作品で表現されたことのない、新しい心理を提示して見せた。作中人物における首尾一貫性を重んじるフランスの文学伝統にとって、これは驚嘆に値するものであった。

このように、ジイドはフランス文学では考えられない、矛盾や不合理に満ちた人間を描くドストエフスキイ作品の特徴を明らかにしていく。自国の文学にはない特徴を備えたドストエフスキイ作品に限りない魅力を見出し、称賛を寄せている。ただしジイド自身は、作家としての資質はドストエフスキイに近いものを持っていたようだ。

ジイドの回想録「一粒の麦もし死なずば」には、「自分が芸術作品を作らずにはいられないわけは、芸術上の作品によってだけ、自分の内部のあまりにもかけ離れた二つの素質を調和させうるからだ[*5]」、という一節がある。この記述は、ジイド自身が「あまりにもかけ離れた二つの素質」の葛藤を抱えた、ドストエフスキイ的人物の一人であったことを示す。こうした自己認識は、ドストエフスキイの作品を読む際にも当然反映していよう。それ故に、提示されたドストエフスキイ観は余人とは異なる、ジイド独自のものとなり得ている。

この点を捉えて、「ドストエフスキイ論」はこのロシア人作家にかこつけて、ジイドが自己の文学観を開陳したものに過ぎない、との批判も可能ではある。[*6]しかし、ジイドが真剣にドストエフスキイ作品を読み込み、自分にない何かを学び取ろうとしていることは、真摯さを感じさせる熱を帯びた文面から疑い得ない。「ドストエフスキイ論」と平行して書かれた「贋金つくり」を、ジイド自ら唯一の Roman（小説）と呼んでいることも、ドストエフスキイから得たものが大きかったことを示す。こうしたドストエフスキイへの傾倒の背景には、フランス人作家としての、自国の文学とその将来に対する、次のような考えがある。

「フランスは、この国自身の似姿、その過去の姿のみに眺め入ることによつて、死の危険に赴いてをります。（中略）フランスに、伝統を維持する保守的要素があり、この要素が、この要素にとつて外国からの侵入と思はれるあらゆるものに反動し、対抗するのはよいことであります。けれども、かういふ保守的要素にその存在理由を与へるものは、まさに、あの新しい持ち寄り資産、それなくしては、わがフランス文化がやがては空虚な形骸、硬化した外被に他ならなくなる危険のある、あの新しい持ち寄り資産ではないでせうか。」

もちろんジイドとて、自国の文学に敬意を払うことでは人後に落ちない。だが、外部から新しい血を導入しない限り、フランス文学はいつしか形骸化し、無残な姿をさらすことになりかねない。そうした事態を避け、より優れた、新しい文学作品を生み出したい、あるいは生み出されるのを見たいからこそ、フランス文学とは対極に立つドストエフスキイ作品に、ジイドは学ぼうとしている。

ドストエフスキイ作品に、自国の文学にはない魅力を見出し、その摂取を図るジイドの発想に学び、やはり新たな文学作品をわが国にて生み出そうとしていたのが、若き堀辰雄であった。

3　堀辰雄の「ドストエフスキイ論」受容

では、堀のエッセイにおける「ドストエフスキイ論」の影響を見ていこう。まずは、「藝術のための藝術について」（昭五・二『新潮』）の、次のような一節。

「『赤と黒』の場合、僕がジユリアン・ソレルの中に自分自身を見せつけられるのは、それはスタンダアル自身の意志によるものだ。しかし『白痴』の場合は、（中略）僕を感動させるものは、ドストエフスキイ自身の意志であるか誰の意志であるかはつきり分らない。（中略）／同じ事をすこし角度を換へて見ると、スタンダアルはその計算の結果に相当の見通しを以つて『煙草をすぱすぱやりながら』仕事をしたかのやうに思はれる。ところが、ドストエフスキイは全然その計算がどんな結果になるか分らずに『しどろもどろになつて』仕事をしたごとくである。」

作者の計算が行き届いた、論理性の強いフランス文学作品「赤と黒」。これに対し、計算は徹底していないが、作者の計算を超えた部分こそが読者を感動させるドストエフスキイ作品。こうした対比は、フランス文学が重視する論理性ではすくい取れない、人間の矛盾や不合理を描く点を魅力として挙げた、ジイド「ドストエフスキイ論」を連想させる。

同じく「藝術のための藝術について」に見られる、「後者〔ドストエフスキイ〕は他のいかなる人間との交渉よりも、彼自身或は神との交渉においてより密接であつた」という記述は、「ドストエフスキイ論」の次の一節によっている。「〔西ヨーロッパでは〕小説といふものは、（中略）人間同士の相互関係、情熱あるひは知性上の関係、家庭の関係、社会の関係、社会的階級の関係にしか心を遣はず、――けして、（中略）個人とその個人自身、あるひは、神との関係には意を用ひてをりません、――ところが、ここ〔ドストエフスキー〕ではこれが他のすべての関係の先に立つてゐる」。

さらに、「室生さんへの手紙」（昭五・三『新潮』。初出では「室生犀星の小説と詩」）でも、やはり「ドストエフスキイ論」の影響が見出せる。

「あなたの精神が私をこんなにも感動させるのは、その精神が非常に烈しい野蛮なものであると同時にそれが非常に柔かな平静なものであるためのやうです。ドストエフスキイの中の或る物がヂイドの所謂『天国と地獄との結婚』によつて我々を打つやうに、それが我々をば打つてくるのです。」

堀は犀星作品から、「烈しい野蛮なもの」と「柔かな平静なもの」の共存する犀星の精神を読み取り、これを感動の源泉として挙げている。一人の人間における、互いに矛盾する精神の共存。これは「ドストエフスキイ論」にて、ジイドがドストエフスキイ作品の特徴として強調した点に他ならない。

なお、「ヂイドの所謂『天国と地獄との結婚』」という箇所は、「すべての藝術作品は、天国と地獄の接触の場所、あるひはこの方がよいと言はれるならば、天国と地獄の結婚指輪なのです」、という対応箇所を「ドストエフスキイ論」に見付けることができる。

このように、「藝術のための藝術について」と「室生さんへの手紙」からは、「ドストエフスキイ論」に明らかに影響された表現や発想が見出せる。ジイドの愛読者だった堀は、「ドストエフスキイ論」を単にジイドの著作だから、という程度の理由で読んだのかも知れない。しかし、同書が堀に与えた影響は、無視できない広がりを持つ。

論理性の強い作家との対比で捉える、あるいは、矛盾する精神の共存を作品に見出す堀のドストエフスキイ観に、「ドストエフスキイ論」が反映していることは間違いない。また、昭和九年の「小説のことなど」(『新潮』七月)では、小説における論理性と不合理の問題に堀は再び言及する。このエッセイにて、堀は「ドストエフスキイ論」から得た問題意識を、今後の創作活動における重要な指針として、改めて捉え直し提示して見せた。これらの事実が示すように、「ドストエフスキイ論」は堀のドストエフスキイ観のみならず、小説観にまで広くかつ持続的に影響を及ぼしており、単なるジイド受容という範疇を超えている。

作家としての堀辰雄は、フランスの作家、特にジャン・コクトオの決定的な影響下に出発した。しかし、堀は論理的なフランス文学との対比でドストエフスキイ作品の魅力を説く、ジイド「ドストエフスキイ論」の発想をも明らかに受容している。[*7] したがって、矛盾や不合理を抱えた人間の内面を小説で描くことにも、強い関心を抱いていたと考えられる。

4　「不器用な天使」の挫折

ここまで検討してきた「ドストエフスキイ論」の内容を基に、堀の小説に目を向けると、「不器用な天使」（昭四・二『文藝春秋』。初出では「無器用な天使」）には、ジイドが明らかにした、ドストエフスキイ作品の方法と一致する特徴が確認できる。

「不器用な天使」は、語り手の「僕」、友人の槙、そして「彼女」の三角関係を描く。「僕」の内部では、矛盾する感情が絶えず入れ替わり、そのさまは時に狂気すら感じさせる。例えば、「彼女」と二人だけで会う約束をした「僕」は、「家中を歩きまはり、誰にでもかまはず大声で話しかけ、そして殆ど朝飯に手をつけやうとしなかつた。僕の母は気狂を扱ふやうに僕を扱つた」。ここでの「僕」は、幸福のあまり、周囲から異常と見られる行動をとっている。だが、「彼女」がまだ槙に未練を残していることに気付き、「前に経験したことのある痛みが僕の中に再び起るのを感じる」。幸福と苦痛、この二つの間を「僕」は忙しなく往復する。

これが極端化すると、幸福と苦痛が共存する、奇妙な状態が発生する。例えば、「彼女」がまだ槙を愛していることに気付いた後の、「僕」の内面を描いた次のような箇所。

「僕はすつかり彼女のするままになつてゐる。彼女はとうとう僕の傷口に薬をつけ、それをすつかり繃帯で結はへ直してしまふ。そして僕は、彼女と共にゐる快さが、彼女と共にゐる苦痛と平衡するのを次第に感じ出す。」

「不器用な天使」は、心理を視覚的かつ奇抜な比喩で描こうとする志向が強い。右はその一例で、「彼女はとうとう僕の傷口に薬をつけ〜」の箇所は、肉体的な傷の手当がされているわけではない。「僕」の心の傷が、「彼女」と一緒にいることで回復していくことを、視覚的な比喩で表している。だが、回復の結果生じた「快さ」は「僕」の心を満たすことはなく、依然として存在する「苦痛と平衡する」。本来矛盾するはずの感情が、同時に存在しているという不思議な現象が、ここに見られる。

そもそも、「僕」が「彼女」に好意を覚えた原因は、槙の影響であった。「槙はひどい空腹者の貪欲さをもつて彼女を欲しがつてゐた。彼のはげしい欲望は僕の中に僕の最初の欲望を眼ざめさせた」。その後、槙は三角関係から脱落するが、「彼女」はまだ槙のことが好きであるらしい。その好意が「僕」に影響することで、次のような現象が起きる。

「僕は、彼女が今ぼんやりしてゐてヤニンクス〔二人で見た映画に出ていた俳優〕の肩と槙の肩をごちやごちやにしてゐるのだと信じはじめる。（中略）そのどつしりした肩を自分の肩に押しつけられるのを、彼女が欲するやうに、僕も欲せずにはゐられなくなる。」

「彼女」の影響で、「僕」の好意は同性である槙にまで向けられていく。だが、槙が恋敵であることに変わりはない。その結果、「僕は彼〔槙〕の顔にうつとり見入りながら、それを強く妬まずには居られない」と、「彼女」に対する場合にも見られた、矛盾する感情の共存が再び生じる。

矛盾する感情が一人の人間の中で同時に存在する。それらの感情は絶えず入れ替わり、当人を異常な行動に走らせる。これは、ジイドが明らかにしたドストエフスキイ作品の特徴に他ならない。さらに、他の人物の影響で、好意の対象が性別も含めて容易に変化するという、「僕」の特異な内面の描写は、ドストエフスキイ作品における、新しい心理の発見に相当しよう。

第一章にて述べたように、「不器用な天使」にはジイド「贋金つくり」の影響が認められる。「贋金つくり」はドストエフスキイ作品を念頭に書かれた、「ドストエフスキイ論」の実践篇とも言える作品であった。「不器用な天使」に「ドストエフスキイ論」との類似点が見出せるのは、このためだろう。堀のエッセイに「ドストエフスキイ論」の影響が確認できるのは昭和五年初頭なので、昭和四年には同書を読んでいたことになる。[*8]「不器用な天使」の方法が、「ドストエフスキイ論」の主張と少なからず一致することに、堀は意を強くしたのではないだろうか。

しかし、「不器用な天使」に対しては批判も少なくなかった。特に川端康成は、「この作品（「不器用な天使」）は徹頭徹尾作者の誤算に成り立つたものとしか思はれない[*9]」、と酷評している。これを受けて堀は、「『無器用な天使』が僕の誤算であつた事は、現在の僕の承認するところだ」（「（僕は僕自身の作品について……）」昭五・一『文学』）と、自作が失敗作であったことを認めている。「計算が混乱した」ことにその原因を求めているのだが、ならば、次はより「計算」が勝った、すなわちドストエフスキイとは異なる方法を選択しなければならない。

5　ラジゲとの出会いと「レムブラント光線」

「不器用な天使」を失敗作と判断した堀が次に着目したのは、フランス文学の伝統に立つ、ラジゲ「ドルジェル伯爵の舞踏会」の方法だった。「レエモン　ラジィゲ」（昭五・二『文学』。初出では「レエモン　ラジゲ」）にて、堀はラジゲ作品の魅力につき、次のように述べている。

「ラジゲの心理解剖にはいはゆる『新しい発見』はないかも知れない。（中略）だが、普通の心理がこれくらゐ正確に、そして高尚に描かれたことは嘗て無かつたのだ。」

心理の「新しい発見」こそないが、「普通の心理」を「正確」かつ「高尚に描」くことで、これまでの小説にない魅力を持ち得ているラジゲ作品。堀の指摘するこうした特徴は、明らかに「不器用な天使」とは対極に立つものだ。心理を「正確」かつ「高尚に描」く、すなわち論理性の強いラジゲの方法は、「計算」の勝った方法を求めていた堀の意図に適う。ここから、堀は「不器用な天使」とは異なる方向性を模索する中で、ラジゲの方法に傾倒していったと考えられる。こうした推定は、「不器用な天使」を念頭に置いたと思しい、「レエモン　ラジィゲ」の次の一節から裏付けられよう。

「今日の作家達はあまりに『心理の新しい発見』をのみ心がける。それが彼等をしてあのやうな『異常さ』に導くのだ。（中略）我々はそれから逃れるためには、先づラジゲの『平凡さ』を理解する必要があるやうだ。」

「心理の新しい発見」と、それが結果する作品の「異常さ」、これらはいずれも「不器用な天使」の特徴であった。他の人物の影響で、好意の対象が性別を含め次々と、容易に変化するという特異な心理への着目。これを表現するに、斬新ではあるが時に難解でもある、奇抜な比喩を以てする。こうした「不器用な天使」の方法が、ここでは堀自らによって否定されている。

堀は、「藝術のための藝術について」（昭五・二）の中で、「僕のやうな精神は、〔ドストエフスキイ的な〕ランボオの『地獄の一季節』よりもラジゲの『オルジエル伯爵の舞踏会』の方を選ぶ」、と述べている。矛盾撞着を描くドストエフスキイではなく、論理性の勝ったフランス文学の伝統に立つラジゲに倣うことの宣言、ととれる。しかし、同時期の「室生さんへの手紙」（昭五・三）では、犀星作品にドストエフスキイ的な魅力、すなわち矛盾する精神の共存がもたらす感動を見出し、称揚していた。また、同エッセイには、「ニイチエの『ドストエフスキイは私が彼から学ぶところのあつた唯一人の心理学者だつた』といふ言葉（中略）にアンダアラインしたいと思ひます[*10]」とあり、ドストエフスキイへの関心を捨てていないことが分かる。ここから、昭和五年時の堀は、フランス文学の伝統を汲むラジゲの方法を選択はしたが、人間の矛盾や不合理を描くドストエフスキイの方法への関心もまた、持ち続けていたと考えられる。こうした関心は、昭和五年作品である「聖家族」にも反映しているのではないか。

「聖家族」を論じる際、次のような堀の自作解説が重視されることが多い。

「『聖家族』の中でも、《ママ》（中略）私は諸人物に頭上から何処からともなく、云はば一種のレムブラント光線のやうなものを投げようと試みた。さうしてその光と影の中でさまざまな人物を出来るだけ巧妙に動かさうとした。」（「小説のことなど」昭九・七）

この「レムブラント光線」は、作中人物の心理を明晰に説明する方法、と一般に理解されてきた。[*11]しかし、ジイド「ドストエフスキイ論」には、「レムブラント光線」の典拠と考えられる一節があり、しかもその内容は、必ずしも従来の理解を支持するものではない。

「ドストエフスキーの書物のなかで特に重要なことは、レンブラントの絵におけるのと全く同じで、陰なのです。ドストエフスキーは多くの人物と事件を集合させ、それらに強烈な光を、この光が人物や事件の一側面だけに当るやうに、投射します。彼の作中人物のひとりびとりは陰のなかに浸り、自分の影に支へを求めてゐます。」

ジイドは、強い光を当てることで影を作り出すレンブラントの方法で、ドストエフスキイ作品を説明する。「光が人物や事件の一側面だけに当る」、という記述を作中人物について考えれば、その心理の一部については明晰に描く、ということだろう。ただし、重要なのは光ではなく影、とされている。先に整理した「ドストエフスキイ論」の特徴、及び光との対照で考えれば、影とは、矛盾や不合理を孕んだ、明晰な説明が難しい部分、と理解できる。光と影の交錯の下で作中人物を「動かさうとした」という記述から、堀の自作解説は、右に引いた「ドストエフスキイ論」の一節によっていると見て間違いないだろう。ならば、堀の言う「レムブラント光線」は、心理を明晰に説明するだけではなく、矛盾や不合理を含んだ、作中人物の複雑な面をも描く方法、の意味だったのではないか。

6

「聖家族」の光と影

堀の自作解説と「ドストエフスキイ論」の酷似については、既に言及が二度なされている。吉村貞司の指摘[*12]が最初のものだが、吉村は「レムブラント光線」を、「心理の奥底」を「鮮明に、精緻にうつし出」す方法と見ており、現在一般になされている解釈と大差ない。そのためか、吉村の指摘に言及した例は管見の限り見られない。飯島洋[*13]は、やはり吉村論への言及こそないものの、「小説のことなど」と「ドストエフスキイ論」の類似に着目。「レムブラント光線」について、「人間の心理を明晰に映し出すものとだけ考えることは、稍一面的」と、踏み込んだ理解を示す。ただし、昭和五年に堀が既に「ドストエフスキイ論」を読んでいたことは確定できていないため、同書と「聖家族」との比較は行なわれていない。

先に見たように、堀は昭和五年には「ドストエフスキイ論」を読んでおり、これを受容した発想がエッセイにて確認できる。また、堀自身による「聖家族」解説は、明らかに「ドストエフスキイ論」が念頭に置かれている。そこで、「聖家族」にて「ドストエフスキイ論」がどのように反映していたかを検討していきたい。

「聖家族」は、語り手によって作中人物の心理がくまなく説明されている印象があるが、例外は皆無ではない。例えば、細木夫人の影響による、絹子の変化を描いた次のような箇所。

「九鬼の死によつて自分の母があんまり悲しさうにしてゐるのを、最初はただ思ひがけなく思つてゐたに過ぎなかつたが、いつかその母の感情が彼女〔絹子〕の中にまだ眠つてゐた層を目ざめさせたのだ。その時から彼女は一つの秘密を持つた。」

母の影響で、絹子の内面で大きな変化が生じたことが述べられているが、肝腎の「秘密」については、具体的な説明がない。後続する、「彼女はいつしか自分の眼を通して扁理を見つめだした。もつとも正確に言ふならば、彼の中に、母が見てゐるやうに、裏がへしにした九鬼を、だ」という一節を参照することで、「秘密」とは、絹子の九鬼に対する恋愛感情ではないか、という推定が可能になる。細木夫人が、扁理を「九鬼を裏がへしたやうな青年」と見ていたことから、この推定は的外れではないだろう。ならば、絹子は母の影響で、九鬼への恋愛感情を抱いた、ということになる。他の人物の影響による、同じ対象への恋愛感情の発生。これは、堀が「不器用な天使」で扱った、特異な心理現象に他ならない。「心理の新しい発見」、いや、正確には以前の作品で描いた心理の再利用だが、自ら否定したはずのこの行為を、堀は「聖家族」で再び行なっている。

同様の心理現象は、扁理にも見られる。扁理は、生前の九鬼が「〔細木〕夫人を心から尊敬してゐるらしい」のに気付いたことから、夫人を「犯し難い偶像」と見、敬愛の念を抱く。ここでもやはり、他の人物の影響による、同じ対象への好意や関心が生じている。

他の人物の影響による好意や関心とは別に、「扁理に対する愛」、「〔絹子への〕純潔な愛」といった記述で、絹子と扁理には、互いに相手への恋愛感情が発生していることが明示されている。しかし、九鬼あるいは細木夫人への好意や関心が、この自発的な恋愛感情に気付くことを妨げる。そのため、「だが、それ〔絹子への恋愛感情〕は彼〔扁理〕に気づかれずに再び引込んで行つた」といった形で、語り手による説明や訂正がなされる。こうした語り手の介入は、堀が「ドルジェル伯爵の舞踏会」について注目した方法に他ならない。

「『この女は自分ではかうなのだと信じてゐる……が、実際はかうなんだ……』なんて云つた調子で、知らず識らずに自分の感情を間違へてしまつてゐる、それほど豊富で複雑な感情をもつた人々が実に微妙に描き分けられてゐた」（「ヴエランダにて」昭十一・六『新潮』）。

「聖家族」の場合、絹子や扁理が自己の本心に気付かないため、語り手による説明や訂正が入る。本心に気付かないのは、他の人物の影響で、同じ対象への好意や関心が発生しているためであった。ならば、「不器用な天使」でも扱われた心理現象が、語り手の介入という、「ドルジェル伯爵の舞踏会」の方法を導入することを、必然たらしめていることになる。

もう一人の主要人物である細木夫人についても、同様の心理現象が確認できる。

「細木夫人はその瞬間、自分の中にながく眠つてゐた女らしい感情が、再び自分の娘の苦しんでゐる様子によつて目ざまされだすのを感じた。以前彼女自身の不幸が彼女の娘の中に眠つてゐた女の感情を喚び起したのと、全く同じ感情の神秘的な伝播作用が、今度は、その反作用でもあるかのやうに起つたのだ。」

この場面では、絹子は扁理への愛を自覚し、激しい混乱に陥っている。そのさまが、「彼女〔細木夫人〕もまた扁理を、娘と同じやうに愛してゐるかのやうに、彼女に信じさせ」るに至る。先に検討したように、絹子は母の影響で、九鬼への恋愛感情を抱いていたと見られる。「感情の神秘的な伝播作用」と呼ばれるこの心理現象が、ここでは二人の立場が逆転した上で再現されている。これによって、細木夫人もまた、絹子からの影響で内面が変化し得る人物であることが明らかになる。

このように、「感情の神秘的な伝播作用」、すなわち互いに影響しあい、変化する心理は、「聖家族」の各作中人物について描かれており、作品の展開を担う重要な要素となっている。この心理現象が「不器用な天使」でも扱われていたこと、また、「心理の新しい発見」が、ジイドが指摘したドストエフスキイ作品の特徴であることは先述した。さらに、影響しあい、変化する心理が大きく扱われていることは、「われわれは（中略）、ドストエフスキーのうちに特異な、集合させ、凝集させ、同一中心に向はせ、小説のすべての要素のあひだにできるだけ多くの交渉と交互作用を作り出さうといふ要求をみとめます」という、ジイド「ドストエフスキイ論」の記述と重なる。これらを勘案した場合、「ドルジェル伯爵の舞踏会」に倣った、心理を明晰に説明する作風とされる「聖家族」においても、ドストエフスキイ作品を特徴づける要素が取り入れられ、無視できない役割を果たしていると見なければならない。

ただし、以上のような点を以て、論理性を重視するフランス文学の伝統と、人物の複雑さを描くドストエフスキイの方法の共存が、「聖家族」にて実現したとするのは早計だろう。

「母の古い、神々しい顔に見入りだしたその少女の眼ざしは、だんだんと古画のなかで聖母を見あげてゐる幼児のそれに似てゆくやうに思はれた。――」

絹子は、母から影響されるだけの幼い娘ではなく、母の内面に変化を生じさせ得る、対等な存在と化していたはずだった。しかし右に引いた作品の末尾にて、「聖母」と「幼児」になぞらえられたことで、細木夫人と絹子は再び単なる母と娘の関係に収まってしまう。ここで二人が型にはめられたことで、複雑な内面を抱えた活きた人間としての印象は大きく損なわれる。語り手の介入による説明が多いことに加え、右のような箇所が末尾に置かれたことで、「聖家族」は作者の計算が行き届いた、論理性の強い作品という印象を読者に残す。

堀にとっても、「聖家族」の出来については不満が残ったのだろう。「小説のことなど」（昭九・七）では、「が、それら〔「聖家族」〕の人物は私には将棋の駒のやうなものだつた。あらかじめ駒の動き方が定つてゐて、その上私の手のままにどうにでも動いてくれたのだ」、と回想している。逆説の接続詞「が」が置かれていることから、作中人物のあり方が、作者の計算を超えた意外性を持ったものにならなかったことへの、後悔が述べられていると読める。

こうした堀の回想も参照した場合、「聖家族」は確かにフランス文学的な論理性が勝ってはいるが、この論理性に収まらない複雑さを、作中人物に付加することも意図されていた、と見るべきだろう。もちろんこれが成功したとは言い難いのだが、論理性と不合理を作品において共存させることへの関心は、以後も堀の中で持続していくことになる。

7　論理性と不合理の戦場

これまで何度か引用した「小説のことなど」は、初出では「モオリアックの小説論を読んで」と副題されており、モオリアック「小説論」に触発されて書かれている。このエッセイで堀は、「小説論」におけるバルザックとドストエフスキイの比較に注目している。堀の引用からいくつか引こう。

モオリアックは、「バルザックの主人公はいつも辻褄が合ふ」、「それがバルザックに『型《タイプ》』即ち、一箇きりの情熱に全く要約された存在を創造することを許したのだ」、と述べる。「型」にはまった、一種の典型としての人物を描いたバルザックに対し、ドストエフスキイについては、「彼〔ドストエフスキイ〕の主人公が、われわれにかくも矛盾だらけに見えるのは、彼等が（中略）活きた混沌、矛盾に充ちた個人だからである」、としている。モオリアックの関心は後者にあり、ドストエフスキイを受容することで、フランス文学を豊かにすることがその主張であった。こう書けば明瞭だろうが、モオリアックの主張はジイド「ドストエフスキイ論」のそれに酷似している。実際、モオリアックもまた「ドストエフスキイ論」を読んでおり、「小説論」に言及が見られる。

「小説のことなど」の熱っぽい文面からは、一人の小説家として、堀がモオリアックの論からかなりの刺激を受けたことが伝わってくる。特に、モオリアックの次の言葉は印象的だったようで、エッセイ中で二度掲げ、強調している。

「一方では論理的な、理智的な小説を書きたいといふ欲求、また一方では、不合理、不確かさ、複雑さをもつた生きた人物を描かうといふ欲求、——われわれはその二つの欲求の戦場であるがいい。」

「論理的な、理智的な小説を書きたいといふ欲求」と、「不合理、不確かさ、複雑さをもつた生きた人物を描かうといふ欲求」のせめぎ合い。これはまさに、昭和五年時のエッセイからうかがわれた、堀の問題意識に他ならない。右のモオリアックの主張に堀が強く共感したのは、論理性と不合理の共存した作品という、「聖家族」では実現できなかった試みが、以後も堀にとって重要な関心事であったためだろう。バルザックとドストエフスキイの対比に着目したことも合わせ、「ドストエフスキイ論」の影響は、昭和九年の時点でも、堀の中で確かに息づいていたことになる。

論理性と不合理の戦場たること。昭和九年に表明されたこの宣言の下、堀は以後の創作活動に取り組んでいくのであるが、この「戦場」たろうとする姿勢は、既に「聖家族」の頃から始まっていた。この姿勢が生み出される契機となったのが、ジイド「ドストエフスキイ論」との出会いに他ならない。堀による直接の言及は少ないが、「ドストエフスキイ論」は、小説に対する堀の考え方に深い影響を及ぼし、その重要な骨格を形成している。

注

＊1　「ドストエフスキイ論」の引用は、『ジイド全集』第十四巻（昭二十六・四、新潮社）所収の寺田透訳による。

＊2　「私〔スタヴローギン〕は今でも昔と同じ様に、善をし度いといふ希望を抱く事が出来、又それに依つて快感を味ふ事も出来る。それと同時に悪をも希望して、それに依つても矢張り快感を味ふ事が出来る。」（米川正夫訳「悪霊後編」『ドストエーフスキイ全集』（6）大九・九、新潮社）

＊3　「私は敵に決闘を申込まうと決心した。私は、彼に宛てた素晴しいチヤーミングな手紙を作り上げて、私に対して謝罪することを強要し、もし拒めば今度は明かに決闘だといふことを暗示した。（中略）もしもその士官が『美にし

て勝れたる』物をほんの少しでも理解することが出来たならば、彼は確かに私の頸へ身を投げかけて友達になることを提言したであらう。そして、それは如何に美しいことだつたであらう！　如何にして私たちは一緒に進んで行かれたであらうか！」（永島直昭訳「地下室の手記」『ドストエーフスキイ全集』（8）大九・一、新潮社）

＊4　「リヴツォフと云ふ男は、（中略）ゴルベンコとすつかり仲直りをしてしまひ、親交をさへ結んだ、それ許りか――結婚式の時には自分から新郎君の介添人を志願して、結びの冠を持つ役になつた。さて一同がその冠の下を潜つて来た時分に、彼は（中略）ナイフで花聟の胴つ腹をぐさりと刺したんです、（中略）『あゝ、私はとんでもない事をしてしまつた！　あゝ、何と云ふ事を私はしたのでせう！』」（原白光訳「永遠の良人」『ドストエーフスキイ全集』（7）大八・十一、新潮社）

＊5　引用は、堀口大學訳『一粒の麦もし死なずば』（昭四十四・三、新潮文庫）による。

＊6　花島克巳「『ドストエフスキー』の完訳本を読む」（昭六・三『詩・現実』）は、論自体への評価は高いが、「ヂイドは（中略）己が思想を、ドストエフスキーに拠つて裏書きし、確固たるものにせんと意向した」との批判も見られる。

＊7　わが国での「ドストエフスキイ論」受容が、堀に与えた影響も想定される。だが、本邦初訳となる『ドストエフスキー』（昭五・十）刊行時の反響は少ない。内容に触れたものは＊6の花島評と、堀同様「天国と地獄の結婚」に着目した辻潤「迷羊言【上】」（昭六・一・二十七『読売新聞』）のみ。他には、無署名の新著紹介（昭五・十二『作品』）や、谷川徹三「文藝時評(1)」（昭六・二・三『読売新聞』）での、書名への言及程度にとどまる。内容から見て、堀が影響を受けた可能性は低い。

＊8　堀の旧蔵書「ドストエフスキイ論」原書（*Dostoïevsky, Articles et Causeries.* Plon, 1923.）は、現在神奈川近代文学館が所蔵。現物を調査したところ、一九三〇（昭和五）年発行の十九刷で、表紙見返しに「東湖堂書店　大森新井宿」という、古書店のラベルが確認できた。原書を読んだ上で書かれた「藝術のための藝術について」は、『新潮』昭和五年二月号掲載。発売の時期（一月二十九日『読売新聞』と同三十日『朝日新聞』に広告があるので、一月末）から見て、一月中旬には脱稿している必要がある。一九三〇（昭和五）年、フランスで発行された原書が日本の古書

店に売却され、堀がこれを入手して読み、エッセイに引用。この過程がわずか半月程度でなされるのは、物理的に困難であろう。したがって、堀がエッセイ執筆時に読んだ「ドストエフスキイ論」原書は、現存する旧蔵書ではないと見られる。

＊9　「文藝時評」（昭四・四『文藝春秋』）。

＊10　ニイチエの言葉は、「偶像の黄昏」の一節。ジイド「ドストエフスキイ論」のエピグラフに用いられ、本文でも二回引用されている。

＊11　例えば、丸岡明『堀辰雄』（昭二十八・十二、四季社）は、「レムブラント光線」に関連して、「『聖家族』の心理描写は、何んとも解き難い方程式が、幾度か繰り返して手際よく因数に分解されてゆくうちに、遂に綺麗に解かれてゆく、――さう云つた印象を読者に与へる」、と述べる。また、岡崎直也「堀辰雄『聖家族』の方法」（平三・三『日本文学論究』）は、「『聖家族』には、内面を透視し、深層を周到に把捉する〈レンブラント光線〉が是非とも必要であった」、と説く。

＊12　『堀辰雄』（昭三十・七、東京ライフ社）。

＊13　「『聖家族』の心理描写」（平十五・一『国語国文』）。

第四章　モダニズム全盛期における「古典主義」小説「聖家族」

――ラジゲ受容と堀辰雄の作家的資質の開花――

1　はじめに

河上徹太郎は、昭和五年末に「コクトオやラヂゲの様な新鮮な古典小説は出てよささうなものだが[*1]」、と述べている。この発言と時を同じくして、ジャン・コクトオやレエモン・ラジゲの影響が濃く、古典的完成度を備えた作品と評された、堀辰雄「聖家族」（昭五・十一『改造』）が発表された。これは恐らく偶然の一致ではない。

昭和四〜五年の文壇では、特定思想の宣伝を目的とするプロレタリア文学と、これに対抗するモダニズム文学（新興藝術派とも呼称される）が盛んであった。しかし、過去の文学と接点が薄いこれらの作品群に不満を抱く、河上のような人々は確実に存在した。

ここで、堀辰雄が文壇の時流を敏感に捉え「聖家族」を書いた、と言いたいわけではない。堀は、コクトオの強い影響により、早くから独自の小説を書くべく試行錯誤していた。この意図は、当時まだ実現を見ていない。また、昭和四年以降、ラジゲに関する堀の発言が増える。「聖家族」については、こうした堀の海外文学受容に、特に注意する必要がある。

ただし、堀が昭和初期の文壇に身を置く一人だったことも、やはり無視できない。堀の作家としての試行錯誤を見ると、昭和四～五年の文壇の様相と、確かに重なる点がある。したがって、堀が「聖家族」を書くに至る過程は、時代的背景をも含めて考えてみる必要がある。

本章では、堀が「聖家族」を完成させるまでの背景、及び作品「聖家族」そのものを、海外文学の受容を中心に、同時代の文壇の様相を確認しつつ、検討していく。

2　モダニズム全盛期における「古典主義」の主張

昭和五年の文壇では、プロレタリア文学に対抗する勢力として、モダニズム文学が注目を集めていた。しかし、文学そのものを脅かす、プロレタリア文学以上に強力な敵として台頭していたのが、映画だった。この強敵が、文学に及ぼす影響を危惧する声は、早くから存在した。

石田幸太郎は、「現代の新進作家達が、映画を無批判にとり入れ、スピードに狂熱して、小説本来の境地を忘れてゐる点は頗る警戒を要する」[*2]と、文学が映画から受ける悪影響を指摘する。映画の影響を受ける傾向は、モダニズム文学においてより顕著だったようだ。田中純は、「あの連中〔モダニズム文学〕のは全然活動写真の手法だね「（中略）主題から空気まで、活動にならはうとして居る」[*3]と、モダニズム文学は完全に映画の模倣であると、揶揄気味に語る。こうした事態を、岡田三郎はより深刻に見ている。「小説は、（中略）映画の影響を受けて、（中略）堕落して居るのぢやないかと思ふ。（中略）小説の大きな使命――（中略）心理探究といふやうなものは、小説の形式に於て最も可能ならしめるものだと思ふ――それが映画的手法を無理に取入れて非常に悪影響を受けて居ると思ふ」[*4]。

プロレタリア文学は特定思想の宣伝が目的であり、中村武羅夫によれば、モダニズム文学もまた、「いまだその特徴をハッキリ具備した作品や、その傾向を身に体した作家は、現れてゐない」[*5]、という状況であった。このどちらにも馴染めない読者は小説から離れ、新たな藝術として勢力を伸ばしつつあった、映画に流れていくという事態にもなりかねない。そこで、映画にはない、小説ならではの利点を見出し向上させることで、文学の発展や隆盛を図ろうという声が出てくる。では、映画に勝る小説の利点とは何か。その答えは、先の岡田三郎の発言にあった、「心理探究といふやうなものは、小説の形式に於て最も可能ならしめるものだ」との見解に求めることができよう。「心理探究」、つまり、人間の心理を丁寧かつ詳細に描けることが、小説の利点だとする声が、この時期多く出されている。

石田幸太郎は先に引いた論で、「小説といふ形式の文学においては、断然心理描写はこれを無視することが出来ない」、と述べていた。映画に造詣の深い平林初之輔も、「人間の心理を表現する場合には、視覚からはひつてゆく映画よりも、概念をあらはす文字をもつてする方が遥かに有利な位置にある。従つて心理描写に於いては、小説は断然映画にまさつてゐる」[*6]と、心理描写における小説の優位を認めている。先の岡田三郎の発言がなされた座談会では、「小説の一番、重大な特色は、個人の心理描写を微に入り細に亘つてやれるといふことだ」（大宅壮一）、「僕は、小説は心理描写の方に又、行くのぢやないかと思ふ」（飯島正）といった意見が見られる。このように、小説ならではの利点は心理描写にこそあるという点で、文学者達の見解はほぼ一致していたようだ。しかし問題は、この小説ならではの利点を活かす方向性が、容易に見出せないという点にあった。

その一つの選択肢として、過去の伝統的文学に学ぶというものが散見される。小説が古くから備えていた利点は心理描写であると見定めた場合、これは当然出てくる発想だろう。中村武羅夫は先の論で、「その作品（モダニズム文学）の多くは、感覚的遊戯に陶酔して『藝術の本道』といふべきものを目指してゐない」、と述べていた。モダニズム文学を、「感覚的遊戯」に過ぎないと見ていた中村にとって、これらは早晩滅びるものであり、重要なのは先人達が築いてきた「藝術の本道」をこそ行くことであった。室生犀星は、モダニズム文学の中心人物であった龍胆寺雄に、「素敵に新しいものより少しくらゐ古い方が床しくてよい」[*7]、と呼びかける。犀星もまた、モダニズム文学の命脈は長くないと見ており、その際には、「最も質実相伴ふところの、外面ケバケバしくないものが文学として重要《マ》される《マ》であらう」、との展望を述べる。新しさを売りにした作品よりも、「質実相伴ふ」「少しくらゐ古い」作品にこそ将来がある、と考えていることが分かる。

　これらの主張には、新しさの対極に立つ、端的に言えば古くからの伝統を重視する姿勢が見られる。こうした主張をより明確に述べたのが、意外にもプロレタリア陣営の一員、平林初之輔であった。「文学はもはや十九世紀的な深刻さを失つてしまつた。（中略）苦悶も、懐疑も、思索もない。古典的な価値は弊履のやうに捨てられる。それが所謂モダーニズムの文学だ」[*8]。モダニズム文学を攻撃するための文章ともとれるが、平林の目は広く日本の文学全体に及んでいる。「現代の日本文学は何処へ行くのだらう。それは現在のやうな傾向を加速的に辿つて行つたら、滅亡してしまふより外はないやうに思はれる」。「現代の日本文学」と言った場合、プロレタリア文学も当然ここに含まれる。自身が属する陣営を含め、平林は日本文学の現状をかなり深刻に憂えている。そこで平林は、「現代文学を導くものは、一種の新古典主義より外にないだらう」、との主張を打ち出す。その意味するところは、「内容に於けるシンセリテイの回復と新美学に準拠した一定の形式の獲得とである」、という。文脈から見て、「新古典主義」とは、「十九世紀的な深刻さ」や「古典的な価値」を備え、これに現代でも通用する新しい表現を与えたもの、と捉えることができよう。

　平林よりも早くから、過去の伝統に学ぶことの重要性を唱えていたのが阿部知二であった。昭和五年の時点で、「伝統の重視と考察と、その正視は、文学を『新』しくするものの一つである」、「われわれの文学が、早晩、ますます『伝統』の考察に進まなければならぬと私は信じてゐる」[*9]と、伝統に倣うことの重要性を力説している。「良質の藝術とはその時代性の逆なもの、矯正的なもの」であり、「時代の逆の方向にむかつて制作」された「藝術こそ、貴重である場合が多い」[*10]、といった発言からも、同様の趣旨が読み取れる。

著書『主知的文学論』（昭五・十二、厚生閣書店）の序文では、こうした阿部の見解がより詳細に述べられる。「文学に於ける文学としての『思想』とはどのやうなものであるか。（中略）それは文学に於ける『伝統的なもの』である。つまり、過去から現在にいたるまでの、文学的な情緒《エモオシヨン》のうちの、優れたものが抽出され、累積されたものである。（中略）このやうな累積による文学的思想こそが、批評だけでなく、創作に於ても、われわれを指導する最も強固な核心となつてゐる」。阿部自身はモダニズムの一派と見られており、作品に映画的手法を指摘されてもいるが[*11]、伝統に学ぼうとする姿勢は真摯かつ一貫したものであり、その文学観に深く根ざしたものであることは疑い得ない。だからこそ、「『古典主義』あるひは『新古典主義』などといふ言葉が最近の文学論などに散見される」[*12]と、平林の「新古典主義」の主張にいち早く反応したのだろう。

このように、小説の利点を心理描写に求め、過去の伝統に学ぶことを説く主張は、当時多く出されていた。阿部に倣い、この主張を「古典主義」と呼んでおこう。

3　堀辰雄のラジゲ受容（昭和四年）

堀辰雄もまた、エッセイで「古典主義」の語を用いている。ただしそこに至る過程は、海外文学の受容が絡んだ、かなり複雑なものとなっている。

堀は、『文藝春秋』昭和四年二月号に「不器用な天使」（初出では「無器用な天使」）を発表した。この作品が、ジャン・コクトオの小説「グラン・テカアル」の強い影響下に書かれていることは、既に澁澤龍彥の指摘がある。[*13] ただし、第一章にて述べたように、本作はジイド「贋金つくり」の方法、特に「小説から、特に小説本来のものでないあらゆる要素を除き去る」[*14] という発想を取り入れている。

昭和四年の時点で、映画は小説を脅かす存在にまで成長していた。そうした中で、小説ならではの存在意義を主張する意味も込めて、堀は映画でも描ける、筋や背景といった要素は排除し、小説の利点と言える人間心理に焦点を当て、描くことを試みた。ただし、心理の描写にあたっては、視覚に訴える映画的な手法を用いているため、作品としてはモダニズム的な印象が強い。そのためか、本作は話題にはなったものの、否定的な評価も多かった。映画と異なる小説の利点は、心理描写にこそあるという主張が、後に広くなされることを思い起こせば、堀の発想はそれらを先取りするものだったと言える。だが、それを実践した作品は広い支持を集めることができなかった。「不器用な天使」とは異なる、新たな方向性を模索することを余儀なくされたであろうこの時期、レエモン・ラジゲに関する堀の発言が増えていく。

昭和四年十一月、ラジゲに言及したエッセイが二本発表された。その一つである「オルジエル伯爵の舞踏会」(『婦人サロン』)には、堀とラジゲの関係を考察する上で、重要な記述が見られる。冒頭部では、「この小説は徹底的に心理解剖で行つてゐる」と述べている。「不器用な天使」にて、映画に勝る小説の利点として、心理描写に着目した堀ならではの視点と言えよう。さらに、作品の梗概、特にクライマックスの場面を詳しく紹介した後、「新しい傑作は何等のモダアニズムなしに生れ得る」と、モダニズムに懐疑的な発言がなされる。これは、「一七八九年以来、人びとはぼくに考えることを強いた。おかげでぼくは頭が痛い」と題された、ラジゲのエッセイの一節が基になっている。

コクトオの同題戯曲を紹介する「『オルフェ』覚書」(『文学』。初出では「オルフエ」)では、ラジゲ「一七八九年〜」

から、「コクトオはモダアニスムを少しも狙はないで書く」（こちらは原文を正確に訳している）、という一文を引いている。また、「藝術上の新しさといふものは、僕らの枕の上の冷たい場所に似てゐるのだ。（中略）決してもはや温くならない冷たさ、そこにクラシックがある」、との記述もあるが、こちらはコクトオ「マリタンへの手紙」[*15]の一節を基にしている。これに続けて、「コクトオの新しさを理解したまへ。彼のクラシシスムを理解したまへ」とあり、コクトオの「クラシシスム」への注視が感じられる。

これらのエッセイでは、「コクトオはモダアニスムを少しも狙はないで書く」という、ラジゲの言が共通して使われている。この言に、堀が強い感銘を受けたことは間違いない。流行から距離を置くことによって、新しい作品が生まれることを示唆するラジゲの言を手掛かりに、堀は「モダアニスム」の対極にある「クラシシスム」が、小説において果たす役割について考え始めたのではないか。その結果、「『オルフェ』覚書」に顕著なように、「クラシシスム」が堀の小説観において重要な位置を占めていったと考えられる。小説の利点である心理描写への着目と、「クラシシスム」の重要性についての認識。これらは、昭和五〜六年における平林初之輔や阿部知二らの、「古典主義」の主張と不思議な一致を見せている。

4　堀辰雄のラジゲ受容（昭和五年）

「オルジエル伯爵の舞踏会」と「『オルフェ』覚書」から三か月を経て、エッセイ「レエモン　ラジィゲ」（昭五・二『文学』。初出では「レエモン　ラジゲ」）が発表された。コクトオやラジゲ自身のエッセイの引用が多い上、アンリ・マシスのラジゲ論をそのまま引き写した箇所もある。だが、ラジゲを受容したことで、堀の小説観が「不器用な天使」を発表した一年前とは大きく変化したことがうかがえる。

冒頭、「平凡であるやうに努力せよ」という、ラジゲ「大詩人への勧告」からの引用がある。何故「平凡」たることが必要なのか。それは、「今日の作家達はあまりに『心理の新しい発見』をのみ心がける。それが彼等をしてあのやうな『異常さ』に導く」ためだという。この「異常さ」は、「恐るべき誇張とデカダンスとの作品」が氾濫する惨状をもたらした。

ただし堀は、自身をこうした「今日の作家」の例外とは、見なしていないと考えられる。堀の「不器用な天使」は、他の人物の影響で好意の対象が、性別に関係なく次々と変化していくという、特異な心理を描いている。心理描写が映画の如く、視覚に訴える方法を用いているため、モダニズム寄りの作品となっていることは先述した。したがって、ここで否定的に言われている「心理の新しい発見」を意図した、「恐るべき誇張とデカダンスとの作品」に、「不器用な天使」も当てはまることは否定できない。堀がラジゲの「平凡さ」を理解し、「平凡」たろうと努めることを主張するのは、こうした背景があってのことだろう。

そうした堀にとって、「ドルジェル伯爵の舞踏会」は、今後の方向性を考える上で、重要な指針になり得る。この作品が堀を感動させる理由として、そこに見られる「露骨なくらゐの心理解剖」と、「普通の感情の偉大さ」が挙げられている。心理描写の重視は以前と変わらないが、扱う心理については、「不器用な天使」の場合とは逆になっていることが分かる。

人目を引くような「心理の新しい発見」ではなく、普通の心理を丁寧に追いかけ、分析し、正確に記述すること。確かに特別ではない、「平凡」と呼ぶべき方法ではある。しかし、「心理の新しい発見」が流行し、「恐るべき誇張とデカダンスとの作品」が量産される中では、こうした方法は冒険的ではあるが、逆に新鮮なものとなり得る。阿部知二は、「時代の逆の方向にむかつて制作」された「藝術こそ、貴重である場合が多い」、と述べていた。ならば、「露骨なくらゐの心理解剖」によって普通の心理を描くことは、十分に挑戦する価値がある。

「レエモン　ラジィゲ」と同時期のエッセイ「すこし独断的に」（昭五・四・二十八『帝国大学新聞』）では、「古典主義」の語が、初めて使用される。堀は「古典主義」を、「藝術の製作方法としてもつともい、ものだと信じてゐる」、とする。その例として、コクトオとラジゲに言及した、次のような箇所は注目に値する。「コクトオやラジゲの作品になると、ほとんど告白らしいものが見出されない。詩が現実から完全に切離されてしまつてゐるのである。さういふものに僕はもつとも深く感動される」。作品の内容は現実から、描かれる心理は作者自身のそれから切り離された、限りなく虚構に近い作品を目指す姿勢を、「古典主義」と考えているようだ。

「レエモン　ラジィゲ」でも、堀は「ドルジェル伯爵の舞踏会」を、作者が「少しも告白をしてゐない」、「すべてが虚構に属する小説」と評価していた。作者の素朴な告白は、心理を「正確に、そして高尚に」描くことよりも、負担は少ないだろう。また、現実に即した流行や風俗を描いた作品は、人目を引きやすいかも知れないが、時間を経ることで新鮮さは薄れていく。現実そのままではない、独立した世界を形成しており、普遍的な心理を的確に扱った作品こそが、優れた価値を持ち得る。堀が理想とした「古典主義」の内実は、こうしたものだったと考えられる。再び阿部知二の表現を借りれば、「過去から現在にいたるまでの、文学的な情緒《エモオション》のうちの、優れたものが抽出され、累積された」、「伝統的なもの」を扱う方法、ということになるだろう。プロレタリアやモダニズム文学全盛の中で、確かにこれは特異な方向性であった。

この年、堀はかつて前半のみ発表した「ルウベンスの偽画」（昭二・二『山繭』）を、後半も含めた完稿の形で世に出す（『作品』五月）。本作は、内容的に堀の実体験が基になっている。この題材を再び小説化するならば、当事者としての実感を告白するのが最も容易な方法だろう。しかし、作品を現実から切り離し、告白も避ける「古典主義」を知った今、作者である堀の感情で、作品を染め上げることは許されない。むしろ、「露骨なくらゐの心理解剖」によって、作中人物の感情を丁寧に追いかけ、正確に記述していくことが求められる。身近な素材だが、それだけにどこまで現実から離れ、告白を避け、虚構としての小説に近付けられるかを試みるには、最適の素材と言える。海外文学を受容することで形成された「古典主義」、すなわち、現実そのままではない世界で、普遍的な心理を的確に扱うことを目指す小説、「聖家族」完成への道はこうして形成されていった。

この流れは、平林初之輔や阿部知二らが、いたずらに新しさを追わず、小説の利点である心理描写に着目し、これを過去の伝統に学ぶ「古典主義」を唱えるに至った過程と重なる。もちろん、彼等が用いている「古典主義」の意味するところは、完全に一致するものではないだろう。しかし、プロレタリア陣営の論客である平林初之輔、英文学に造詣の深い阿部知二、仏文学を積極的に受容した堀辰雄、資質も方向性も異なる彼等が、同時代に似たような発想を共有していたことは、偶然とはいえ大変興味深い。平林と阿部はもちろん、堀もまた彼等と同時代の空気を呼吸していたからこその現象だろう。

5 「聖家族」の心理描写

「聖家族」における堀の意図は、現実を離れた虚構の世界で、心理を丁寧に描く「古典主義」の小説の実現にあったと見られる。そのためには、各作中人物の心理、ただし「新しい心理」ではなく普通の心理を、「露骨ならゐの心理解剖」によって描くことが必要となる。

複数の作中人物の心理を描くため、語りは必然的に三人称になる。ただし、特定の人物の心理描写が増えると、その人物と語り手が曖昧に融合してしまい、他の人物の心理を描くことがおろそかになる恐れがある。「ルウベンスの偽画」は、まさにこうした欠点を抱えていた。語り手と作中人物の距離は、決して詰められてはならない。同じ轍を踏まぬためか、「聖家族」では、語り手と特定の人物が曖昧に融合することを避けるべく、細心の注意が払われている。

作品の冒頭部から、こうした傾向は顕著に見て取れる。河野扁理と細木夫人が出会い、夫人が休息のためカフェに入るまでを描く一連では、二人を表す際に固有名詞がほとんど使われない。「細木夫人」の語が見られるのは、「細木夫人は自分が一人の見知らない青年の腕にほとんど靠れかかつてゐるのに、はじめて気づいたやうだつた」、という一箇所のみで、後は「夫人」としか呼ばれていない。扁理は、「僕、河野です」と名乗る台詞で苗字が出てくるのみで、地の文では一貫して「青年」と表記される。作中人物を名前で呼ばないことは、語り手が彼等を未知に近い、よく知らない相手として見ていることをうかがわせる。

固有名詞の使用を避けることは、さすがに全体を通して続けることは難しい。これに対し、語り手が作中人物の心理（のみならず外観）を説明する箇所では、「やうだ」「らしい」といった語が、最後まで多用される。例えば、九鬼の蔵書を整理する扁理は、「この仕事は彼の悲しみに気に入つてゐるやうだつた」、と描写される。全知の位置にある語り手は、人物の内面を細部まで把握することが可能なので、この箇所は「やうだつた」を用いず、「気に入つてゐた」と断定で書かれた方が自然だろう。

「らしい」が使われる例として、扁理と絹子が初めて顔を合わせる場面を見てみよう。「絹子の方でもまた、（中略）扁理が彼女から遠くにゐることを見抜いたらしい。（中略）／彼女の母（細木夫人）はすぐそれに気づいたらしかつた」。絹子の内面につき、やはり語り手は容易に把握できるはずなのだが、推測であることを示すかのように、「らしい」が使われている。同様に細木夫人についても、「らしかつた」の使用が確認できる。これらはいずれも、文の成立上不可欠な語句ではなく、実際、単行本（昭七・二、江川書房）では細木夫人の描写から、「らしかつた」が削除されている。

全知の語り手が、推測を示す「やうだ」「らしい」を多用することは、考えれば不自然なことではある。だが、

「ルウベンスの偽画」がそうであったように、どの人物の内面も知ることができる語り手は、逆にどの人物とも距離を置かない限り、特定の人物と曖昧に融合する恐れがある。このことを想起すれば、「やうだ」「らしい」の多用は、語り手が作中人物と距離を置き、両者の曖昧な融合を避ける上で有効な手段と言える。また、読者はこれらの語が多用されることで、作中人物とは別個の位置にあり、観察し説明する語り手の存在を意識せざるを得ない。最後まで一貫する「やうだ」「らしい」の多用は、語り手が作中人物と一体化することを避けるための、意図的なものであったと考えられる。

その一方で、「やうだ」「らしい」の対極に立つ「のだ」が文末では多用される。作品から実例を拾ってみよう。「九鬼の死によつて自分の母〔細木夫人〕があんまり悲しさうにしてゐるのを、最初はただ思ひがけなく思つてゐたに過ぎなかつたが、いつかその母の感情が彼女〔絹子〕の中にまだ眠つてゐた層を目ざめさせたのだ」。母の影響で女としての感情が絹子の中で目覚めたことを示す、重要な箇所と言える。よって、強調の表現を用いることは不自然ではないが、単行本では「のだ」があっさり削除されている。こうした例は、扁理についても確認できる。「見知らない町の中を（中略）歩いてゐることが、扁理にはいつか（中略）快い休息のやうに思はれ出したのだ」。扁理が「乱雑な生」を脱する重要な場面であるが、これまた単行本では「のだ」が消えている。逆に、さほど重要でもない箇所で使われた「のだ」が、案外単行本でも残されている例が多く見られる。

このことから、「のだ」の多用は語られる内容よりも、語り手の存在感を強調するためだったのではないかと考えられる。強い断定を表す「のだ」は、述べられている内容に、確信を持ち断定的に語る者の存在を強く意識させる。したがって、小説の地の文でこれが多用された場合、読者に向けて語る語り手の存在が強調されることになる。存在感の強調は、語り手と作中人物の距離を保つことにつながる。

このように、観察し推測する者の存在を意識させる「やうだ」「らしい」、断定する主体を感じさせる「のだ」の多用は、語り手の存在感を強調するものであり、語り手と作中人物の曖昧な融合を、回避する意図によるものと考えられる。

語り手と作中人物の一体化を避けるため、さまざまな工夫が凝らされた上で、「聖家族」では作中人物の心理が丁寧に描かれていく。主として描かれるのは、扁理と絹子（特に後者）の、本人たちにも気付かれぬまま育っていく、互いへの恋愛感情と言える。

扁理側の例として、「絶えず生長しつつあつた一つの純潔な愛が、かうしてひよつこりその表面に顔を出したのだ。だが、それは彼に気づかれずに再び引込んで行つた」、という一節を挙げておこう。絹子への想いが、本人も意識せずして育ちつつあることが説明されている。

絹子が、扁理と二人だけでいた後の心理は、次のように描かれる。「絹子は（中略）何だか頭痛がするやうな気がした。彼女はそれを扁理との退屈な時間のせゐにした。だが、実は、それは花のそばにあんまり長く居すぎたための頭痛のやうなものだつたのだ」。こちらも、扁理を意識しつつあるが、本人は気付いていないことが、「実は」以下で付加的に説かれる。

ここで描かれているのは、特殊な、新しい心理ではない。恋愛感情が自覚された後の過程を描く恋愛小説が、既に多く存在した中、扁理たちはいまだその手前でとどまっている。

また本作では、物語の舞台はもちろん、作中人物の年齢や職業といった、外面的な特徴もほとんど描かれていない。現実そのままではない虚構の世界を構築し、その中で普通の心理を丁寧に描く。「古典主義」を意図した本作のこうした特徴が、プロレタリアやモダニズム文学全盛の中で異彩を放ち、新鮮さを持ち得たことは想像に難くない。

実際、本作の同時代評を見ると、その古典性を魅力に挙げる例が確認できる。谷川徹三は、「こゝにはラテン風の彫たくと正しい格とによつて古典的な品位を感じさせる文章がある」、「緊密な構成は作品全体にある古典的な整ひを与へてゐる[*16]」と、作品の「古典的」な魅力を称揚している。神西清は、「『聖家族』が本当の意味での心理小説であること。（中略）この小説は古典の奥床しい復興であるとも言へます[*17]」と、古典性のみならず、その心理小説としての側面をも的確に指摘している。

人々が「聖家族」に認めた魅力は、ラジゲがそうであったように、古典を思わせる、普通の心理を丁寧に描く方法によるところが大きかった。小説の利点として心理描写が注目され、しかし方向性が見出せていなかった中で、本作は一つの実例を完成度の高い形で示したと言える。

6　堀辰雄の資質の開花

「聖家族」執筆にあたり、ラジゲが堀の小説観に与えた影響は大きい。しかし、特に「ドルジェル伯爵の舞踏会」と比較した場合、「聖家族」では心理の説明が明確さを欠く例が見られる。先に指摘した、「やうだ」「らしい」の多用だけでは、この点は説明できない。考察の手掛かりとして、「ドルジェル伯爵の舞踏会」における、心理の説明を見てみよう。

ドルジェル伯爵夫人マオーを慕う青年フランソワ。彼の許に、夫と共に旅行中のマオーから手紙が届く。「彼女の手紙は、（中略）フランソワを幸福にした。（中略）そのなかには一種の率直な、信頼の空気が漂っていた。フランソワは自分なりにそれを解釈して、それはパリではあり得ないことだと思った[*18]」。マオーからの手紙に、強い幸福感を覚えるフランソワだが、その感情は「自分なりにそれを解釈」した結果であることに語り手は注意を促す。

ドルジェル伯爵夫妻についても、同様の説明がなされる。「自分では気がつかないことだが、〔マオーは〕実際そばにいる以上に喜びを与えるこの〔フランソワとの〕手紙の遣り取りに幸福を感じていたので、彼女はこの幸福が、自分のそばにいる人、ドルジェル伯爵によって与えられたものだとばかり思っていた。それゆえアンヌ〔ドルジェル伯爵〕も、自分の妻にこれほど満足感を覚えたことは、今迄になかったほどだ」。マオーは、フランソワとの手紙のやり取りから幸福を得ていたのだが、そのことに「自分では気がつかない」。ドルジェル伯爵もまた、妻に幸福を与えているのは自分だと信じて疑わない。

本人も気付かない、あるいは取り違えている心理を、語り手が詳細に説明する。これによって、読者は作中人物の心理を、一段高い視点から知ることができ、人物達の織り成す心理のドラマを楽しむことが可能になる。ラジゲの愛読者ティボーデによれば、数学的な計算を思わせるこうした心理分析がなされていく過程にこそ、「ドルジェル伯爵の舞踏会」の魅力があるという。[*19]

しかし、本人も気付かない心理を語り手が説明する方法を、堀の言を借りて心理解剖と呼ぶとすれば、「聖家族」は必ずしも心理解剖に徹していない。確かに心理解剖と呼ぶべき例は多く確認できるのだが、肝腎の箇所で、意外に心理の説明が明確さを欠く例が目立つ。

例えば、扁理には細木夫人に対する好意が存在したと考えられるが、この点は、「九鬼が夫人を心から尊敬してゐるらしいのだけが分つた。それがいつか夫人を彼の犯し難い偶像にさせてゐた」、と曖昧な描き方しかされていない。扁理の細木夫への好意は、絹子に対する恋愛感情に気付くことを妨げる重要な要素なのだから、本人が気付いていない心理を読者に説明しておく必要があったろう。夢の中で、扁理が九鬼に絵を見せられ、描かれた人物が細木夫人にも絹子にも見える、という場面がある。これは、細木夫人への好意のため、絹子に対する恋愛感情に扁理が気付いていないことを暗示していると考えられる。だが、扁理の細木夫人への好意は明示されていないため、この夢については読者に解釈が委ねられる。このように、「聖家族」はラジゲに多くを学びながら、読者に様々な解釈の余地を与える書き方が認められ、心理解剖が必ずしも徹底されてはいない。

　ここで同時代評に目を向ければ、今日出海は、「氏の心理解析の方法はコクトオのそれの如く直截尖鋭であり、雰囲気のなごやかで新鮮で、美しいことは氏独特のものである」[*20]、と述べている。「心理解析」における「直截尖鋭」と、「雰囲気のなごやかで新鮮で、美しい」ことを並置し、後者を「氏独特のもの」としている点が注意される。「雰囲気のなごやか」さはラジゲとは対照的なものと言えるが、これを堀独自の特徴と見ている点は興味深い。

　心理描写の的確さと共に、「雰囲気のなごやか」さに類する特徴を「聖家族」に見る例は、他にも発見できる。杉山平助は、「二人の青年少女の感情の複雑な反射を描くのに、彼は科学的な精確さと、柔かく緊つた筆を持つてゐる」[*21]と、「科学的な精確さ」を以て心理を描く「柔かく緊つた筆」を指摘する。上林暁は、「〔「聖家族」には〕心理解剖の深い修練がある。心理の細かく捲く《マ》れ捲く《マ》れあがつて来るものが、霧のやうになつて全面を被ふのである」[*22]と、「心理解剖の深」さを指摘し、その結果作品が「霧のやう」なものに包まれている、とする。いずれも抽象的な表現ではあるが、「聖家族」の心理描写において、ラジゲ作品とは異質の特徴を見出し、魅力を覚えていることが分かる。

　これらの点から、「聖家族」はラジゲの影響が強い作品ではあるが、「ルウベンスの偽画」以降の試行錯誤を経て形成された、堀独自の資質が表われている、と考えられないだろうか。この点を検討するため、初出と単行本の比較を試みたい。「聖家族」は、単行本化にあたり、本文にかなり手が加えられた。初出との異同が最も多い最終章から、次の箇所を引用する。

〔初出〕「彼女〔細木夫人〕は、〔中略〕その少女〔絹子〕が自分自身の娘であることに、はじめて気づいたのだ。そして同時に、その少女の狂暴な表情から、少女の思つてゐるやうに彼女に対する意地わるさではなしに、かへつて少女自身に対する意地わるさを、一つの真実を見出した。――娘は誰かを愛してゐる。自分が九鬼を愛してゐたやうに。」

（単行本）「夫人は、（中略）その少女が実は自分の娘であることに、なんだか始めて気づいたかのやうに見えた。夫人は溜息をしづかに洩らした。――娘は誰かを愛してゐる。自分が、昔、あの人を愛してゐたやうに愛してゐる。」

初出の「そして同時に～見出した」という説明的な心理描写が、単行本では「夫人は溜息をしづかに洩らした」という、簡潔な外面描写に変えられている。絹子の混乱した心理を夫人が見抜いていることは、夫人の外面描写に続く独白によって、十分に理解することができる。さらに、心理描写が外面描写に切り替えられたことで、描かれていない夫人の内面につき、様々な解釈を加える余地も生じる。また、初出の一文目に見られる、「はじめて気づいたのだ」は、「なんだか始めて気づいたかのやうに見えた」に変更されている。初出で多用された「のだ」が、やはり初出で多用された「やうだ」を用いた表現となった。これによって、初出と比べ、文章から断定的な印象が大きく後退している。さらに、初出の「九鬼」が「あの人」に変更され、この人物については文脈から想像することが求められる。

これらの書き換えは、堀が作家としての経験を積み、自己の資質をより正確に把握した上でなされている。ならば、初出で既に見られた、心理をあまさず説明するのではなく、読者に解釈を委ねる方法は、本来堀自身に備わっていた資質が開花したものと言えるのではないか。単行本では、この方法をさらに推し進めた結果、表現がより簡潔になったと考えられる。確かに、ラジゲを基準にすれば、「聖家族」には心理描写の硬質性は不足している。しかし、同時代評が指摘した、作品を包む柔らかで瑞々しい雰囲気は、欠かせない魅力だったのであり、ラジゲの方法を徹底した場合、これは損なわれてしまっただろう。意図せずしてではあろうが、堀は「聖家族」を、自己の資質に根ざした魅力を備えた作品として完成させた。

「コクトオはモダアニスムを少しも狙はないで書く」の一節は、堀に多大な影響を与え、その小説観に修正を迫ることとなった。その結果、「聖家族」はモダニズムと一線を画した、優れた心理描写と古典的な完成度を備えた作品として、好評を以て迎えられた。

「古典主義」を明確な定義と共に唱えたのは平林初之輔だが、同様の主張は阿部知二を初めとする者たちによってもなされていた。堀もその一人ということになるが、こうした「古典主義」への潜在的需要に、「聖家族」はいち早く応えることに成功したのではないか。同時に、旧作からの試行錯誤を経て、堀の作家的資質がここで開花する。

「聖家族」の完成、それは堀辰雄の習作期の終了であり、コクトオへの傾倒に端を発した、作家たらんとする信念が実を結んだ瞬間でもあった。

注

＊1　「肌を見せない藝術」（昭五・十一『作品』）。
＊2　「テムポと心理描写」（昭四・七・二〜三『中外商業新報』）。
＊3　「偽印のアメリカ文学」（昭五・五・一〜三『東京朝日新聞』）。
＊4　「『小説の将来』『映画の将来』合評会」（昭五・十一『新潮』）における発言。
＊5　「モダーニズム文学に対する一考察」（昭五・三・十七〜十九『東京朝日新聞』）。

＊6 「藝術の形式としての小説と映画」（昭五・七『新潮』）。
＊7 「新興藝術派について」（昭五・九『新潮』）。
＊8 「日本の文学は何処へ行く」（昭六・二『新潮』）。
＊9 「文学の変革期に於て」（昭五・七『新潮』）。
＊10 「『驚く』文壇・モダニズムに就てその他」（昭五・十一『新潮』）。
＊11 小説「日独対抗競技」（昭五・一『新潮』）が、「映画がフヰルムの上に連続的にあらは相としたところを、この小説の上に、（中略）スポットライトとして投げたのを感ずる」、と雅川滉に評されている（「新年号小説評」昭五・二『三田文学』）。
＊12 「古典主義についてその他」（昭六・四『新潮』）。
＊13 「堀辰雄とコクトー」（昭五十二・七『国文学』）。
＊14 引用は、川口篤訳『贋金つくり（上）』（昭三十七・十二、岩波文庫）による。
＊15 「マリタンへの手紙」は堀も『コクトオ抄』（昭四・四、厚生閣書店）にて訳しているが、「藝術上の新しさ」を枕の比喩で表した箇所は含まれていない。
＊16 「堀辰雄氏の『聖家族』その他」（昭五・十一・十『東京朝日新聞』）。
＊17 「昭和五年度の傑作は何か」（昭五・十二『作品』）。
＊18 引用は、『レーモン・ラディゲ全集』（昭五十一・十二、東京創元社）所収の江口清訳による。
＊19 生島遼一訳『小説の美学』（昭二十八・四、白水社）。
＊20 ＊17前掲、「昭和五年度の傑作は何か」。
＊21 「『聖家族』を讀む」（昭五・十一・五『読売新聞』）。
＊22 「昭和五年後半期の藝術派」（昭六・一『新文学研究』）。

おわりに——堀辰雄の初期作品を通して見えてくるもの——

堀辰雄の弟子で、全集編纂にも携わった中村真一郎は、近代文学館理事長時代に次のように語っている。

「近代作家を研究するには彼らをつくりあげた西洋の作家との比較をやらなければ研究にならないんですよ。その作家がどうやって作家になったか、そのできあがっていく経過をほんとうに比較文学的にやることが一番研究の根本だと思う。」(『わが文学の原風景』平六・十、小学館)

ひるがえって、堀辰雄における「比較文学的」研究の状況はどうか。「美しい村」(昭八〜九『改造』他)以降の代表作に検討が集中していたのが、実状であろう。初期作品に関しては、「聖家族」(昭五・十一『改造』)とレエモン・ラジゲの関係が、辛うじて語られてきた。だが、ジャン・コクトオについては、堀の初単行本が翻訳集『コクトオ抄』(昭四・四、厚生閣書店)であるにもかかわらず、本格的な検討はほとんどなされていない。

そもそも、堀とコクトオの関連を知る手掛かりが、作品内にほとんど残されていない。堀によるコクトオへの直接の言及が少ない上、作品におけるコクトオの痕跡もまた、再掲や単行本への収録を経て少なくなっていくことが多い。『コクトオ抄』においても、収録されたコクトオ作品の翻訳にあたり、堀が自作にて利用した部分が削られる例が何度か見られた。そこには、コクトオから富を得ていることを見せまいとする意思すら感じられる。

後年の代表作に関しては、海外作家からの影響を堀は隠していない。これは、海外作家の受容によって容易には変容を受けないまでに、作家としての自己が確立されていたためだろう。これに対し、影響の大きさに反してコクトオに触れることが少なく、むしろその痕跡を消すような行為が見られるのは、作家堀辰雄の内部に、抜き差しならない形でコクトオの影響が影を落としているからではないか。したがって、出発期の堀がコクトオから受けた影響はきわめて大きく、作家としての核と言える部分にまで、コクトオが深く根を張っていると見なければならない。しかも、コクトオの影響は初期のみで消えるものではなく、その後海外作家を受容するにあたって、様々な影響を及ぼしていく。

このように、初期の堀作品におけるコクトオらの影響は、作家堀辰雄の誕生において無視できない役割を果たしており、後の作品を、特に海外文学との関連で見ていく場合においても見逃せない論点となる。だからこそ、初期の作品及びエッセイを、全集等ではなく初出で読み、コクトオを始めとする、堀が読んだ可能性のある海外作品との関連を手広く見ていくことが必要になる。これによって初めて、堀におけるコクトオらの決定的な影響をあぶり出し、検討の対象とすることができる。

コクトオを補助線に、初期の主要作品の流れを整理すれば、以下のようになる。「ルウベンスの偽画」（昭二・二『山繭』）では、複数人物の心理を描き、それらが互いの影響で変化するさまを追う「ロマン」を試みた。「グラン・テカアル」のような「本格的小説」を意図し、「職業の秘密」におけるコクトオの創作意識を反映した本作が、堀の出発点となる。しかし、複数視点を上手く扱うことができず、完稿の発表は三年後（昭五・五『作品』）に持ち越された。この失敗を基に、「不器用な天使」（昭四・二『文藝春秋』）では視点が主人公のみに絞られる。映画とは異なる小説の利点を心理描写に定め、これを映画的な手法を用いて行なった。こうした試みには、映画にはない、小説ならではの魅力を打ち出すことを考えたジイド「贋金つくり」が影を落としている。しかし、「ルウベンスの偽画」

以上に「グラン・テカアル」の影響が濃い文体等、様々な要因により賛否両論の結果に終わる。

ラジゲの影響でコクトオ観を修正した堀は、普通の心理を丁寧に描くことを「聖家族」にて行なう。複数人物の心理を、しかも互いの影響で変化するさまも含めて描く「ロマン」をわが国で実現するという、「ルウベンスの偽画」以来の意図が、ここで遂に達成を見る。しかも本作では、心理を明晰に描く一方で、読者に解釈の余地を残すべく、断定的な書き方を避けることで、作品に独特の味わいをもたらすという効果を生んでいる。これは、海外作品に学んだというより、それらを受容する過程で堀本来の資質が芽吹いたものと考えられる。こうした特徴は、後年の堀作品においても共通して指摘できるものだ。したがって、「聖家族」に至る初期作品群における歩みは、海外作家を受容する一方で、堀自身の資質が開化していく過程でもあったと言える。

「聖家族」以降の主要な作品については、堀自身の言及もあり、海外作家の影響が様々に検討されている。代表的なところでは、マルセル・プルウスト、リルケ、モオリアックの三人が挙げられる。この三者から学んだことは、以下のようになろう。プルウストからは夢の方法、リルケであれば死との向き合い方、モオリアックにおいては論理性と不合理さが共存した「ロマン」への志向。しかし、これら海外作家に学んだ要素は、初期作品において既にその萌芽が見られるものであった。

夢の方法については、コクトオ作品を受容することで作り上げた夢のメカニズムを、「眠りながら」（昭二・六『山繭』。初出では「即興」）等で用いている。死に関しては、様々な葛藤を経て「眠れる人」（昭四・十『文学』。初出では「眠つてゐる男」）以降の諸作に導入が見られる。「ロマン」への志向が、「ルウベンスの偽画」に端を発し、「聖家族」で小規模とはいえ実現を見たことは言うまでもない。

これらは、後年における海外文学の受容にも作用していく。例えば、プルウストにおける夢の捉え方。現実が睡眠時に再構成され、夢が生成されるという発想には、プルウストとの共通点が認められる。こうした夢の捉え方が形成されていなければ、プルウストからはまた別のものを学ぶこととなったかも知れない。本書では、初期作品における夢の捉え方が、プルウスト受容に明らかに作用していることを示し、その可能性の一端に触れた。

堀は若き日に母を、文学上の師芥川龍之介を、ついで婚約者矢野綾子を、さらには年少の友人立原道造を失った。自らもまた、常に病の影が絶えない、死と隣り合わせの一生を余儀なくされた。「風立ちぬ」終章「死のかげの谷」（昭十三・三『新潮』）では、かけがえのない人を亡くした主人公が、死者をふと身近に感じる瞬間が訪れる。これによって主人公は、「おれは人並以上に幸福でもなければ、又不幸でもないやうだ」という、悲愴さとは無縁の、不思議な平静さすらたたえた認識にたどり着く。こうした結末は、「死は生の裏側だ」（「職業の秘密」）というコクトオの考えを反映した、「聖家族」の扁理を連想させる。扁理もまた、敬愛する九鬼を失ったが、死者の存在を身近に感じることで、生の乱雑さから回復する。こうした先例があり、そこにリルケが加わることで、初めて「風立ちぬ」終章の認識が得られたのではないか。

「ロマン」の実現は、「ルウベンスの偽画」以来の堀の念願であった。「聖家族」は、堀の考えた「ロマン」の要件を満たした作品と考えられるが、絶対的に欠けているのが、作品そのものの分量であった。複数の作中人物の心理、及び互いの影響でこれが変化するさまを描くことは実現されたが、筆が心理を描くことのみに集中されすぎた感がある。作品がある程度の広がりを持つには、心理以外の対象や、主人公たち以外の人物にも筆を割く必要があろう。また、作中人物が「将棋の駒のやうなもの」であり、作者の「手のままにどうにでも動」く（「小説のことなど」昭九・七『新潮』）、人形に近いという反省点も残った。作者の制御を振り切るほどの活力がなければ、作中人物は活きた人間としての印象を与え得ない。

そこでモオリアックの小説、及び小説論が重要な示唆となる。モオリアックの小説では、ドストエフスキイ作品のように複雑な内面を持った人物たちがひしめく作品世界が、古典的な簡潔さをたたえた小説形式にて実現している。この事実が、堀に強い印象を与えたことは想像に難くない。これによって、「ルウベンスの偽画」以来の念願を、「聖家族」の欠点を克服した形で再度実現する道筋が見えたことだろう。また、モオリアックの小説論を見ると、愛読する作家がかなり共通することが、堀「ヴエランダにて」（昭十一・六『新潮』）の中で語られている。もちろんその中には、昭和四〜五年、「ロマン」実現の道筋を模索していた堀が愛読した、コクトオやラジゲの名が含まれている。モオリアックに触発され書かれた「小説のことなど」「ヴエランダにて」からは、この異国の作家に対する親近感と、改めて独自の「ロマン」の完成を目指す強い創作意欲が、文面を通して伝わってくる。

ざっと挙げてみただけでも、主要作品と海外文学の関連に、初期作品における海外文学受容の影響が及んでいることは、様々に指摘できる。堀辰雄における海外文学の受容については、既に論じつくされた感もある。だが、受容において初期作品が何らかの形で作用していること、また、初期作品にはコクトオを始めとする海外作家たちが決定的な影響を及ぼしている可能性は、従来あまり注意されることはなかった。したがって、堀と海外文学の関係については、まだまだ再検討しなければならないことは数多く存在していると見なければならない。初期作品における海外文学の影響に狙いを定めたのは、今後さらに堀作品を論じていくにあたり、その出発点となる土台を固めるためであった。

初期作品そのものについても、まだ検討は不十分かも知れないが、当初想定していた論点は一通り扱うことができた。ここでひとまずの区切りをつけたい。

主要参考文献

一　全集・作品集

『堀辰雄作品集』全六冊（昭二十一・十一～二十四・三、角川書店）
『堀辰雄全集』全七巻（昭二十九・三～三十二・五、新潮社）
『堀辰雄全集』全六巻（昭三十三・五～十二、新潮社）
『堀辰雄全集』全十巻（昭三十八・十～四十一・五、角川書店）
『堀辰雄全集』全八巻及び別巻二（昭五十二・五～五十五・十、筑摩書房）
『堀辰雄作品集』全五巻（昭五十七・五～九、筑摩書房）

二　単行書

丸岡明『堀辰雄（人と作品）』（昭二十八・十一、四季社）
吉村貞司『堀辰雄――魂の遍歴として』（昭三十・七、東京ライフ社）
中村真一郎編『近代文学鑑賞講座14　堀辰雄』（昭三十三・十、角川書店）
日本文学研究資料刊行会編『日本文学研究資料叢書　堀辰雄』（昭四十六・八、有精堂出版）
小久保実『新版　堀辰雄論』（昭五十一・十、麦書房）
小川和佑『評伝　堀辰雄』（昭五十三・六、六興出版）
田中清光『堀辰雄　魂の旅』（昭五十三・九、文京書房）
大森郁之助『論考　堀辰雄』（昭五十五・一、有朋堂）
中村真一郎『芥川・堀・立原の文学と生』（昭五十五・三、新潮選書）
池内輝雄編『鑑賞日本現代文学18　堀辰雄』（昭五十六・十一、角川書店）

佐々木基一・谷田昌平『堀辰雄　その生涯と文学』（昭五十八・七、花曜社）
中島昭『堀辰雄覚書――「風立ちぬ」まで――』（昭五十九・一、近代文藝社）
竹内清己『堀辰雄の文学』（昭五十九・三、桜楓社）
小久保実編『新潮日本文学アルバム17　堀辰雄』（昭五十九・十二、新潮社）
小久保実編『論集　堀辰雄』（昭六十・二、風信社）
『文芸読本　堀辰雄』（昭五十九・八、河出書房新社）
竹内清己『堀辰雄と昭和文学』（平四・六、三弥井書店）
影山恒男『芥川龍之介と堀辰雄』（平六・十一、有精堂出版）
谷田昌平『濹東の堀辰雄　その生い立ちを探る』（平九・七、弥生書房）
池田博昭『堀辰雄試論』（平九・九、龍書房）
昭和女子大学近代文学研究室『近代文学研究叢書73』（平九・十、昭和女子大学近代文化研究所）
西原千博『堀辰雄試解』（平十二・十、蒼丘書林）
竹内清己編『堀辰雄事典』（平十三・十一、勉誠出版）
竹内清己『堀辰雄――人と文学』（平十六・十二、勉誠出版）
川村湊『物語の娘　宗瑛を探して』（平十七・五、講談社）
渡部麻実『流動するテクスト　堀辰雄』（平二十・十一、翰林書房）

三　雑誌特集

堀辰雄　作家論と作品論（昭三十六・三『解釈と鑑賞』）
堀辰雄における人間と風土（昭三十八・七『国文学』）
堀辰雄（解釈と鑑賞別冊『現代のエスプリ』　昭四十一・一）
憧憬の美学　堀辰雄と福永武彦（昭四十九・二『解釈と鑑賞』）
堀辰雄　ロマネスクの運命（昭五十二・七『国文学』）

堀辰雄　死と生と愛（昭五十三・九『ユリイカ』）
堀辰雄の世界（平八・九『解釈と鑑賞』）
堀辰雄とモダニズム（解釈と鑑賞別冊　平十六・二）

四　雑誌・紀要・単行書所載

佐藤泰正「堀辰雄覚書」（昭四十・十一『日本近代文学』第三集）
小久保実「堀辰雄『硝子の破れてゐる窓……』」（昭四十二・四『国文学』）
菊地弘「堀辰雄の姿勢」（稲垣達郎監修『転換期の詩人たち』昭四十四・四、芳賀書店）
安田保雄「『窄き門』の影響」（『比較文学論考』昭四十四・十、学友社）
池内輝雄「堀辰雄『ルウベンスの偽画』と『聖家族』」（昭四十六・三『東京教育大学文学部紀要・国文学漢文学論叢』）
池内輝雄「堀辰雄『ルウベンスの偽画』小論」（昭四十七・三『大妻国文』）
本多文彦「堀辰雄のモーリャック論」（昭五十二・十一『埼玉大学紀要　外国語学文学篇』）
池内輝雄「堀辰雄初期の問題」（『日本の近代文学』昭五十三・十一、角川書店）
松田嘉子「扁理とアンリエット」（昭五十七・六『現代文学』）
有光隆司「堀辰雄とジャン・コクトー」（昭六十三・三『上智近代文学研究』）
池内輝雄「堀辰雄の詩」（平元・六『高校通信東書国語』）
松田嘉子「堀辰雄とフランス文学（前編）」（平元・七『キリスト教文学』）
赤塚正幸「堀辰雄初期作品考」（平元・七『キリスト教文学』）
曽根博義「昭和七年の文壇と外国作家」（平二・一『国文学』）
赤塚正幸「堀辰雄初期作品考（二）」（平二・三『北九州大学文学部紀要』）
岡崎直也「堀辰雄『聖家族』の方法」（平三・三『日本文学論究』）
槇山朋子「堀辰雄とフィリップ・スーポー」（平三・五『日本近代文学』第四十四集）
押野武志「堀辰雄『水族館』論」（田口律男編『都市』平七・六、有精堂出版）

野見山和子「『ルウベンスの偽画』研究」（平七・九『梅光女学院大学大学院「新樹」』）
岡本文子「『聖家族』における語りについて」（平八・三『和洋国文研究』）
関根俊二「堀辰雄『水族館』論」（平九・三『聖和学園短期大学紀要』）
石川則夫「現在を喚起する文体」（平十・十『国学院雑誌』）
小木曽敦子「堀辰雄『羽ばたき』論」（平十一・三『岐阜大学国語国文学』）
竹内清己「堀辰雄における西欧文学」（平十一・三『文学論藻』）
竹内清己「堀辰雄と中野重治」（平十一・三『東洋学研究』）
竹内清己「堀辰雄と中野重治（二）」（平十二・三『東洋学研究』）
竹内清己「堀辰雄における西欧文学」（平十二・三『四季派学会論集』）
竹内清己「堀辰雄における西欧文学（二）」（平十二・三『文学論藻』）
渡瀬茂「堀辰雄『不器用な天使』の文体における動詞終止形」（平十二・三『富士フェニックス論叢』）
竹内清己「堀辰雄における西欧文学（三）」（平十三・三『文学論藻』）
兪在真「堀辰雄『風景』論」（平十三・十二『稿本近代文学』）
飯島洋「『聖家族』の心理描写」（平十五・一『国語国文』）
兪在真「堀辰雄『聖家族』論」（平十五・八『日本語と日本文学』）
兪在真「堀辰雄『眠つてゐる男』論」（平十五・十二『稿本近代文学』）
西村靖敬「堀辰雄の翻訳と創作」（平十六・三『千葉大学人文研究』）
兪在真「堀辰雄初期文学の〈遊戯性〉」（平十六・十二『稿本近代文学』）
池内輝雄「堀辰雄と東京・浅草」（平十七・七『学士会会報』）
竹内清己「堀辰雄における西欧文学」（平十八・二『文学論藻』）
大橋毅彦ほか「『水族館』注釈的読みの試み」（平十九・三『日本文芸研究』）
井上二葉「堀辰雄『死の素描』とショパンの音楽」（平二十一・三『宮城学院女子大学大学院　人文学会誌』）
グルジンダー　サッグ「錯覚・鏡・天使とその技法」（平二十一『法政大学大学院紀要』）

戸塚学「堀辰雄『不器用な天使』論」（平二十一・十一『日本近代文学』第八十一集）
渡部麻実「堀辰雄『燃ゆる頬』論」（平二十一・十一『山邊道』）
渡部麻実「科学で芸術をする『死の素描』」（平二十二・五『国語と国文学』）
渡部麻実「科学と天使」（平二十二・十一『日本近代文学』第八十三集）

五　その他

堀口大學『月下の一群』（大十四・九、第一書房）
中野嘉一『前衛詩運動史の研究』（昭五十・八、大原新生社）
西川正也「翻訳者・堀口大學の功罪」（平二・十『比較文学研究』）
アンドレ・ブルトン『超現実主義宣言』（生田耕作訳　平六・六、奢灞都館）
現代詩誌総覧編集委員会編『現代詩誌総覧』①〜⑦（平八・三〜十・十二、日外アソシエーツ）
巖谷国士『シュルレアリスムとは何か』（平十四・三、ちくま学芸文庫）
和田博文監修『コレクション・都市モダニズム詩誌』第一〜三巻（平二十一・五、ゆまに書房）

六　海外文学関連

『ジャン・コクトー全集』全八巻（昭五十五・六〜六十二・八、東京創元社）
Cocteau, Jean　*Le Grand Ecart.*　Stock, 1924.
Cocteau, Jean　*Le Rappel à l'Ordre.*　Stock, 1926.
Cocteau, Jean　*Œuvres poétiques complètes.*　Gallimard, 1999.
『アンドレ・ジイド全集』全十六巻（昭二十五・六〜二十六・十、新潮社）
アンドレ・ジイド『贋金つくり（上）』（川口篤訳　昭三十七・十二、岩波文庫）
アンドレ・ジイド『贋金つくり（下）』（川口篤訳　昭三十八・四、岩波文庫）

Gide, André　*Dostoïevsky, Articles et Causeries.*　Plon,1923.

Du Bos, Charles　*Le dialogue avec André Gide.*　Au sans pareil, 1929.

『レーモン・ラディゲ全集』（江口清訳　昭五十一・十二、東京創元社）

ティボーデ『小説の美学』（生島遼一訳　昭二十八・四、白水社）

アンリ・マシス『小説の伝統』（谷長茂訳　昭三十二・九、ダヴィッド社）

江口清「レイモン・ラディゲと日本の作家たち」（昭四十八・四、清水弘文堂）

江口清「天の手袋――レーモン・ラディゲの生涯――」（昭五十二・六、カルチャー出版社）

Massis, Henri　*Raymond Radiguet.*　Cahiers libres, 1927.

モーリヤック「小説家と作中人物」「小説論」（川口篤訳『モーリヤック著作集』第二巻　昭五十八・二、春秋社）

初出一覧

はじめに――出発期の堀辰雄と海外文学――　（書き下ろし）

第一部

第一章　わが国最初期のコクトオ受容と堀辰雄
――その独自のコクトオ観――　（平二十六・三『国文学研究』第百七十二集）

第二章　「ルウベンスの偽画」とコクトオ「グラン・テカアル」
――堀辰雄における「本格的小説」の試み――　（平十九・十『国語と国文学』第八十四巻第十号）

第三章　「ルウベンスの偽画」とコクトオ「職業の秘密」
――藝術観の受容をめぐる一考察――　（平二十一・三『比較文学年誌』第四十五号）

第二部

第一章　「眠りながら」に見る夢のメカニズム
――創作方法としての夢や無意識への関心――　（平十九・五『日本近代文学』第七十六集）

第二章　「眠つてゐる男」に見る「文学上の左翼」への意思
――超現実主義及びプロレタリア文学との関係において――　（平二十二・十『国文学研究』第百六十二集）

第三章　夢のメカニズムとその変容
――「ジゴンと僕」「手のつけられない子供」「羽ばたき」をめぐって――
（平二十二・十一『文藝と批評』第十一巻第二号）

第三部

第一章　「不器用な天使」における「本格的小説」の模索
――コクトオ及びジイドの影響を中心に――
（平二十一・三『昭和文学研究』第五十八集）

第二章　コクトオ「職業の秘密」受容による「死」の導入
――「眠れる人」以降の初期作品をめぐって――
（平二十四・十『国文学研究』第百六十八集）
掲載時に「初期堀辰雄作品における『死』の導入――コクトオ受容にみる作品及び作家の変容――」と改題

第三章　堀辰雄におけるジイド「ドストエフスキイ論」の受容
――論理性と不合理の戦場――
（平二十二・九『昭和文学研究』第六十一集）

第四章　モダニズム全盛期における「古典主義」小説「聖家族」
――ラジゲ受容と堀辰雄の作家的資質の開花――
（書き下ろし）

おわりに――堀辰雄の初期作品を通して見えてくるもの――
（書き下ろし）

あとがき

堀辰雄作品を、海外文学との影響関係で見る、という本書の発想は、福永武彦作品に対する傾倒に端を発している。海外、特にフランス文学に関する深い教養を背景に、強い方法意識に裏打ちされた小説を数多く残した福永武彦の作品世界は、海外文学との関係抜きには語れない。そのためか、福永の盟友、中村真一郎による『芥川・堀・立原の文学と生』（昭五十五・三、新潮選書）や、『再読　日本近代文学』（平七・十一、集英社）といった、海外文学との関係で近代の日本文学について考える方法に、強い感銘を受けた。わが国の近代作家たちがいかに海外文学と格闘し、作品を残してきたかを説く後藤明生『小説――いかに読み、いかに書くか』（昭五十八・三、講談社現代新書）、『小説は何処から来たか』（平七・七、白地社）等からは、小説について考える上で多くの示唆を得ている。近代の日本文学における、海外文学の影響を考える研究を試みたい、という意思は、これらの先人たちに導かれる形で、いつしか形成されたように思う。

かつてテクスト論が盛んであった頃は、人並にロラン・バルト等をかじったりもしてみたが、どうにもなじめないという印象だけが残った。むしろ、作品をそれが書かれた時代に置き直し、同時代評等のさまざまな資料を視野に入れ、読んでいく方法の方が性に合っており、得るものも大きかったようだ。

改めて早稲田大学の大学院に入学し、充実した図書館を自由に利用できる環境に身を置いたことで、資料を駆使して論考を組み立てる方向に、はっきりと姿勢が定まった。偶然ゼミ発表を担当した堀辰雄に関する小さな発見が、先行研究では十分に掘り下げられていないことに気づき、いくつかの論考を積み重ねることを続けた。それらをまとめた、平成二十二年度学位請求論文『初期堀辰雄作品における海外文学受容の研究』が、本書の原型となっている。

考えてみれば、福永武彦の師匠筋に当たる堀辰雄を扱い、初出やその他の資料に基づき、海外文学との関連で諸作品について考察するという本書の方法は、かつて思い描いていたことが、形を変えて実現したものとも言え、感慨深い。

もちろんこれは、私一人の力では不可能だったことで、博士論文の主査を務めてくださった中島国彦先生、副査の高橋敏夫先生、宗像和重先生、十重田裕一先生からは、多大な学恩を蒙っている。改めて感謝申し上げたい。

翰林書房の今井肇氏と今井静江氏には、本書を世に出す上で大変お世話になった。心から感謝の意を捧げたい。

そして母。私が安定した高校教員の職を投げ打ち、何の保証もない世界に徒手空拳でとび込んで以来、多大な心労を掛けている。自宅は東日本大震災による被害のため修理の必要に迫られたが、収入の乏しい私は一銭も出すことができなかった。申し訳ない。

本書は出発点に過ぎない。ここに収めた諸論考が、十年二十年と残っていくような価値のあるものであると願いたい。

平成二十六年三月

宮坂　康一

【タ行】

【ナ行】

【ハ行】

【マ行】

【ヤ行】

索　引

「海外文学」「堀辰雄」等本書の主題に関わる頻出語句は省略した。

【著者略歴】
宮坂康一（みやさか　こういち）
昭和四十五年、茨城県生まれ。立教大学大学院博士前期課程修了後、茨城県立境西高等学校国語科教諭を務める。早稲田大学大学院博士後期課程修了。博士（文学）。専攻は堀辰雄を中心とした近代日本文学。現在、早稲田大学文学学術院非常勤講師。
論文に、「物語の伝承――『奉教人の死』論――」（『国文学研究』第百四十八集、平成十八年三月）、「『苦』としての語り――宇野浩二『苦の世界』論――」（『国文学研究』第百五十五集、平成二十年六月）、「堀辰雄の死生観の形成――『風立ちぬ』生成を通して――」（岩波書店『文学』第十四巻第三号、平成二十五年九・十月）など。

出発期の堀辰雄と海外文学
「ロマン」を書く作家の誕生

発行日	2014年3月20日　初版第一刷
著　者	宮坂康一
発行人	今井　肇
発行所	翰林書房
	〒101-0051 東京都千代田区神田神保町 2-2
	電 話　(03)6380-9601
	FAX　(03)6380-9602
	http://www.kanrin.co.jp/
	Eメール● Kanrin@nifty.com
装　釘	須藤康子＋島津デザイン事務所
印刷・製本	メデューム

落丁・乱丁本はお取替えいたします

ISBN978-4-87737-366-5